MISS MYSTERY

推理女神

国民大饭店之暗流

汪洁洋 著

中国出版集团
中国民主法制出版社
全国百佳图书出版单位

图书在版编目（CIP）数据

国民大饭店之暗流 / 汪洁洋著 . —北京 : 中国民主法制出版社，2018.7

ISBN 978-7-5162-1869-3

Ⅰ . ①国… Ⅱ . ①汪… Ⅲ . ①长篇小说—中国—当代 Ⅳ . ① I247.5

中国版本图书馆 CIP 数据核字（2018）第 165955 号

图书出品人 / 刘海涛
出版统筹 / 乔先彪
责任编辑 / 梁　惠　庞贺鑫
特约编辑 / 王玉怀

书名 / 国民大饭店之暗流
作者 / 汪洁洋　著

出版 · 发行 / 中国民主法制出版社
地址 / 北京市丰台区右安门外玉林里 7 号（100069）
电话 /（010）63292534　63057714（营销中心）　63055259（总编室）
传真 /（010）63055259
http: //www.npcpub.com
E-mail: mzfz@npcpub.com
经销 / 新华书店
开本 / 16 开　710 毫米 ×1000 毫米
印张 / 16.5
字数 / 187 千字
版本 / 2018 年 9 月第 1 版　　2018 年 9 月第 1 次印刷
印刷 / 北京天宇万达印刷有限公司

书号 / ISBN 978-7-5162-1869-3
定价 / 45.00 元

这段经历，让他的人生从一页纸，丰满成一本书。

——汪浩洋

这是母亲最欣赏的作品

献给这世上我最爱的她

姜淑贤女士

目录

CONTENTS

第一章 出行

1

不知这是文明的第几次轮回。从来没有哪个时代，如同这个时代，人与人之间，这样彼此憎恨！

陌生人彼此充满敌意，开车时你争我抢，网络上恶语相加，完全不顾别人感受。不留神的身体触碰，便出言不逊，甚至大打出手。人们见死不救，对别人的痛苦置若罔闻，只求自我安生。

熟悉的人也勾心斗角，见利忘义，互不尊重。合同契约，视为儿戏，夫妻之间，轻贱道义，甚至父母至亲，为了金钱，也能对簿公堂！

人类甚至对完全不相干者下手，破坏环境，残害动物，随处吸烟吐痰，恣意地在食物里下毒，工厂的废物直接排放到空气、土壤和淡水之中。抢劫、盗窃和诈骗遍布全球，甚至孩子、女人和人体器官，也成了丧心病狂者的交易商品。

人们为什么会彼此仇恨呢？

因为人类从没有这样恶，念，深，重！

这股恶念从上古绵延而至，无法考证来由，却屡禁不止，遗毒至今。

时而外化为惨烈的战争，时而内化为深刻的矛盾，如同巨大旋涡，将越来越多的人类裹挟其中。

从出生开始，纯良的孩子就被告知要在起跑线厮杀，竞争是不二法门，成年人变本加厉，丛林法则主宰一切。这场从出生到死亡的残酷比拼，逼迫人类抛弃信仰，使人类连最基本的道德都开始沦丧！

这是可怕的沦丧，量变产生质变，如同瘟疫，孕育数万年，终于在人类社会中爆发。

有问题并不可怕，可怕的是对问题的视而不见。

古者云：疾在腠理，汤熨所及，在肌肤，针石能及，在肠胃，火齐尚及，至骨髓，便无可奈何。

正当人类逐步滑入毁灭的深渊之际，有人在遥远的海岛上建立了一处与世隔绝的地方，可恨的人会被抓来，消失在这个叫作“国民大饭店”的地方——

失踪案件不断增多，甚至包括某些大人物和明星，人们开始疯传国民大饭店的存在，可各国政府却矢口否认，严禁媒体传播，甚至成立委员会伪造失踪人员行踪，处理善后事务，平息社会不安定。

不过，人类并不愚蠢，在有识之士的反思和大力倡导下，恶念逐渐抑制，文明逐步提高，因为大家都听说，国民大饭店是地狱一样恐怖的地方，自己千万不要被带走。

毕竟从来没有人能活着回来，向世人描述那里究竟是怎样的一个世界……

数年之后，躲在密林丛生的偏远小镇，准备在茂盛的枫树和浓密的灌木掩护下，就此安度残生的约瑟夫才不过 28 岁，还不敢回忆自己曾经不叫约瑟夫的日子。

那时候他叫杨木，只是普通人，却被一封不期而至的邮件带到了那个叫国民大饭店的地方，度过了一段刻骨铭心的日子，也彻底改变了他的生活。

这段经历，让他的人生从一页纸，丰满成一本书。

胸口的伤疤在起风的日子还会隐隐作痛，即便在静谧的夜里，在女人温热的怀抱、孩子安宁的鼻息声中，他也会无数次惊醒，时刻警示自己，危险随时会再次逼近——

2

5月，转眼就到了。

为了赶在青年节迎娶名字里带“青”字的女友，本来就瘦削的杨木，腰带眼儿又缩了两格。

必须得在任青青肚子更大之前把婚礼办掉，这是任家下的死命令。

这是应该的，杨木自知理亏，只得耷拉着脑袋听未来岳父数落。

“年轻人真不知道检点！任家有头有脸，先上车后补票成何体统！我不管你用什么办法，我宝贝女儿的婚礼必须风风光光！别人有的，她一样也不能少！”

这一连串的惊叹号像斧子一样砸了过来，电光火石之际杨木无法招架，心里却能体谅理解——女方家是极不乐意这门婚事的，虽然自己是个帅气小伙，但家境实在太差，穷得那叫一个叮当乱响，试问这年头谁愿意自家女儿裸婚呢？如果看脸蛋儿就能吃饱那还好说，不然谁跟了杨木，吃苦受罪必然少不了。

特别是任家，父母都是医生，任爸爸还是医学院院长，家里住着别墅，青青开着豪车——虽然她现在也整天吃饱了闲逛，无所事事地啃指甲，但毕竟是留学“海龟”，家世、学历甩出杨木好几个银河系。

杨木在任家只好低眉顺眼，打骂由人，没办法，自家条件摆在这里。杨木没有父亲，母亲瘫痪在床，自己呢，偏远小镇上出来，职高没毕业就漂到这个大城市，和几个小青年蜗居在城中村，有一搭没一搭地这么活着。

好在任青青承诺以身相许，杨木每次坐在她的大奔副座，呼吸着真皮座椅散发的神秘味道，也搞不清楚，条件这么好的女的怎么会看上自己？

难道真是看脸？！

裸身站在洗手池前，杨木一遍遍地端详镜中的自己。

你还别说，这小伙儿长相可不白给！

杨木偶尔健身，肌肉虽不多却匀称紧致，一米八九的个子摆在这儿，可以牛哄哄地俯瞰众生了。他浓密的头发不知道让多少油腻大叔眼红牙痒痒，新潮的发型是打工挣来的福利，刘海儿遮住额头。他细长的吊梢眼，高挺的鼻梁骨，樱花般的小嘴巴这么一搭配，当真有几分潘安再世的感觉。

杨木摆了几个小POSE，又嘟嘴又抛媚眼，顿时恢复自信，鄙夷任家也不过如此。

本来就是嘛！任青青整天自诩人见人爱，杨木窃以为自己才是花见花开，只是不想和她争辩，两人的相识就是最好的佐证。

那天和一群朋友泡吧，邻桌一女的暗送秋波，杨木并不认为她漂亮，只觉得打扮还勉强。对方拎着酒瓶主动搭讪，宵夜之后便随杨木去了他的出租屋——20平方米的小平房，从那晚开始，两天两夜没走出房门。

任青青立马就怀孕了，坚决要生下孩子，拖着犹犹豫豫的杨木去见了家长。为了给富家公主一个让其娘家人满意的婚礼，杨木打肿脸扮王子。

未来岳父母到杨木的出租屋视察过一次，岳父脸色铁青，眼睛里的机关枪直挺挺地扫射杨木桌上的化妆品和衣柜里花哨的衣服，扯开抽屉正看到散落的避孕套，更是气不打一处来，后脚还没出房门就破口大骂起来——

“一个男的涂脂抹粉，这是正经人吗？一抽屉避孕套还把肚子搞大，真是让人笑掉大牙！”

好在岳母硬拉扯着，岳父才气鼓鼓地坐上自己的卡宴。岳母回身看着嬉皮笑脸不以为然的女儿说：“你还年轻所以任性，但你记住，路是自己选的，以后不要后悔。”

“我不后悔！”

任青青倔强地翻着眼皮，手指紧紧抠着杨木早已冰冷的手心。

岳母瞟了一眼准女婿俊俏的小模样，叹了口气：“房子我们给你们买了，后面的日子你们好好过……”

3

杨木一边忙着婚礼，一边还牵挂着城郊的那块荒地。

这半个月来，杨木每天都坐地铁到这一带转悠，风雨无阻。为了不给别人留下特别的印象，他费尽心思。

都说大隐隐于市，可把有两条逆天大长腿的杨木扔在人群中，还是难以掩盖他与生俱来的光芒。

不时卖弄的好身材和脸蛋儿，平日里是杨木“俯视苍生”的本钱，此时却成为劣势。杨木深知，不能戴墨镜或用帽子遮脸，故弄玄虚反而会弄巧成拙，更加引人注意。好在穿上平底鞋，背上双肩包就像附近高校的大学生，再哈点腰缩点脖儿，小杨同学勉强也能混迹于人潮。

从地铁的终点站下车，马不停蹄地再走 20 分钟，就会来到这片荒地。

杨木的心“咯噔”一下，如同冰块滑进衬衫，从头到脚打了一长串寒颤。第一次到这里的情景再次浮现，那晚黑灯瞎火，眼前杂草丛生，杨木以为这里人迹罕至，可白天过来却傻眼了——荒地的不远处就是一处在建工地，看这样子，用不了多久这块地就会被铲车翻起来，地下的秘密将重见天日。

怎么办呢？

杨木抠着头皮，那一天就是自己的死期——

因为自己杀了人，尸体就埋在这里！

蹲在荒地不远的小土包上，杨木掏出在地铁站口买的玩具望远镜，像猎狗一样监视着铲车的一举一动。这里是偶然间发现的最佳观察点，既可以一览荒地全貌，又不会轻易被人发现。

书虽然没读几天，可杨木懂法律，自己杀了人，难逃法律审判的那天。但他还是存有一丝侥幸，只要尸体没被挖出来，自己就还是安全的，可以多苟活一天。

杨木终日祈盼那些忙碌的工人偷偷懒，可事与愿违，不知疲惫的铲车不知道给哪位敬业的老板服务，前几天已经开进荒地，渣土车也屁颠屁颠地运来运去，也许很快，一切就将结束……

杨木不是没想过把尸体挖出来另埋别处，可是，可是！杨木捶着脑袋，真是难以启齿啊，自己竟然忘记当初埋尸体的准确地点了！

那天事出突然，杀人是临时起意，尸体又不好搬运，就在死者倒地的位置有个天然的小土坑，身子一歪自己趴进去了，杨木扒拉扒拉土，顺势就把他埋了。本想着第二天挖深坑重新埋，可带着折叠铲子过来，却再也找不到那具尸体了！鼹鼠一样没头没脑地挖了几天，却一无所获。

杨木暗骂自己，难道我真一事无成，杀个人都搞砸吗？

当时那个男人确实死了，杨木可以按确认键。尸体是绝对不会从土里跳出来跑掉的，杨木也深信不疑。而且荒地风平浪静，没有警车来过的迹象，这段时间又逢旱季，一滴雨也没下，没有被洪水冲走的可能。

那尸体怎么会不翼而飞呢？

也许是老天爷要亡我？！杨木只能听天由命。

4

怀孕只三个月，任青青就胖得没法见人了，肚子比六个月的还大，走路都踉跄。

杨木一路小跑伺候着，整天赔着笑脸。只是在背后偷看未婚妻浑圆的腰身，不由脑补出一部动画片的名字。等满脸的暗沉和痘印彻底暴露之后，杨木已经不敢直视她的脸，只把目光放在她的肚子上。好在任青青此时再无男女之事要求，杨木暗舒一口气。

怀孕的女人是最美的！

杨木反复自己催眠，而且，肚子才是他的希望，因为那里面有他的孩子，牺牲一切也值得的孩子！

任青青只吃进口水果，岳母千叮咛万嘱咐准女婿，说她只要吃国产的就会消化不良，上吐下泻，搞不好还会送医院急诊。

杨木还没弄清楚这是哪门子怪病，需要什么方子治疗，任青青又宣布怀孕之后只吃某国进口的樱桃，必须用特定牌子的进口矿泉水洗干净，每天两斤，说是这样才能长胎不长肉。

杨木得懿旨，每天从荒地回来就颠颠跑去水果批发市场，钱包并不丰盈的他只能趁别人挑过买剩的水果开始降价才敢出手，搞得任青青常常不满意，嫌弃果子个头儿小，味道也不新鲜，嘴巴噘得比二郎腿还高。

即便如此，任青青的樱桃还是把杨木吃成月光族，自己只能吃泡面嚼榨菜。

未婚妻忙着安胎，杨木独自筹备婚礼。

好不容易换着地铁倒着公交买回喜糖、喜帖，预订了酒席之后，岳父视察一番又发飙了——如果是这么寒酸的婚礼就不要办了，我可丢不起这人！

任青青又哭了一鼻子，往死了捶肚子，杨木急火攻心牙龈都肿得老高。好在兄弟明子江湖救急，介绍了一家不错的婚庆公司，给打了不少折扣。杨木硬着头皮上门安抚，重新上交婚礼方案，岳父才勉强收回成命。

费用虽然打了折，看到婚礼预算杨木还是冷汗直流，但一想到任家如同办丧事的脸色和任青青越来越大的肚子，便咬牙签下合同。

不久任家买的房子也交付了，装修和家具的钱再不肯出，任青青躺在床上一边嚼樱桃摸肚子，一边晃着腿斜眼瞅着杨木，杨木又全部答应下来。

一切为了孩子！

杨木给自己打气，也实实在在地拼了命——

杨木费了好大劲儿才甩掉攀在身上的阿敏，阿敏死活不肯，手臂还紧紧箍着他的脖子，依然哭着喊着威胁，他走了，她就死！

“别闹了……”

杨木捡起被女人扔在地上的枕头，掸掸浮灰，摆回床上。

“你就这么无情？转身就走？”阿敏光着身子，脸上的妆全花了，露出 40 多岁女人应有的模样。

“还要赶回去上晚班，迟到了要被罚款。”杨木蹬上裤子，瞄了一眼手机，还有五分钟闹钟就会响。

“罚款……”阿敏赶快去翻钱包，“罚多少我出，你不准走！”

"这怎么行！这份工作找得很辛苦，我得好好做。"

"我们之间就是交易吗？"阿敏哀怨地看着已经开始穿鞋的杨木。

"这就是你的一厢情愿。"杨木脱口而出，有些后悔，话重了。

"我一厢情愿，那你说的那些甜言蜜语呢？！"阿敏厉声质问杨木，一跃而起又钳住他的脖子，"今天不说清楚，绝对不让你走！"

"放开我！"杨木再次推开阿敏，小声吼道，"别纠缠了，我又不欠你。"

"可你害得我离婚了呀！"杨木走进洗手间，阿敏追进来，一丝不挂却还不依不饶，"我全心全意爱你，你应该知道！"

杨木实在无可奈何，忙不迭地作起揖来："阿敏阿姨，阿敏奶奶，行行好，咱俩年纪相差太大，我妈年龄都比你小。你是店里的客人，我们只是朋友，我都劝了你很多次，你何必一定要离婚呢？"

阿敏一声尖叫，扑上来就打杨木，杨木怕她在洗手间滑倒，扶着她的手臂任她厮打了半天，见她确实伤心，只好央求道："真别闹了，求你放过我，你再去店里挑一挑，有喜欢的衣服，我送你两件，行不行？"

杨木趁阿敏发愣，夺门而出，还没走进地铁，手机又响了——

"木木，怎么不回电话？"这女人懒洋洋的，"来，我一个人在家，明天同学聚会，帮我搭搭衣服"。

杨木满心厌恶，但语气还是毕恭毕敬地："春姐，今天实在不行，这几天换季，店里活儿多，而且晚上还得陪女朋友。"

电话那头的女人从牙缝里挤出一丝冷笑："哟，听说你要结婚了，看来真得恭喜了！哪天安排我和她见见面，我给你把把关，或者还能分享一点关于你的床上经验呢！"

"你可别乱来，她现在怀了我的孩子！"杨木急了。

"那你马上过来！我命令你，马上！"

5

杨木一个人回到刚用廉价贴纸和假花装饰过的出租屋，为了迎接岳父母的到来，房间里还游荡着粉刷墙壁的石灰和油漆的味道。这味道很有后劲，吸到喉咙里，有种诡异的甜。

不想再洗澡了，浑身酸软无力，特别是小腿，不由自主地微微抖动，杨木钻进被窝，把头紧紧蒙上，热乎乎的眼泪已流了下来。

男人不是不能哭，小男人可以在街上嚎，大男人只好在被窝里哭。

杨木今天在街上和被窝里都哭过了。

爽约任青青，她大发雷霆，一会儿要割腕，一会儿要流产，杨木被逼无奈，只能按照她的要求，跪在人来人往的马路上，直播道歉视频，播着播着，眼泪就真的流了下来。

阿敏打了上百个电话，杨木不堪其扰，烦闷不已。半路被春姐截走，店长也发了脾气，还扣了一千块绩效。春姐更是把他大腿内侧掐得青紫，她越掐越来劲，杨木只能把头深深埋进枕头里。

皮肉的痛苦杨木都能忍受，但春姐讲的那些难听话，让杨木很受伤——

是的，打工之际杨木结识了几位中年大妈，偶尔迎合，这是事实。但谁想做这样的事情呢？我杨木绝不是好吃懒做之徒，更没有一次主动为之，只是不会拒绝。

没有学历的乡下年轻人进城能做点啥，送快递？端盘子？迎宾？房产中介？卖保险？当保安？搞装修？进工地？说实话，为了生存，这些工作自己哪样没做过呢？！

人都有追求更好生活的愿望，身处社会底层，即便一根稻草，杨木也得死死抓住。

因为外形帅气，杨木偶尔走走秀，但在车展上当模特的好事也不是天天有，就算偶尔有一单，也被层层盘剥。

说到春姐，杨木痛不欲生，死命捶打自己的胸骨——

这个女人，是一辈子的梦魇！

春姐算是杨木的“恩人”，在他刚到这个城市身无分文时，给介绍了第一份工作——小超市拍了几张海报。从这100块劳务费开始，杨木得以在这个城市苟活。

杨木牢记一饭之恩，发誓一辈子报答春姐，单身多年的春姐也就此“躺上”功劳簿。所以，在她有意无意地暗示下，杨木屈从了，把第一次奉献出来，那时他只有17岁，比春姐的儿子还小两岁。

生活中的春姐的确像位好姐姐，快人快语，仗义豪爽，不一会儿的工夫就张罗一大桌子饭菜。可在床上，她却是个令杨木极度厌恶的女人，那松垮的肉体，不新鲜的口气和纵欲时扭曲的五官，让杨木绝望透顶 。杨木逃无可逃，只企盼着赶快结束，可春姐把握每一次宝贵的机会拼命榨取他的精华，直至杨木疲惫至极。

杨木不会反抗春姐，甚至随叫随到，因为他认定要知恩图报。

无数次杨木想到死，哭了不知多少回，终于破罐子破摔。

也许冥冥中对人生还有期待，杨木从不透露真名，一直以“木木”自居。

去年，朋友介绍杨木到一家高档女装店做导购员，收入平稳却不高，依然居无定所。大城市房价畸高，实在难以承受，更重要的是，杨木总感觉自己不属于这儿，只希望多赚点儿钱，早点儿逃离。

女装店又是女顾客扎堆，店长也搞起KPI考核，硬逼着导购员与顾客加微信，交朋友，挖空心思卖衣服，就这样，杨木又结识阿敏之流，不得不周旋其中。

这种状况下还谈梦想无疑荒诞可笑，可杨木就是不甘心。他咬着牙拼命学习店铺管理，学习服饰搭配，色彩搭配，期待自己能早点儿开家店。

世界无需再多留恋，直到遇到任青青，她肚子里的孩子就像曙光，让杨木看到了活下去的希望。

杨木在被窝里倔强地吸饱一口气，充满自己的胸腔，再慢慢吐净，把脸贴在枕头上，用枕套吸干眼泪，才渐渐入睡。

6

眼看银行卡的余额就要归零，装修和即将到来的婚礼让杨木烦恼至极！

杨木学会了摔东西，这是很让自己舒服的发泄，不过只能摔塑料的，而且还得灰溜溜地捡回来。杨木又开始抽烟，可没抽几根就意识到这是花钱的营生，只好再次依依惜别。

除了透支身体在店里没日没夜地干活儿、应付女顾客的暧昧要求，杨木还要维持未婚妻超高的生活水准。任青青对饮食百般挑剔，除了天天吃进口水果和营养品，每次都直奔高档餐厅，点那些杨木听都没听说过的菜。

杨木看着她把冰草、芝麻菜、龙虾球蘸上油醋汁，用叉子卷呀卷，优雅地送进嘴巴，神户牛肉切成小块，再把香草橄榄油面包蘸上白松露奶油酱慢慢咀嚼咽下。她翘起小手指，捏着小汤匙的尾巴，喝一口芦笋培根汤，抛一个媚眼给杨木。

杨木打个寒颤，暗暗吞下口水，想象着这些食物的味道，也小口小口地嚼着摆在眼前的，餐馆里最廉价的一种牛排。他边吃还边计算，今天的这餐饭等于多少斤樱桃。

明子实在看不下去，劝杨木和任家摊牌，要么对方再出点钱装修，要么让任青青拿点私房钱，如果都不行，这个婚也别结了，孩子尽早打掉，大家一拍两散。可杨木却坚决不肯。

因为杨木知道，自己还有一个天大的秘密一直瞒着任青青，面对已经怒气冲冲的任家，实在不能说出口。

杨木每次流泪都为了自己的家——母亲瘫痪几年又得了癌症，一路走来，只有娘儿俩相依为命。父亲嘛，就当世界上没这个人！

杨木总是抱怨自己的名字起得不好，父母取个三个字的会累死吗？

杨木，杨木，写起来头重脚轻，一不留神就会大头朝下，摔个鼻青脸肿！难怪我的运气这么差，日子过得这么苦！

杨木尤其爱在给邵风华换尿片子的时候抱怨，为了照顾生活不能自理的妈妈，杨木把她带在身边，就安置在出租屋的另外一间。平时除了社区义工偶尔上门聊天搭把手，杨木一个人要照顾她的全部生活起居。

每次从名字开始就没完没了，杨木越说越气，一手扶着邵风华僵硬的身体，一手抹着她身子下面的大便。邵风华咬着牙关忍着眼泪，一声也不敢吭。

只有她知道儿子的心结——名字是父亲起的，杨木把对父亲的抱怨发泄在自己的名字上，个中苦涩一言难尽。

邵风华其实比任何人都更加怨恨，甚至恨到骨头缝里！

当年那个男人一走了之，是死是活没有音讯，所以杨木整天吵闹着要改姓、改名，邵风华真是左右为难。

按理说杨家三代单传，怎么也要留个根，但是这家的家风实在不好，杨木的爷爷就是突然失踪，丢下孤儿寡母，最后四个孩子只活了一个。邵风华跟了杨诺几年也没看到他上坟，缺德缺得祖坟都没有！

活该！邵风华心里暗骂，眼睛又不免湿润起来。

到了邵风华的屁股底下长出一层新的褥疮时，杨木就要结婚了。

邵风华从窗口看到儿子陪着任青青经过，见这女孩儿肚子已经斗大，也默默欢喜。亲家来破口大骂的时候她听得真切，却也只有垂泪的份儿。等杨木换完尿片子，邵风华摸索出一个存折，儿子，这是我全部的钱，你都拿去吧。

手握存折，看着少得可怜的数字，杨木欲哭无泪，春姐的话就在耳边萦绕，你以为你是谁？癞蛤蟆想吃天鹅肉吗？没钱的穷小子怎么娶富家女？给人家提鞋拎包，当个小白脸就是你的命，你要认命！

杨木自知，任家要的彩礼、装修钱和婚礼的费用完全没有着落，眼前的存折无异于杯水车薪。这几年自己没攒下钱，妈妈病了之后家里欠了一屁股的债，刚还了一部分，她的癌症手术治疗又是一大笔开销，现在每个月还得打针吃药。

钱！钱！钱！你们究竟在哪里？

杨木揪着自己头发，用力抠着脑门，真切地体会着一分钱难倒英雄汉的窘境。他吃不下睡不好，走路的时候皮肤都在微微发麻，身上不时渗出细密的冷汗。每天夜里，杨木都能梦到自己在各种场合捡钱，有时候在雾蒙蒙的海边，深一脚浅一脚地在及腰的海水里捞钱，有时候跟着送葬的灵车，手里捡起的纸钱飘乎乎地变成一沓沓百元大钞。

杨木甚至后悔平时不多巴结一下店里的女顾客，少顾及一些男子汉的尊严。

任青青肚里的孩子还要不要？这个婚结不结？不结婚的话，任家那边怎么交代？结婚的话，钱到哪里搞？去偷，还是去抢？去抢银行还是抢妇女？抢劫的时候带手枪还是带刀，要不要蒙面？枪到哪里弄，刀到哪里买？蒙面还能不能看到路？用丝袜还是头套？……

这些问题鬼魅一样纠缠着二十出头的杨木，让他每日如油锅沿儿上的小鼠。

正当杨木为了残酷的现实而苦恼时，该来的还是来了。

7

大餐之后杨木把任青青送回家，怀孕期间她还是由娘家照顾，杨木没意见，也不敢提意见，因为自己的确没法儿提供让未婚妻满意的生活环境。在任家独栋别墅豪华的门口，两人蜻蜓点水般啄一下脸颊，任青青闪身回到自家皇宫。

夜风习习，周遭幽静，空气中花香浓郁，形单影只的杨木如释重负，卸下“妻儿”的包袱，暂时轻松下来。看天边，还有一丝稀薄的云彩，月儿也爬上树梢——正是彩云追月的难得美景。

杨木压根儿不想回到出租屋那个所谓的“家”，恍惚间甚至就想这样一直晃到天边。小路一转弯，忽遇一位老奶奶坐在路边，只见她穿戴齐整，面色也不错，就是眼睛直勾勾地望着花丛。

现在是晚上九点多，谁家的老人还在外面?

杨木心生怜悯，来到老人身边，轻轻蹲下，口里柔柔地问道:“奶奶，这么晚了您在这儿干什么呢?”

“看猫儿打架呢!”

老人口齿伶俐，中气尚足，咧嘴一笑露出净白的假牙，手指径直指向那边。杨木顺着一看，果然有两只刚出生不久的小野猫，撅着小屁股，正呼噜噜地啃从垃圾箱里叼出来的骨头。它们不时用小爪子扑倒同伴，样子呆萌滑稽。

杨木也被吸引，好一会儿才回过神，又问老人，家在哪里?

“家?”疑惑爬上老奶奶的脸，她琢磨半晌，“我不知道啊……”

杨木确定自己碰到走失老人了，只好握住她的手，耐心哄道:“奶奶，您认真想想，您家人叫什么名字呀?”

“名字，我不知道……”思考给老人的大脑带来压力，脸上的笑容消失了，眉毛拧在一起，嘴里开始嘟囔。

“那您，吃饭没，肚子饿不饿？”

“吃饭，没有。”

杨木站起来掏出手机想拨警察局的电话，一低头才发现老人的脖子后面吊着一个布条，就钉在衬衫的后侧，上面写了名字和电话号码。

拨通号码，接电话的果然是老人的家人，一问才知道，老人得了老年痴呆症，三天两头就走丢，没想到今天竟然走出十几个街区之外，家人托杨木照料一下，马上赶过来。

“成，您放心吧！”杨木满口答应。

这边电话还没讲完，老人竟睡着了，身子就靠在路边的铁栏杆上，脑袋却无处承托，小鸡啄米一样。杨木又怜惜，也赶快并排坐下，让老人的头靠在自己的肩膀上，不一会儿就听到细微的鼾声。

把外套脱掉，杨木轻轻为老人披上，便安静地坐着，数着老人的呼吸，又看那两只小野猫，吃饱了钻进路边一个塑料袋，玩得正欢实。

就这样坐着，坐着，好像几个世纪那么漫长，杨木的双腿彻底麻了，老人的儿子才骑着一辆破单车过来，不停道谢。杨木连说不谢，和老人的儿子一起扶老人上单车的后座。这儿子一看也是细心孝顺的，单车后座加装了一个座位，垫着软垫子，座位上的铁杆子都磨得铮亮，看来经常驮母亲。

杨木把刚才点的外卖也交给对方，老人还没吃饭，餐送到了，见她睡着又不忍心叫醒，干脆带回去，喝点粥给奶奶暖胃暖身。

老人这时也醒了，任两人扶着，突然，她一把抓住杨木的手腕，另一只手伸进口袋——

“怎么？”

话还在嘴边，右手手腕就被蜇了一下，看不清老人手上拿了什么，也不知道她的动作怎么这么快，杨木看手腕，发现竟然被烙红了一片，虽然不太疼，但吓了一跳。

“别怕！”老人慈爱地看着杨木，“孩子，你很善良，我没什么送你，给你盖个章，有一天也许能救你一命。”

“娘，这可使不得！”那儿子赶快拦住，“太珍贵了，咱们刚认识他，怎么能……”

“识人不在长短，我记性不好，眼力可不差。”

杨木还想追问，那儿子也意味深长地笑笑，便扶母亲上车，挥挥手走了。

再看那手腕，红肿之下逐渐浮现出一个长方形的印章，一角硬币大小，就着路灯，中间出现一个字——玉。

8

杨木正在店里忙活儿，听说有人找他。

透过货架瞄一眼来人，男性，头发修剪得十分整齐，冷眼一看像店长的老公，细看又不是，没胡子没戴眼镜，气质完全不同。

在店里待久了，又精于搭配，杨木也算小有名气，经常有熟客会请司机或异性朋友，顺路来拿杨木推荐的新款。

“您先坐会儿喝点水，等我招呼一下这位女士。”

杨木请对方坐在女装店的沙发区，端上一杯菊花茶，赶忙去给之前的顾客找 L 码的裙子，又帮她把试衣间的帘子拉好。

“请问，您是帮哪位姐姐拿衣服？”杨木满脸堆笑，抽空过来招呼这位，额头上是一层细密的汗珠。

“不拿衣服，我想现场选选。”

“那您想为什么年龄段的女士选衣服呢？”

杨木回答专业，笑容也显得极有耐心，指点着货架，那一排都是刚上的新款。

“我夫人，年纪和我差不多，公务员。”

得嘞！杨木连跑带颠，不久就手举几条裙子，站在男顾客面前。

挺好的。

男顾客挑了一条，说明尺码，请杨木包起来。

“我向你打听一个人，不知道认识不？”

“店里的吗？”

“不是。”

“那我可能不认识。”杨木摊开薄薄的白色宣纸，轻轻地把裙子摆上去，四角折叠，用带 Logo 的胶带封口，这才放进厚实的黑色大纸袋，把金色的提带交到顾客手中。

“没事。”男顾客的手在裤兜摸索着，掏出一个物件，悄悄展开给杨木看，“那你就先认识认识我吧。”

这一惊，杨木差点叫出声，男顾客掏出的是警官证。

一股电流瞬间从涌泉穴直达百会穴，杨木知道大事不妙！

名叫张国良的警官好像并不在意杨木的微妙表情，压低声音，温和一笑：“杨木先生，我来是想了解一些情况，等下我们慢慢聊吧！”

警官付款之后继续坐在沙发上，几分钟之后，杨木借故向店长请假，两人来到女装店旁边的肯德基。

叫了份薯条，杨木一口也咬不动。

“我打听的人叫郭川，郭靖的郭，山川的川。”警官继续刚才的问题。

杨木在大脑里搜索一番，不认识，真的。

看他并不像撒谎，张国良警官接着提醒，郭川是芬雅法国餐厅的服务生，这是一家你经常去的餐厅，现在有印象了吧？

原来那个男人叫郭川！

看来他的尸体被找到了……

内心剧烈颠簸，如同跌进万丈深渊，表面还在掩饰，这对杨木来说真的好难！咽咽唾液，杨木按照之前自己在镜子前排练了上千次的样子摇头：“芬雅餐厅我去过几次，因为我未婚妻特别喜欢那儿的菜，不过服务生很多，我不记得有个人叫郭川。”

“那如果我告诉你，就是曾经和你大吵一架的那个服务生，有印象了吗？”

杨木只好瘪嘴，那就知道了——

我们的确吵过架，但完全是他无理取闹！您可以问餐厅老板，那天我们正在吃饭，我去上洗手间，回来看见他指着鼻子骂我未婚妻，我冲过去制止他，谁知道他又转身骂我……

“他为什么骂你未婚妻？”

“这我不清楚，我后来问未婚妻，她说是上菜发生了口角。”

“那他骂你什么？”

杨木知道这些细节最好实话实说，因为当时餐厅有很多人，如果警察去调查，知道自己说谎一定会怀疑。

“他骂我是绿毛龟，以后生个龟儿子，您看多过分！”杨木装出怒不可遏的样子。

警官附和：“这样骂人的确太过分，然后呢，你没有再见到他吗？”

杨木假装不悦：“您这样问什么意思？我只是在餐厅和他斗嘴，难道犯法吗？他为了这点小事竟然报了警吗？”

张国良用手指弹弹桌角：“吵架是不犯法，但那天和你们吵完架，郭川就失踪了。15 天之后，也就是今天清晨他的尸体被发现，法医推测死亡时间是 3 月 14 日，也就是你们吵架的当晚。”

“他死了？！那和我也没关系啊！”

杨木拼命抑制自己的汗水，极力掩饰心虚，抬高嗓门虚张声势起来——那天在餐厅吵架之后，老板给我们免了单，我们立刻就走了，再也没去过芬雅，更没见过这个服务生！至于他是不是死了，什么时候死的，和我一毛钱关系都没有！你们不是把我当成杀人犯了吧？

“别激动。”张国良警官双肘撑住桌子，身体前倾，笑吟吟地盯着杨木脖子上的青筋，“请你多理解警方的工作，现在发生了杀人命案，事发当晚恰好是你和未婚妻与被害人发生冲突，我们只能找你例行调查。”

“据餐厅监控显示，你们晚上7点离开，餐厅领班回忆，你们前脚刚走郭川就请假，说心情不好要休息，急匆匆地跑了出去。当晚后厨清点，发现少了一把剔骨刀。

“如果你坚称没有杀人，可以提供当晚7点至第二天凌晨的不在场证明吗？”

“真倒霉！”杨木假装抱怨，这事怎么被我摊上了呢！至于不在场证明呀，杨木暗自得意，略显轻松地说——

和这个讨厌的家伙吵完架，我未婚妻还在生气，她肚子大了就不开车了，所以从餐厅出来，我们就沿着大路散步。可走了一小段路她就喊脚疼，那里比较偏僻，我们等不到的士，就拦了一台黑的士，我把她送回家之后又坐另一辆黑的士，大概9点钟到家。她的家人，我的家人都能做证。

“你与你的未婚妻都是嫌疑人，彼此相互证明对方不在场的证词不能完全采信。”

“这我知道！”杨木有备而来，“回家之后我洗了澡，就和一起租房子的朋友出去吃宵夜，一大群人都能给我做证，那晚我们喝酒喝得十分尽兴，闹到凌晨2点，然后才回房间睡觉。”

“时隔半个月，当晚的情景你还记忆犹新，真是有心人啊！我连昨晚吃了什么都不记得。”张国良警官感叹。

杨木轻蔑一笑："警官，侦探小说我看得不多，但《名侦探柯南》一集也没落下，您别故意给我带笼子，这太老套了！能记得当天的情形一点儿都不奇怪，我很少和别人吵架，所以印象特别深。再说现在人天天都玩手机，我又特别喜欢自拍，照片显示上都有时间。昨天我恰好翻看手机相册，所以记得格外清楚！"

"你误会了，我说的是真心话，近来我的记忆力越来越不好。"警官揉揉两侧有点雪花白的鬓角，眼睛也有血丝。

杨木只好赔上笑容，掏出手机，指着里面的照片——这些就是当晚9点20分我们在烧烤摊拍的，我9点到家，简单洗个澡就被他们拉了出来，当时拍照的不止我一个人，您一调查就清楚。

两人正说话间杨木手机响了，店里催他回去……

9

杨木把路边捡回来的两只小猫带到宠物医院，打完疫苗洗了澡，送给明子的女朋友，然后立刻接到一个走秀的活儿，也不得不和广告公司外号叫"P哥"的家伙再次打交道。

P哥，是个男人，却不像个男人。

杨木想不通世上怎么能有这样的奇葩，各种缺点在他身上争奇斗艳却毫无违和感，融合得那么自然而然，春风化雨。

P哥身材魁梧却尖刻贪婪，在秀场吆五喝六，动不动就扣大伙的工钱。休息时又爱装出和善的模样，有说有笑地混在大家中间，炫炫富，讲些黄色笑话，搂一下这个的腰，抠一下那个的屁股。

P哥这爱抠屁股的毛病真让杨木受不了，不顾场合不管地点，而且男女通吃，所以被大家称为"P哥"。如果他不是广告公司老板娘君姐的亲弟弟，早就被大家揍成"D哥"了。

杨木后来才知道，这个P哥从小在家被过度溺爱，好吃懒做一无是处，只能放在其姐姐的公司看住他，顺路供他吃香喝辣，逍遥快活。

杨木化好妆正在小隔间换衣服，P哥挤了进来，立马动手动脚。

“干吗！”杨木呵斥。

“嘴儿一个，小小的一个，行吗？”P哥噘起嘴就往杨木嘴上贴，香水味呛得杨木直想咳嗽。

“贱人，给我滚！”杨木推开他，P哥却一点儿也不恼，依旧笑嘻嘻地小声撒娇，“木木，爱爱，我晚上组织个PARTY，你友情出演一下，怎么样？”

“我晚上有事！”

“别价呀。”P哥哀求，“你就这么狠心驳我面儿呀，我对你一直怎么样？”

“不怎么样！”

P哥终于有点挂不住，用圆咕隆咚的中指刮刮杨木的后背，皮笑肉不笑道：“木木，你现在学会在我面前装大尾巴狼了，你可知道我姐夫把我姐揍了，现在到处查你这个人吗？”

杨木一惊，正纳闷君姐怎么很久不来店里了，原来出事了。君姐人很不错，知性高雅，只是老公黑白都混，整天在外面玩女人，她最初就是想报复她老公。

“你说，如果我告诉我姐夫，你是什么下场？”

杨木心里一紧，竟无言以对。

“而且，听说你要结婚了，还找了个富二代？”P哥肆无忌惮地搂着杨木的腰，“你说我该不该把你的事告诉你未婚妻呢？”

“晚上几点？我要按走秀的价格收费！”杨木真想一脚踢死这个浑蛋，可嘴里冒出来的却是这句。

“还出场费呢，做梦吧！”P哥拧了一下杨木的屁股，不由分说上来嘴儿了一个。

10

杨木被一群乌烟瘴气的男女夹在中间，气都喘不过来。

这是君姐的一套房子，本想借给杨木，现在成了她弟弟胡闹的场所。在女顾客中，杨木也能碰到有好感的女人，甚至成为红颜知己，君姐就是一个，杨木认定对方重情重义，是位值得疼惜的好女人。

出门之前，杨木给邵风华喂饭换尿布，当妈的小心翼翼地问起任青青和婚礼的事儿，杨木又火冒三丈："问什么问，你这样子问了有什么用？"

杨木把尿片子丢进纸篓，脚直接踩进去。邵风华心在流泪，眼睛却只是潮了一下，她太了解儿子的秉性，如果这时候自己哭，只能火上浇油。

捕捉到邵风华的异样，杨木还是暴跳如雷起来，他把手上沾了粪便的纸巾往地上狠狠一丢，就开始歇斯底里起来——

哭你就大声哭嘛，你做这个样子我更难受！

我就说了，我就是被这个破名字给害的！

杨木又纠结名字，祥林嫂一样念叨，却看到邵风华的眼睛回避自己，紧盯着瘫痪的双腿，瞬间感觉快要窒息，涨红了脸吼道："对！你就故意看你的腿吧，你的腿是我害的，这个家其实是我害的！是我离家出走你到处找我才被车撞了，是我害的你，我才是害人精！"

邵风华怕儿子气坏自己，赶快又把眼睛移向旁边，怯怯地小声安慰道："都说一万遍了，不怪你，是我的命不好。"

这句话又不对杨木的口味，杨木立刻变身一只炸毛鸡："你的命不好？你又不叫杨木，你叫邵风华，你的命怎么不好了？"

邵风华的喉咙如同被浓痰堵住，眼泪吧嗒吧嗒地掉了下来。杨木见妈妈终于哭了，不再歇斯底里，而是瘫坐在地上，刚才愤怒的羽毛散了一地，不久也呜咽起来，边哭边扇自己的脸，是怪我，是怪我！

邵风华挣扎着想去抚慰儿子的肩膀，可僵硬的躯体拖累得她根本不能动弹。杨木缩着脖子蹲在装尿片子的纸篓面前流泪，哭着哭着竟抓起纸篓里的废纸擦鼻子，嘴里却开始旧事重提——

从小到大我一直好好学习，你说我成绩好不好？

可你实在供不起我上学，当兵的名额又让人家给抢了，我想改变命运多难呀！

我带着你流浪到这儿，天天喂你吃喝，给你擦屎抹尿，挣的钱不是还债就是给你看病吃药，咱们穷得只剩两个肉人，不是卖你就是卖我！

这话一下戳到邵风华的死穴，她再也控制不住，嚎啕大哭起来，她好像希望用哭声堵住儿子下面的话，又好像引诱他继续讲出来。

杨木抽泣，你都和多少男人好过，你自己有数吗？我都给你拿本子记得呢！那些男人都给了咱们啥，卖菜的老王头你记得吗？

邵风华的哭声顿时提高了八度。

杨木不依不饶，他那么恶心那么脏，鼻涕直往墙上甩，衣服锅底一样黑，你也往家里带，晚上和他哼唧一晚上，他给了咱家啥？一筐萝卜！

老张给了啥？给咱家打了张吃饭的木头桌子！还有那个老侯，来得最多的总赖在咱家不走的死猴子，最后把我的学费都偷走了……这一桩桩一件件我都给你记着呢！

最可气的就是老林，虽然给了一点儿钱，但是每次醉醺醺，整天找碴儿打我，你说我能不离家出走吗？！

“那你说我到哪里搞钱？我到哪里搞钱？！”

邵风华也嚎叫起来，她用手拼命地拍打床沿，挣扎着想离开这个坟墓一样的小床，“我们在镇上没有地种，我只能给人家打零工，我和大老爷儿们一起出苦力给人家盖房子。你长身体要吃饭，还总生病，一病就要花钱，我实在养不活你呀！”

“那你还不如先掐死我呢！”杨木恶狠狠地说道。

邵风华说到这里万念俱灰，她忽然厉声骂道：“杨诺，可恨的是杨诺！是他害得我们这样，害了我们一辈子！”

娘儿俩就这样哭了骂，骂了哭，好一阵子杨木才从地上站起来，把已经冰冷的饭菜重新热过，一勺一勺喂进邵风华的嘴里，邵风华和着眼泪吞下，默不作声地重新躺好。

碗筷洗干净之后，用热毛巾给妈妈擦净脸，帮她漱口，把纸篓清空，把房间整理好，又倒了一大杯清水放上吸管摆在床头，接着把电视打开，遥控器和书放在床边，一切妥帖之后，杨木才垂头丧气地离开。

临出门，杨木想再撂下几句狠话，可眼见邵风华平躺在床上如同一具干尸，千言万语最后咽下了。

11

任青青慌着联系杨木，两个人在电话里没多说，刚一见面任青青就先怪罪起来：“你不是说事情都办妥了吗，怎么警察这么快就找上我们了？”

“尸体被发现了。”

“你不是说要挖出来，重新埋吗？”

“一直也没找到尸体……”

怎么会这样？！任青青也慌了神，当时真不应该拿石头做记号，那片荒地上到处都是石头，天一亮就分不清了。

都怪事发突然，埋得也慌乱，埋完之后又怕被别人发现，把土踩平之后才抓了一些石子儿撒在上面。

毕竟这是第一次杀人，实在没有经验。

“算了，说这些没有用，尸体已经被发现，警方正在调查我们的不在场证明呢！”杨木看似平静，心底却像不会游泳的人快沉入水底时才有的恐惧。

“这你大可以放心！”任青青扳过杨木的脸，杨木不得不和一脸暗疮对视，“幸好我们早就想到互相做证警方不会采纳，埋了他立刻分头行动。现在只要分别把自己的证词准备好，我们的不在场证明天衣无缝，一定会没事的！”

“那你是怎么和警察说的呢？你学一遍。”杨木好歹抓住一个破救生圈，想象着自己也许能慢慢浮出水面。

“非常完美！”任青青颇为得意，“警察到医院一调查就可以证实，当晚 7 点我们从芬雅餐厅出来，你送我回家之后，我就头晕，家人马上送我去医院，8 点半到医院抽血检查，我感觉好多了，就回家睡觉了。”

“你的不在场证明比我的完美！”杨木看看未婚妻的厚嘴唇，上面有一些斑驳的黑色素沉积，“如果，我是说如果，我的证词被警方破解了，我们要不要向警方自首呢？毕竟是郭川跟踪我们在先，我们和他无仇无怨，可以算正当防卫吧？”

“你这个没骨气的男人，绝对不可以！”任青青一把抓住杨木，“你倒无所谓，可我父母有头有脸，我的前途无限，怎么能有这样的人生污点呢？”

“你敢去自首，我就和孩子一起死给你看！”

杨木提前抓住任青青的手，怕她又去捶肚子，赶紧发誓绝对不会自首。

“那你说郭川为什么执意要杀我们，他是不是疯了？”杨木拿起樱桃讨好地喂到孩子妈妈的嘴里，她皱眉吐了出来，不新鲜！

“谁知道呢，肯定是脑子有问题，不然怎么会跟我们去了那么远，还带了刀，这样的人太可怕了！”

“所以说我们还是正当防卫吧？”杨木一副祈求肯定答案的可怜样。

“就算是正当防卫，你也不准去自首！”任青青阴冷着脸，“我最后警告你一次，如果你这样做，孩子我现在就从肚子里挖出来，尸体摆在你面前！”

12

春姐也是说到做到的女人，还真找到任青青，虽然没说什么，杨木还是如惊弓之鸟，好在任青青的心思不在这个频道，她满脑子都被尸体填满了。

“找她干什么，她还怀着孩子呢……”

“你就这么怕她，这么想攀高枝？”春姐坐在公园的长凳上，恶狠狠地咬住杨木的肩膀，一边吸着鼻子流眼泪，“无情无义的家伙，就老老实实陪我过一辈子不行吗？”

杨木忍着痛，眼泪涌到眼眶又生生咽下去，姐，我一辈子都感激你，但现在有孩子了，我得做个负责任的爸爸，不能像我爸那样。

“负责任？还记得当年我在路边捞起你的样子吗？你和乞丐、流浪狗有什么区别！谁知道你这个没良心的家伙，今天竟然要抛弃我！”

“我没抛弃你，我和你不断，只要你有需要，我都会满足……”

“我要你满足？谁要你满足呀！”春姐扯起嗓子，顾不得四下有没有人了——我是爱你，舍不得你，你知不知道！而且你实在太天真了，你以为娶个富家女就那么好吗？门不当户不对，你在人家眼里狗屁不如！

……

杨木抡起木棒子在出租屋的院子里一顿乱砸，当然都是房东说不要了的杂物，杨木一边学李小龙“喳喳”地叫着，一边拼命拍打那些破瓦片、破棉裤和烂木头，灰尘夹着棉絮“呼啦”地腾起迷住眼睛，可他不管不顾，好像只有这样才能发泄一腔愤懑。

邵风华躺在小床上看得真切，眼泪簌簌地流，除了叹息，心里依旧诅咒那个叫杨诺的男人。

P 哥的 PARTY 搞得挺热闹，在炸裂的音乐中，不良男女抱成一团，喝酒嗑药不一而足，保安来敲了几次门，邻居就要报警。杨木厌恶至极，却身陷地狱，不能逃离。

索性窝在沙发上喝闷酒，不一会儿酒劲就上来了，P 哥靠在他身上，不停蹭着，杨木能闻到他头发上厚重的发胶味，不久就睡着了。

梦中，杨木看到 P 哥和另一个男人走向自己，笑着说，小美人儿，睡吧，睡醒了天就亮了。

醒来时果然天亮，杨木不记得怎么回到出租屋，浑身上下奇奇怪怪的味道和宿醉让他作呕，强打精神回了任青青的查岗信息才重新躺下，脑袋里却像暴雨洗过一样空白，一双眼睛死盯着天花板。

天花板被黄呛呛的旧报纸糊住，字迹已经模糊。墙壁的缝隙里堆满了蜘蛛网和经年的灰尘，蜘蛛肯定死去多年，不知已到何处投胎。

被一股力量驱使，杨木一个鲤鱼打挺从床上弹了起来，又发了一会儿呆，在衣柜里翻翻拣拣好半天，穿上最喜欢的 T 恤和牛仔裤，手指把头发抓顺，径直出了门。

晨光正好，无霾无风，晴。

遛弯和买菜的老人三三两两，一大哥光着大膀子骑着三轮，斗子里坐着一个挺漂亮的小媳妇儿，染着耀眼的黄头发，抱着和她同样发型的小贵宾犬，两人说说笑笑。这哥们儿见杨木目光呆滞地在马路中间横晃，“哎！哎！”招呼两声，咧着嘴笑着瞅了瞅杨木，继续往前骑。

阳光给眼前的一切都镶上金边，连稀疏的树缝都被填满，忙碌的人们从身边闪过，可杨木却失了魂魄。

心迷了路，脚也没有方向，脚跟着鞋走，鞋沿着路行，最后竟来到了涉江大桥，顺着窄窄的非机动车道走了上去。

一步，一步，一步。

杨木默数着自己的步子，已经忘记加法，看着桥下刚刚开闸的江水滚着浑浊的波浪，出现了难得一见烟波浩渺的气势。

不知不觉来到大桥中央，杨木站定，这里是视野最为开阔的地点，风也最大，深吸一口气，眼睛从远处慢慢聚焦，好半天才回到眼前的防护栏。

“跳下去！”有个声音告诉杨木，杨木被惊醒。

“跳下去就解脱了！”那个声音又催促，杨木环顾一周，什么人都没有。但他的双手双脚已经不受控制，几下就攀上防护栏，大半个身子探出桥外，双手一松就会坠落。

“嗨！哥们儿，快跳嗨，给我们扑腾个响！”几个小混混蹲在桥上抽烟，正好看热闹，大声嬉笑着。

“好死不死跑这儿死，你丫要跳快跳，交通都瘫痪了！”有司机摇下车窗，对着杨木骂骂咧咧。

杨木此刻对一切全无感觉，眼前只有江水。

他就这样站了半个小时，围拢的人越来越多，不一会儿警车也来了，杨木看到一张张开开合合的嘴巴，一张张表情各异的脸孔，却听不见他们在说什么，好像那些声音来自平行宇宙。

“跳吧！”那个声音最后命令道，“没人能帮你了……”

杨木打定主意，松开双手，鸟儿一般从桥上跃起。

13

警车把杨木送到出租屋前面的巷子口，杨木反复保证不会再寻短见，警察才目送他走进家门。

千钧一发之际，有位警察不顾安危，纵身跳起抱住杨木的双腿，他才得救。刚走进院子，杨木就蹲在地上呕吐起来，喷射状狂呕着，五脏六腑翻江倒海。

“木木，是你吗？”传来邵风华的呼唤，杨木抹抹嘴巴，“嗯”了一声，扶着墙站了起来。

“怎么了，病了吗？”邵风华焦急地问，杨木赶紧掩饰，“没什么事，就是喝多了点儿酒，您别担心。”说话间才想起今天还没给妈妈做早饭，便捂着肚子挪进公共小厨房，点火煮粥。

“滴滴。”

手机提示音来了，杨木打开邮箱，发现收到一封邮件，内容很简单，只有几行字：

亲爱的杨木先生：感谢您网购时扫描我旅行社二维码，我们欣喜地通知您，我们新推出的海岛七日至尊游线路，您获选首批测试团免费出行。此外还有一份现金大礼相赠，请您留意相关银行卡到账信息。青年旅行社。

杨木想，天上掉馅饼了，哪有这等好事，肯定是骗子。

正听着锅里的粥冒泡，手机提示音又响，杨木一看，还是这个旅行社发来的：

亲爱的杨木先生：为了打消您的疑虑，现金大礼的一半我们已经预支给您，请您查询相关银行卡。青年旅行社。

杨木哭笑不得，现在骗子的伎俩升级了，估计是生意难做呀！我倒是看看，你还能真给我打钱吗？

"滴滴！"又是提示音，这次是银行短信，有一笔款刚汇入杨木的网购关联银行卡。

杨木这下来了精神，有点意思，等定睛看数字时只惊得目瞪口呆，因为对于杨木来说，这是一笔比天都大的巨款！

在这样的绝境下，飞来这笔钱，是老天开眼了吗，天不绝我杨木？！

杨木连做了好几个深呼吸，又舔舔已经干透的嘴唇，才用颤抖的手拨通银行客服的电话，当他确定自己的卡上刚被转入这样一笔汇款，深信不疑。

枯木逢春，雪中送炭，这些词语都不足以形容杨木此时的心情，杨木想尖叫，想大哭，在狭窄凌乱的出租屋公共小厨房，小狗咬尾巴一样打着转转，终于看到了活下去的希望。

这时候，手机又响，邮件又来了："现金大礼的尾款部分，我们将在测试游结束后汇款到您账上，请您按照附件内容做好旅行的准备。青年旅行社。"

14

"杨木！"

杨木听到有人呼唤自己，回头看到张国良警官坐在酒店的大堂茶吧，桌上放着一杯绿茶，看那泡开的大片茶叶，应该等了很久。

这里是酒店，杨木知道自己刚才做了什么，见到警察无地自容。

"你有正当职业，好好干，别做这些歪门邪道的。"

"不是，这次是和女朋友……"想到自己没收钱，杨木有了底气，他没撒谎，这次是见君姐，君姐与老公终于和解，与杨木算是某种道别。

“那最好，你年纪还这么轻，清清白白做人，以后自己开家店。”

警官挥手，服务员又端上一杯茶，杨木只好坐下。

“开店？”

杨木怅然若失，不提还好，提起开店真是一肚子眼泪！本来日子不至于这么艰难，当初就是被老乡忽悠开店，杨木拿出全部积蓄，还借了十万，结果经营不善，老乡卷起租金跑了，杨木血本无归……

“换个话题。”杨木心烦，“你竟然追到这里，还在怀疑是我杀了那个服务员吗？”故意用“你”来称呼警察，杨木想表达一下小小的不满。

警官摆出无奈的表情，“是呀，谁叫这是我的工作呢，穿上警服就有这份职责。我的确还有几个细节要和你核实，请多配合——听说你前几天去跳桥，干吗这么想不开呢？”

“我没有……”杨木斜眼看到警察脸上奇怪的笑容，有点恼羞成怒，却只敢小声支吾，“这是个误会，我根本没有跳桥……”

“误会就好！人都难免有想不开的时候，别做傻事！”

警官也没有纠结下去的意思，进入正题——关于你的不在场证明，我们查证：当晚 9 点，在出租屋巷口网吧门口的监视器里的确看到了你，9 点 20 分你拍的手机照片，以及你朋友们的手机照片，还有他们的证言，证实你在晚上 9 点之后至第二天凌晨 2 点有明确的不在场证明。

但最关键的时间段，晚上 7 点至 9 点，也就是法医解剖尸体之后，根据胃里食物的消化情况认定的郭川的死亡时间，你恰好说得很模糊。

你说你们坐的是黑的士，对车辆和司机的印象很模糊，这个城市黑的士特别泛滥，很多私家车都随便接客揽客，一个人站在马路边，立刻就有好几台车子围上来，我们无法追查。

所以，事发当晚7点至9点间，你还有其他证据可以提供吗，比如还接触了什么人，买了什么东西？

“没有，细节我实在记不清楚了。”

张国良警官有点失望，你还是好好想想为妙，你看你未婚妻的不在场证明就完全成立：当晚8点30分左右，她被家人送到医学院附属医院挂了急诊，医院有监控，而且她还有一个关键性的物证——就是她的血液。

医院保留的是她当晚采集的血液样本和她本人昨天被警方采集的血液一致，也就可以证明是她本人到的医院。所以她的杀人嫌疑被完全排除了，现在只剩你的，你还是好好想想。

“我能问问郭川的尸体是在哪儿发现的吗？”思索几秒，杨木发问。

“河谷高新开发区的一处工地里。”

“那里距离市区很远呀！如果是我杀了郭川，短短两个小时之内，我怎么可以做到杀人、埋尸体，再回到家里呢？”

杨木心里得意，终于引导着警察问到自己不在场证明的关键点。

“的确啊！”张国良警官露出脸颊上的酒窝，晚上7点钟从芬雅出发，2个小时往返河谷高新开发区，9点钟再回到你家，时间的确非常紧张。

“那就请你尽量再回忆一下，把当天晚上7点到9点，你和任青青散步的路线图，在哪里搭上黑的士，能想到的一切细节都告诉我吧！如果无懈可击，警方会解除对你的怀疑。”

15

在金钱方面出现的峰回路转，让杨木惊喜万分，可激动平复之后，却越想越不对劲——

我叫杨木，杨木啊！这样头重脚轻的名字，怎么会有这么好的运气？

从小到大，不管多穷，杨木从不买彩票，他知道那是白送钱给人家，因为自己连个塑料脸盆都中不了。

不过，如果是骗局，人家还能骗自己什么呢？

杨木呜呼哀哉，自己穷得都想到处去骗了，还有什么值得别人来骗？

骗肾、骗心脏、骗眼角膜？黑市里的确有人在买卖，杨木早就打听过价格，可就是自己把这些零件全拆开卖了，也卖不了这么多钱啊！

杨木翻看手机记录，上月网购时果然随手识别过一个叫“青年旅行社”的二维码。再次进入对方的网站，从五颜六色的页面、不停滚动的信息来看，这的确是家业务范围很广，规模很大的正规旅行社。

杨木想找朋友商量一下，可离家至今，并没有什么真正妥当的朋友，除了明子。可明子也是个棒槌儿，还是洗衣服用的那种，刚走进社会的乡下娃子，问他基本等于白问。春姐和君姐见多识广，可杨木不想让她们知道这笔钱的来龙去脉，一筹莫展时倒想起家乡有个小学同学现在做了警察。

警察同学也是半信半疑，他帮杨木认真查了一下，青年旅行社总部在首都，没有违法记录，应该是一家正规公司。而且旅行社用免费测试游做促销很常见，只是这笔奖金的数额太大，有点可疑。但既然钱已经汇到杨木的账户上，估计天上的馅饼真的砸了下来，反正就是一场旅行，把手机开通国际漫游，一路上多留个心眼儿，去去也无妨。

听同学这样说，杨木把心脏揣回心窝窝里。

正在这个节骨眼儿上，岳父要求追加 10 万块钱彩礼，张国良警官又不依不饶，找了任青青好几次，弄得她在杨木面前不断扑腾么蛾子，这最后一根稻草压垮了杨木，他下定决心去参加旅行团——

这是一场来得正好的旅行，窒息的鱼儿嗅到氧气的味道。

虽然目的地只是热带小岛，短短七天，杨木却好像要永别地球。

出发前两天，杨木一分不剩地取出卡里的那笔钱，雇了位钟点工每天来照顾邵风华，又请任青青美餐一顿，给她买了名牌包包，也给岳父、岳母甚至保姆都买了礼物，婚庆公司的钱付清了，新房的装修款结了一大半，彩礼用红纸包了，亲手交给岳母，不由长出一口气。

岳父看到这些转机，神情温和一点，岳母赶快留杨木吃晚饭，一家人总算给了个笑脸。杨木趴在任青青的卧室，静静听她的肚子，一声咕噜响，两人相视而笑。

“杨木，到了海岛看到比基尼美女可别乱来呀，不然小心回来看不见孩子！”

“怎么会！”杨木搂住未婚妻的肩膀，“在我眼里，谁也比不上我老婆，因为她给我怀着大胖儿子呢！我如果对不起她，就让我坐的飞机从天上直接掉下来，摔死我！至于警察那边，你多加小心，千万别出任何差错，你是孕妇，估计他们不会为难你。总之，这次我们一定会化险为夷……”

“反正一切看你的表现。”任青青意味深长地瞧了瞧肚子，又瞥了瞥杨木。

16

出发当天，杨木仔细打扮一番，明子借了台车早早把他送到机场，瞅瞅电子显示屏，时间还太早，便在书店流连，买了一本诗词入门，夹在腋下。

来到邮件里约定好的会合点，又枯等几分钟，一个女孩儿拖着硕大的箱子出现，瞟了杨木一眼，脸蛋儿立刻通红，眼神忽闪着不敢和他对视，但最后忍不住还是主动搭话：“你是等团的吗？”杨木知道她被自己的外表惊艳，便拿出一个亲民的微笑：“对，我来早了，你也是等团的吗？”

女孩儿立刻笑逐颜开，“我也是呢！”伸出水芹菜一样的小手，“我叫李黛，今年大三，你好！”

杨木礼貌地轻握对方手指，“幸会，我叫木木。”

“木木？”李黛笑，露出好看的小虎牙，“你也姓李吧？咱们姓李的人，小名净是叫木木的！”

“那你小名也叫木木吗？”杨木不置可否，笑着反问。

叫李黛的女孩儿假装叹气，“我可苦了，我小名叫李子。”

“小李子？”杨木笑点不高，已经咧嘴，“那你是古代穿越回来的吗”？

两个年轻人有说有笑一见如故，又有人走近，这是个中年男人，也问话，你们两个是等团的吗？

“是的！”杨木和李黛异口同声。

那男人放下箱子，“这我就找到组织啦！你们帮我看着行李，我想上个厕所，今天真不顺，我还以为会误了飞机，还好按时到达。接下来咱们就是团友了，请多多指教，两位小朋友怎么称呼？”

杨木和李黛报上名字，那男人掏出名片，“我开了家小公司，多个朋友多条路，我叫桂园。”

“桂圆儿？”李黛憋不住乐，“今天真是奇了，李子和桂圆都来了，这一路上不愁吃喝。”

“此园非彼圆也。”桂园文绉绉的，拿手指头在掌心比画着，才想起自己还有重要任务，连跑带颠地奔向厕所。

“你快看，那不是游游吗？”李黛扯着杨木看向那边，可不是，正是她！

陆游游是影视新秀，演了两部电视剧，最近有点冒红。今天虽然是休闲装，但也看得出是精心打扮过，带着一副宽大的墨镜，身后跟着两个助理拎包拿行李，排场不小。

此人怎么会不认识，甚至可以说是老相识！

杨木几次和她在车展上搭档，当时大家都是“白丁”，短短两年已经天壤之别，不由感叹名气这东西实在有魔力，心里如同吃了一筐酸角。

“估计是去拍戏吧？会不会和我们一个航班？你说我去找她签名好不好？”李黛喜鹊一般叽喳，举起手机拼命拍照，杨木则巴望游游别看到自己。

女演员带着助理转了一小圈之后，也在不远处站住，杨木听到一个女助理在抱怨：“咱们这么大的腕儿干吗偏参加这个团，这和咱们身价也太不符了，贵宾室也没进，站在这里展览，被记者看到写出来怎么办？”

另一个助理就说：“写出来怕什么，上了头条咱们正好提高曝光率！”

李黛偷听助理的对话，又惊又喜，嘴巴张得老大。杨木却暗自叹息，真是天有不测风云，在这里遇到发达的旧相识，不尴不尬。

“上次活动借的衣服还了没，那么一大块红酒印子洗掉了没？”

“哪里能洗掉？那个肥头大耳的老板搂着咱们硬灌酒，搞得人家品牌直骂人，说以后再不借给咱们衣服了。”

“不借拉倒！咱们这么大腕儿不给他们免费做宣传！”

“看你能的，人家是国际大牌好不好，还能被咱们吓倒？”

两个助理嘀咕之际，陆游游只是看手机，好像她们聊的不是自己，只有李黛在旁边听得如痴如醉。

这时又一位男士走过来，对陆游游几人视而不见，直奔李黛和杨木过来，大家打了招呼，果然也是团友。“怎么称呼？”李黛有点自来熟，看那男人气度不凡，打扮也不俗，就主动发问。

“我叫卢甘泽。”

这名字一出口，李黛跳起脚笑，“可巧了！今天怎么了，竟然碰上这么多名字自带水果的人，你更厉害，芦柑、甘蔗，不是开水果店的吧？”

卢甘泽被年轻的小妞感染，也自然地熟络起来，听完李黛和桂园的名字也说，“真巧！”

这边好不热闹，陆游游斜眼瞥了过来，李黛吐吐舌头，扯扯卢甘泽的袖子，“可不得了，你看，大明星都参加我们的团呢！”

卢甘泽端详半天，“哪个是明星？”

李黛惊叫：“你不会是外星人吧，你不看电视的吗？”

卢甘泽无辜地摇头，“我很少看电视，最多看看新闻。我还真不太爱看那些云里雾里、胡诌八扯的连续剧。”

李黛认为这话在讽刺自己品位低，无趣地“哼”了一声，重新站回杨木身边，刚刚对这位陌生人燃起的好感，至少减掉 30 分。

17

不断有人来报到，等前前后后到了十几个人，约定的时间也到了。这其中有人不声不响、不远不近地站着，也有人立刻和大家打成一片。

一位穿着黄色运动套装，手拿蓝色三角小旗子的女孩儿走过来，看年纪和李黛相仿，自我介绍，自己是这个团的导游，叫 Pinky。

“小姘？”李黛又咔咔笑着，她和杨木已混熟，而且惊奇地发现两人竟是同月同日出生，只是杨木早了两年，这种缘分实在难得！所以在外人眼里，两人亲昵得如同小情侣。

“你笑点也够低的了！”杨木俯身望着娇小的李黛，细看之下，这女孩儿眉眼特别精致，肤质也细腻，清纯学生妹正是自己喜欢的类型。杨木回想起这几年自己接触的女人，包括任青青，虽有肌肤之亲，其实都非自己所爱，只是被动地接受。

“是的，我是发散性思维，所以笑点低。而且我记性特别不好，算是半个残疾人，只好靠起外号记人名字。”

“那这个团里你还记得几个人的名字？”

李黛得意，凡是刚才报过名字的都记住了，其中有几个人的名字很有趣，人也好记：一位叫钟孝全，大学教授，“忠孝两全”，听名字就是个老夫子。一位叫余光远，牛哄哄的，不用正眼看人，余光倒是撒得很远，好像是工程师。还有那位美女，何安安，开了家美容院，她本人也是美容科医生，我在公交车上看到她为自己的医院代言，但愿她为任何人做的手术都“平平安安”。

“真厉害！”杨木赞叹，“你不做外交家可惜了，那你觉得这个导游怎么样？”杨木的视线转回到 Pinky 身上。

“这么快就看上她啦？”李黛调侃，暂时还没听出醋意，“我觉得，她有点个性。”

两人停止交谈，凝神看导游，只见“小姘”远远站着，和团友几乎零交流，只顾着对表格数人头，有人问话她就皱起眉头，寥寥几个字打发。一般的导游和大家初次见面都争取留个好印象，一路上靠撒娇卖萌、威逼利诱推荐自费项目和购物店，她有些与众不同。

导游怎么样并不会影响杨木的好心情，正和众人谈笑风生，一个熟悉的身影出现，瞬间把他按进冰窖深处！

张国良警官，他怎么会在这里？！

只见警官径直找到导游，两人说了一阵子话，杨木看到 Pinky 拿出手机在旁边打电话，不一会儿朝他点头，张国良便走了过来——

“杨木，真巧啊！”

从头到脚已经结冰，杨木欲哭无泪，还是勉强回应：“巧……”

“你们认识吗？”李黛凑过来，好奇地盯着眼前另一位资深帅哥。

“一面之缘而已。”张国良语气轻松。

“你叫什么，是做什么的？”李黛又开始查户口。

“我叫张国良，是高中体育老师。”

哇，李黛拍手做可爱状：“我最喜欢体育老师啦，你们又酷又帅，看来这一路上你可以保护我们啦！”

“愿意为美女保驾护航。”

等换好登机牌，过海关的时候，杨木才发现陆游游竟然是一个人参团，而且也和大家坐经济舱，心里顿时舒坦不少，看来她也不是混得那么好！张国良警官并没纠缠在身边，并且刻意隐瞒了身份，一直主动保持距离，与杨木再没有交流。

事到如今，杨木只好劝自己不要一味烦恼，兵来将挡，水来土掩吧！

又候机一小时，一行人终于登上飞机，这是一架飞往热带某国的航班，属于该国的一家航空公司。杨木帮李黛把行李安顿好，和桂园三人坐在一排，桂园一屁股就坐在过道旁边，跷起二郎腿，空姐走了过来。

“先生，请您让一下，这个座位是那位先生的。”空姐操着还算流利的国语，俯身客气地对桂园讲，指指不远处站在过道上的一位满头白发的外国人。

“美女，我们几个人都是一起的，你给换换位置呗！”桂园嬉皮笑脸，摇摇自己的登机牌，“你看，我就是前面一排中间的位置。”

空姐有点为难，走到外国人身边，讲了半天走回来，“很抱歉，那位先生要坐在自己的位置上。”

“你们是干什么吃的，这么不灵活，这么不讲情面！”桂园的脸迅速由晴转阴，“只是几个小时，坐在前面会死呀，你们这是什么航空公司？”

一位空少听到骂声也走了过来，客气地请桂园回到自己的位置，桂园就是不肯，杨木和李黛碍于情面也给桂园帮了几句腔。已经坐下的 Pinky 重新站起来，阴沉着脸走了过来，她用也带着热带国家口音的国语命令桂园：“桂先生，请不要这样，回到属于您自己的座位！”

“导游你来得正好！”桂园抓到了救命稻草，他重新跷起二郎腿，颐指气使道，“你说，我们是一起的，当然要坐在一起，你是怎么换的登机牌呢？”

“这个座位已经被那位先生提前预订好。”Pinky 的脸色更加难看。

“我不管，我就要坐在这里，我喜欢坐靠过道的位置！”桂园也放起了横，嘴里竟然不干不净起来，不久老子、妈、大爷和奶奶，圈圈叉叉的都出来了。

“不行，你必须回到自己的位置上！”导游突然拉扯桂园，想把他从座位上拉起来。

“你胆子太大了，胆敢动手打客人，我要投诉你！”桂园也去推搡导游。

算了！算了！杨木和李黛赶快相劝，就几个小时，坐哪里都一样，不要吵啦！桂园见众人劝他，更加来劲，嘴里越骂越难听。

这时候，坐在前排过道的钟孝全站了起来：“小伙子，我这个位置靠过道，你坐在这里吧，别吵了。”

“关你什么事，你不用多此一举，我今天就要坐在这个位置！”桂园胡搅蛮缠起来。

“请您回到自己的座位，否则本航班不再为您提供服务！”

这时机长也走了出来，周围的乘客都在指责桂园，迫于眼前的压力，桂园老大不愿意地起身，回到自己的座位，用力坐下来，嘴里还在骂。

那个外国人坐定，杨木和李黛对他怒目而视，对方视而不见，自顾自看起随身携带的书，空姐和导游都过来道歉，对方只是笑笑。

在飞机起飞前欢快的旋律中，不愉快很快如雾消散，桂园又笑逐颜开，他惊喜地发现自己坐在了美女医生何安安的身旁，两人很快就混熟了。游游升舱了，杨木的视线始终没离开张国良警官，他坐得很远，只能看到一小块头顶。

“他这个人不太拘小节。”李黛指指坐在前面的桂园，小声对杨木说。

杨木认同，“是的，素质太低，这一路上估计少不了要丢咱们的脸！”

飞机开始滑行，桂园突然解开安全带又起身了，一边打开头顶的行李箱翻东西，一边对着后排的杨木和李黛大声喊——

“老子和这个死导游、这架死飞机结下梁子啦，你们做个证哦，把我惹火了，等下我就把它炸了！”

他的这个举动再次惊动空姐，空姐跑过来制止，满飞机的人都横眉冷对。

被点名的李黛和杨木无可奈何，偷偷交换个鬼脸，身子不好意思地缩进座位里。

18

飞机上的时光甚是愉悦，短短几小时之后，杨木一行降落在热带某国的首都。异国风情扑面而来，杨木等人满眼满心都是期待和好奇。

这里是世界著名旅游胜地，遍布上万个海岛，细软沙滩，纯净海浪，蔬果满地，万花争艳，绿植如被，真乃天堂之地！

扫兴的是飞机上桂园又出事了，送餐的时候他坚持要吃两份，因为机上备餐不足和空姐再次起了冲突，争吵的过程中，他竟然打翻了餐盘，滚烫的饭菜扣在空姐的脚上，结果刚下飞机桂园就被警方带走，全团人苦等了他三个小时，才被导游弄出来。

“消停一点儿吧，哥哥！出来玩就是寻开心，别那么较真，与人方便自己方便。”杨木拍拍桂园的后背，对方却还满不在乎，“对呀！本来就是玩嘛，我也图个心情好，谁给我不舒服，我也不能让他舒服！”

钟孝全又走过来劝，“今天多亏导游把你救出来，在飞机上你骂得那么难听，至少谢谢人家一句。”桂园的头摇得像拨浪鼓一样，“我还谢谢她？都是她害的！”

“那你至少给钟教授赔个不是吧！人家好心给你让座，你还出言不逊！”李黛也面有愠色。钟孝全大度摆手，“没事没事，咱们都是自己人，出来在一个团里就是缘分，我不会计较的。”

“你不计较我也不会谢谢你！”桂园反而冷冰冰的，“你也许是好心，但太不会看脸色了！我今天摆明是给导游下马威，让她别那么跩，这明明是替大家出头，可你却跳出来给她解围，你说你安得什么心？”

大学教授面露惭愧，旋即无奈摇头，没有接腔。

看他这份胡搅蛮缠劲儿李黛气不打一处来，正想和桂园继续理论，被余光远扯住：“不要劝这个神经病了，我只是奇怪他情商这么低，是怎么做生意当老板的？这个国家现在就是这样的人多，不知道靠做什么见不得人的勾当发家致富的。”

卢甘泽也感慨：“大千世界，无奇不有啊！”

这边桂园刚消停，又有一位团友当众出丑，过海关的时候，明明看到巨大的禁止拍照的警示，这位哥们儿还是肆无忌惮地举着手机开着闪光灯啪啪地给海关照相，直到被工作人员当众斥责，并删除了手机里的全部照片才允许他过关。

过关之后他还在抱怨海关小题大做，站在他后面的何安安特别不爱听，但还是耐心地给他解释了一番：海关不能拍照是国际惯例，因为海关是执法机构，同时也代表了国家主权，神圣不可侵犯，而且你拍照会干扰到别人或者泄露别人的隐私，不管是出于保密还是安全考虑，海关都不能拍照。

“听你的意思我就是坏人，是间谍？”不知道是不是恼羞成怒，这位团友对何安安口出不逊。

“我肯定不是这个意思，你怎么就上纲上线了？”美女医生保持耐心。

“我既然不是坏人，就拍张照片，你说他们凭什么这样对我呢？”

“可是那么大的禁止拍照的标志，大家都在遵守，你为什么就是要拍呢？”

“规矩本来就是人定的，既然是人定的，我也是人，干吗要遵守别人定的规矩呢？”

“那人为什么要遵守法律呢，法律就是一种规定呀！你一个人丢人可以，别给这个团，这个国家丢人！”何安安见对方几十岁的人了还蛮不讲理，嗓门也立刻高起来。

卢甘泽见这边的气氛也僵住了，赶快拦住何安安，“算了，少说几句。”

“好心劝你，我看你是不知好赖，早晚要吃大亏！”何安安气愤难平，丢下一句话转身就走。

虽然话不投机，毕竟是出来玩的，等李黛把气氛调节好之后，大家搁置不愉快，海岛游开始啦！

女人们早就蠢蠢欲动，艳丽的花朵长裙从旅行箱里抖了出来，搞得男人们心旌摇曳。女明星陆游游果然会打扮，妆容精致，浑身名牌，李黛也不输人前，走小清新路线，何安安是专业美容医生，时尚性感，微露的半球几乎要从领口弹射出来，这三位女性走在一起，看点实在多多。

杨木和李黛已经形影不离，李黛崇拜陆游游，不久也邀她入伙，陆游游倒比想象的随和，她其实早就认出杨木，主动打招呼还开起了玩笑，等两个人扯到“P”哥，吐槽起他对大家的种种刁难，惺惺相惜之余，杨木对陆游游的嫌隙就完全消失了。

桂园嘻嘻哈哈地跟着杨木三人，这四个人就组成了团中团。

卢甘泽和钟孝全一路边走边聊，杨木不时还和卢甘泽搭搭话，其他人三三两两的，全都有说有笑。李黛留意到张国良孤零零的，拖着箱子走在众人后面，就主动把他拉到身边。杨木十分不自在，张国良一眼看穿，不久与何安安走在一起，聊得也不错。

熟悉之后，李黛对团友都很友善，只是讨厌一个人，私下不停地非议导游 Pinky：“你说她怎么这么跩，态度恶劣，天生一副死人脸！这一路上，她把我们往旁边一撂，就告诉我们哪里吃饭哪里拉屎，几点坐车，几点睡觉，当我们是猪啊！这样的导游老板还不开除，早晚把客人得罪精光！”

卢甘泽又安抚李黛：“得饶人处且饶人，你计较她，岂不和她一般见识，不喜欢的人置之不理即可，先和谐，再发展。”

杨木钦佩，“卢哥，听您讲话的水平，肯定不是一般人！真人不露相，估计也是大学教授吧？”卢甘泽抿嘴，“哪里呀，我可没这个水平！”然后赶快拉钟孝全另起话头。

其实杨木也认为没必要和一个导游纠结，咱们本来就是个免费的团，商家全程赞助，这是天上掉下来的大馅饼。因为没有自费项目，咱们也没给小费，导游在我们身上揩不到任何油水，人家不高兴也是可以理解的。

桂园完全不同意杨木的看法，撸胳膊挽袖子准备随时和导游再干一架的模样，杨木知道他和导游已经“结下梁子”，不想事情闹僵，就尽量缓和气氛。

19

身处一个旅行团里，不可能完全没有交集，而且横亘在两人中间的尸体沉重而顽劣，压得杨木窒息。这具尸体虽然解剖了，可能泡在药水里，但他还存在，就算已经火化了，可阴魂始终不散。

所以，虽然对方全无暗示，杨木对张警官此行目的还是心知肚明，绝对不会是偶遇这么简单，不知不觉主动找机会和张国良坐在一起，趁四周无人，低声问道——

“为什么你就是不相信我没杀人，竟然还跟到这里？”

“我并不是跟着你，我也是来参团的。”警官玩捏着手中的椰子壳，把吸管折成一个简单的蝴蝶结，这才丢进垃圾桶。

“你也中奖了？”杨木将信将疑。

“我没有中奖，而且这个团里的人也不都是中奖的。警察也是人，我也有年假需要休息，现在我和你只是普通团友关系，你不必太介怀。”

怎么会不介怀呢！杨木心里叫苦，嘴上无话反驳，更不敢再节外生枝，含糊了几句便找李黛和桂园去了。

海岛行的确是趣味无穷，特别是有大把的机会展示自己的傲人身材，暂时把警察和尸体放下，杨木开始如鱼得水，刚穿上泳衣来到海滩，包括李黛在内的所有女人都看直了眼。结果当晚，就有外国女人在沙滩上主动搭讪示爱，好在杨木见怪不怪，妥善应付过去。

看完杨木的泳装秀，李黛更加主动，看得出她在打扮方面下了苦功夫，围在杨木身边寸步不离，连上厕所都要结伴而去，互相拎着包。

为了让李黛开心，杨木一路上边走边摘，看到盛放的花朵就连枝一起扯下来，编成花环给她戴在头上，又帮她和陆游游摇树，拍了好多张花瓣雨的美照。

杨木托着李黛，让她爬上高高的佛像，亲手抚摸那些珍贵的壁画，又打开闪光灯用手机对着拍了个够，真是过足了瘾！

在海岛国首都游玩一天，拜了两座寺庙，逛了水上集市，吃了海鲜大餐，众人终于回到酒店休息，李黛意犹未尽地张罗着打牌，杨木找准机会，拦住导游 Pinky，递上了今天在集市上买的手工香皂。

杨木知道自己抿着嘴略微眯起眼睛笑最帅，便摆出这个表情，低声下气地问道："贫可儿姐姐，我想问一下，是不是回国之后，尾款就付给我们？"

"什么尾款？"黑瘦的热带女孩儿还是板起脸，瞪着杨木。

"不是，就是那个……"杨木慌乱之中咬了舌头，"就是之前给的钱，中奖的，首付了一部分，后面的说结束了给，我想问问，是不是回去马上就给……"

"我不知道你在说什么，莫名其妙，你也不要再问我！"Pinky 又瞪了杨木一眼，手里的香皂砸回他的怀里。

李黛在不远处看得清楚，朝猴屁股红脸蛋儿的杨木做个鬼脸，"活该，让你去撩她！"

卢甘泽也笑吟吟地看着，杨木只好自我解嘲，"我勒个去，这个导游，彻底废了！"

20

"佛曰，皆缘！我们这些人缘分不浅，不如组成一个临时班级，怎么样？"

导游指望不上之后，李黛便自告奋勇，爆料自己就是旅游管理专业的，毛遂自荐当起文艺委员。众人积极响应，李黛大大方方地抓起麦克风清唱了一首歌，大巴车里一片掌声。

“我年纪最大，还是当老师的，应该多照顾大家，我就当生活委员吧！”钟孝全第一个举手呼应，大家马上起哄，“那怎么行呢，钟教授应该当班长！”

游游呼声也很高，很快就当选了副班长，也给大家唱了几句电视剧的主题曲。听说张国良是体育老师，那就当之无愧是体育委员；卢甘泽敏而好学，诲人不倦，勇夺学习委员称号；余光远是组织委员；何安安是卫生委员；桂园叫得也凶，大家让他当了宣传委员；杨木年轻力壮，是劳动委员的不二人选。团里的每个人都分到了“职务”，临时班级热热闹闹地在大巴车里组成了。

杨木瞥瞥导游，只见她对大巴车里的一切置若罔闻，眼睛只浏览窗外的风景。有几个男团友还想逗一下，见对方横眉冷对，也不再自找无趣。

“来，来，大家做个游戏如何？”

文艺委员李黛继续拿着话筒，咱们就玩个“分牛”游戏吧！

“游戏很简单，咱们一个挨一个，轮流‘吃’牛身上的一个部位，比如我说，牛奶，你说牛腩、牛排，等等，谁三秒钟接不上就要罚，别人说过了自己又说的也要受罚，怎么样？”

大家都说简单，也就玩了起来，不一会儿，大巴车里牛肚、牛百叶此起彼伏，几轮下来之后竟然连牛尿、牛乳头和牛前列腺都憋出来了。李黛一边递话筒一边调侃大家：“你口味真重，这也能吃！”“不错，祝你好胃口！”很多人眼泪都笑了出来。

李黛一边带大家玩一边又瞟导游，对方还是硬挺挺地坐着，竟然完全无动于衷。李黛彻底服了，奇葩！

好在这一路上吃住行都特别妥当，去的每个景点和海岛都叫人流连忘返，摩托快艇、拖伞、香蕉船和潜水都一一玩遍，住的酒店更是超级豪华。

而且，除了大声喧哗、随便插队、忘记冲厕所、房间里没给留小费，顺便带走餐馆的牙签之外，团友没再干出惊动警方的大事。

尤其有李黛这位开心小果，大家一路欢声笑语，杨木的身体随着李黛，耳朵却跟着钟孝全和卢甘泽，这两人讲国学说经济，杨木虽然不懂但特别爱听，不过心思还是在张国良警官身上。

唉!

杨木止不住地哀叹，美中不足，事不遂愿。

张国良却比想象中随和，一路上他和众人也是谈笑风生，杨木揉脚踝、假装系鞋带还是偷听到不少，原来他也是位踏实有责任心的男人、一对乖女儿的父亲。虽然出身贫寒，但励志经历十分感人，而且浑身充满正能量和正义感，虽然隐藏在高中体育老师的身份下，但自然散发，入人心田。所以只一两天，团里的每个人几乎都成了他的朋友，何安安更是他的忠粉，几乎寸步不离。

灵光闪现，杨木一拍大腿，也许这是个好机会呢!

警官是重情重义之人，如果能趁这次旅行和他成为朋友，也许有一天他能放自己一马!

虽然这可能是一厢情愿，甚至是痴人说梦，但杨木还是不由自主地朝警官微笑，更在餐桌上把自己带来的辣椒酱分给对方。友善不久便在两人之间自然地流动，杨木的心小心翼翼地放了下来，开始全身心地享受李黛、海岛和度假酒店带来的欢愉。

不过爱因斯坦的相对论很快起了作用，快乐的日子转瞬即逝，一晃已经第六天了。

一路上众人按照行程表坐车转船，往深海里越走越远。昨晚海边烧烤的宿醉还没醒，一行人又被导游叫醒——

天空还是深蓝，海上犹有明月，杨木洗漱过后拖着行李打着哈欠，晕晕乎乎地爬上大巴，和李黛、游游挤在一起，头靠着头，肩挨着肩。

杨木只听到卢甘泽嘟囔了一句“这也没有按照行程表呀？”，突然闻到大巴车里一阵甜甜的奇香，不知不觉就歪在李黛肩头。

第二章　入住

1

“快醒醒！”

有人在耳边大喊大叫，用力拍着肩膀，杨木勉强睁开布满红血丝的眼睛，看到导游 Pinky 正用粗暴的方式挨个唤醒团友，只好搓搓脸，抬起吸饱了水的拖把一样沉重的眼皮。这才看到，团里的其他人七扭八歪也睡得正香，而大家竟然在一架小型飞机上！

这是一架只能坐二十几人的小飞机，不知停在哪里，这种飞机很是奢华，杨木有幸曾经坐过一次。

杨木的脑仁还挂在昨晚的椰子树上，实在太嗨了，离别的前夜，酒已经成了水，一群人在沙滩上胡闹，连哭带喊地围着篝火跳舞，桂园疯得几乎没边了，搂着钟孝全跳肚皮舞，余光远、何安安也边唱边跳，李黛的裙子都着火了，最后腰里围上张国良的衬衣，卢甘泽负责开啤酒烤海鲜，忙得不亦乐乎，大家全部筋疲力尽。

杨木不记得自己是怎么上的这架飞机，透过舷窗看外面，又是个海岛模样，指甲盖儿大的机场，跑道就建在海岸线旁边。

“已经到了，却还在睡觉！”Pinky 凶巴巴地又来拍杨木肩膀，挥舞着旅行社的小旗子，如同驱逐一群老鼠，“赶快拿起行李下飞机！”

众人此时都醒来了，伸着懒腰，彼此调侃，拎着行李走下旋梯，这才发现刚出跑道就是度假酒店的大门口，看来这个小机场就是酒店的。

“这是什么岛？”杨木打了个大哈欠问卢甘泽，见他正拿出地图仔细查看。

卢甘泽摇头，之前的那个岛翻译成国语叫蒲叶岛，现在的这个还不清楚，说完拿出手机，用GPS定位。

“按照行程我们应该是到什么岛呢？”

“应该还是在蒲叶岛，今天下午就要回国了。”

“不过今早导游不是说，临时给我们换一个岛，多玩一个地方，明天才回国吗？”

“但这个岛叫什么呢？我们现在在哪里呢？”卢甘泽举起手机，在天空费力地搜索信号，没有连接成功。

“哎呀，定什么位呀，反正是在大海里，海岛上！你们赶快回房间换衣服，等下我们一起去游泳，晚上抓紧时间继续HAPPY！”李黛欢快地牵着游游，推着卢甘泽的后背。

身着整齐制服的迎宾已经站在门口迎接，给每位来宾递上一杯清水，水上漂着一片花瓣，看来是可以吃的，众人正感觉口渴，接过来便各自一口吞下。

“这个酒店可真不赖！”

杨木不禁惊叹，虽然这一路过来的海岛酒店都非常豪华，但这家酒店却给人极大的惊艳——从外观来看，椰林掩映下的酒店并不起眼，只有两层，但只要步入大厅，就如同置身于另一个世界。

空旷，巨大，明亮，是这个室内建筑给人的最强烈的视觉冲击。

一阵清凉穿堂而过，众人只感觉肉皮一紧，马上就是透骨的舒坦，再抬眼看酒店大堂，至少有足球场那么大，圆形穹顶天花板上是繁复艳丽的热带风格壁画、古旧的吊灯和木质装饰，各式沙发又简洁又时尚，形成风格的对比统一，地面上竟然铺着一整块地毯，蔚蓝色的星空图案，与穹顶相映成趣。

大堂正中央有一面水晶浮雕墙壁吸引了所有人的目光，只见浅灰色的衬底上雕刻的是杨木母国语言的偏旁部首。这些打散的部首看不出组成了什么字，却错落有致，别有韵味。

更让人叹为观止的是，酒店大堂到处都是兰花，如同一个巨大的花房，争奇斗艳，美不胜收。杨木的手指上下翻飞摘个不停，不一会儿就捏出两个花环给李黛和游游戴在头上。

众人定格在刘姥姥进大观园的表情时，Pinky 已经拿到房卡，指指电梯，请大家自行到房间去。

李黛和游游还在大堂嘟嘴自拍呢，杨木的困意再次袭来，发觉自己立马就头重脚轻眼皮子发紧。他想等两个女孩儿一起走，她们却拍个没完没了，实在不能再等，再等恐怕会就地卧倒，杨木招呼也没打就先回房间去了。

102・226？

杨木强打精神看看手上房卡的号码，这是什么乱七八糟的，走进电梯，却看到了写有 102 这个数字的按键，索性按下，昏沉沉之际电梯已经停了，杨木顺利找到房间，倒头入睡。

2

这一觉真真如同被雷电击倒一般！

也不知道昏天黑地睡了多久，杨木终于醒来，窗外已是夕阳西下，肚子叽咕作响，该吃饭了。刚才实在太困，杨木不记得导游说几点钟集合了，只是隐约听见，在房间里等就行，我会联系你们。

随便啦，反正还是在这个度假村里消磨时间，不是玩海就是玩沙，不是烧烤就是闲逛，集不集合也无所谓！

懒洋洋地抓起手机，杨木想发个报平安的信息，却发现手机没有信号。卸下电板反复开关了几次，还是没有信号。难道是手机坏啦？不对呀，一路上都是好好的嘛，又没摔它。

起身找电话机，虽然这里打电话收费肯定贵死人，但自己和当警察的小学同学约好，每到一处就要报平安，这钱还是不能省，再说旅行社大头都出了，应该也不会计较这点小钱。可杨木找了一圈才发现，这个房间里竟然没有电话机！

国外的酒店房间里没电话机也不算奇怪，那就上网联系吧。杨木打开行李箱，拿出笔记本电脑，这是临走之前明子借给他的，自己每天要查看装修和婚庆公司准备进度，并第一时间通过任青青向岳父母汇报。

杨木在房间里又寻摸了一阵子，才发现整个房间竟然没有插座，没有网线，更别提无线网络了。

这就怪了，这是什么酒店呀？

四下查看，杨木确认这的确是一间热带岛国风情度假酒店的豪华房间，40 平方米左右。

洁白的墙壁，落地大窗帘，窗外是这几天快要看腻了的 360 度海景，一张大床铺着雪白的床品，四个松软的大枕头放在上面。床头一侧贴着淡蓝色墙纸，墙壁上挂着一幅色彩浓烈的油画，抽象派的一丛兰花，床头柜也摆了一盆兰花，开着几只橙色小朵。

“兰岛？难道这里叫兰岛？”杨木自言自语，有些纳闷这个名字是从哪里突然蹦进自己的潜意识里的。

墙角是落地台灯，台灯正对着一面大镜子，镜子下面是一张木质书桌，配了一把没有靠背的椅子，书桌上整齐摆着便笺簿和两支削好的铅笔。一个嵌入式衣柜正对着洗手间的门，衣柜里除了睡衣还有几套一模一样的纯棉便服、塑胶底布鞋，旁边挂着一个牌子，上面写了一行字。洗手间里有一个大浴缸，又是一面大镜子，洗浴用品和浴巾、毛巾一应俱全，摆放整齐，体重秤和一双浅蓝色的拖鞋放在地上。

杨木抓起便笺簿，再拿起洗浴用品，瞅瞅浴巾，眉毛不由得拧在一起。光脚站在地毯上，再次细看这个房间，发现不对劲的地方更多了——

酒店的所有用品上面竟然都没有标识，完全看不出品牌。

除了没有电话、网线之类，这个房间竟然没有电视机！

哪个酒店会没有电视机呢？一种不祥的感觉袭上心头。

打开小冰箱，杨木稍微安心，只见里面整齐地摆满各种点心、热带水果和饮料，打开包装袋闻闻，没发现有任何异味，反倒很香。正犹豫要不要吃一点儿，五脏庙蹬鼻子上脸，立刻闹情绪了，杨木也无心多想，反正这一路上吃香喝辣都是旅行社免费提供的，要有毒早被毒死八百回了。他赶快把东西扒拉出来，坐在地毯上就大嚼特嚼起来。

这顿吃饱喝足，眼皮子又打不开了，杨木揉揉肚皮顺了个嗝，反正已经进了酒店，导游早晚会来找自己，便再次倒头睡下……

3

这一觉，长得可以炖熟几锅猪头肉，杨木懒洋洋地爬起来，发觉身边一切如故。望望窗外的风景，月亮高高挂在天上。

肯定是自己睡得太死，没听见敲门声，手机又没信号，和大部队暂时失联了。想到这里，杨木不慌不忙洗个澡，顺便修剪一下腋毛，在镜子前欣赏了一会儿自己的裸体，摆了好几个心满意足的POSE

之后，才穿上衣服，打算在酒店里逛逛，找到导游和李黛众人。

这酒店的房门也挺有意思，外面看起来就是普通的木门，推开关上时才感觉到它的厚重，里面应该镶嵌着钢板。杨木刚出房门迎面就碰到了一位穿着制服的服务生，对方见到杨木，没有躲闪到旁边，反而面无表情地迎了上来，略微鞠了一躬：

“杨木先生，您好！”

不错，五星级酒店服务也是五星级的，服务生能认出每位客人，国语讲得也算标准。但杨木搞不清自己是睡多了有起床气，还是因为和大部队失联，一把火腾地冲了脑门，摆出“上帝”的刁蛮，开始训斥对方：

“你们这是什么鬼酒店，手机没信号，网络也不通，房间里连电话和电视机都没有！”

服务生依然一脸严肃，他好像没有听到杨木的问话，却死盯着他的衣服。

“请您穿上酒店为您准备的衣服和鞋子，就在衣柜里，里面有提示牌。”

“我问你话你还没回答，却让我穿你们的衣服，凭什么？真是岂有此理！”

“不穿我们提供的衣服，您哪里也不能去，这是酒店的规矩，必须遵守！”

“必须？”杨木毕竟是血气方刚的小伙子，怒了，“就是走遍全世界，我也没听说过酒店会强迫客人穿什么衣服，谁给你们的权力？！”

“我没有义务回答您。”服务生见杨木不配合，伸出一只手臂，径直拦住他的去路，把他逼回到门口。

“你还想打人吗？！”

“我没有这个意思，请您立刻回去，换上酒店为您准备的衣服！”

杨木不爱吵架，并非胆小懦弱，从小身强体壮，舅舅又教了他散打，班上的孩子几乎被他打遍，个个服服帖帖。他还曾经在公交车上管“闲事”，保护一位被骚扰的女孩儿，眉骨上现在还有一个疤。父亲失踪之后，家里出现重大变故，仗义的杨木继续帮“兄弟”打架。某次在帮兄弟打架时，因误伤他人而要赔一大笔医药费，这也是他不得不搬家的原因之一。

在现实面前，小杨木逐渐被磨成另一个人，逆来顺受，略显窝囊无能。此刻见服务生语气如此坚决，想起一路上自己总劝别人多一事不如少一事，这个酒店怪里怪气，现在和大家联系不上，还没摸清状况，没必要节外生枝，便气呼呼地回房。

思前想后还是勉强穿上酒店准备的衣服，好在这套便服合体舒适，鞋子码数也正好，杨木看镜中自己，并没泯灭帅气，反倒多了一些优雅，这才消了气。

当务之急，必须找到导游联系上李黛她们，和大部队会合！

打定主意，杨木开始梳理思路，突然想起在大堂分开的时候，听见导游训斥李黛和游游乱摘兰花，李黛扫了兴，把花环狠狠丢在地上，一把扯过导游手里的房卡，嘟囔一句“102·237，这是什么破房间号码呀”？

杨木庆幸自己还记得这个数字，102，看来她也在这层楼。乐颠颠地走出房间，走廊里再没见人，按照次序顺利找到237房间，轻轻敲起门来。

“谁？！”李黛的声音。

“我，木木，快开门！”

门迫不及待地开了个小缝，一条小白胳膊立刻扯杨木进来，杨木还没站稳，李黛已经扑上来，身子紧紧地贴着他。这突如其来的惊喜让杨木手足无措，有些尴尬之余，犹豫着是继续搂着她还是把她推开，发觉李黛也换上了酒店的便服，洗了澡，头发还湿湿的。

“吓死我了！”李黛抱得更紧，脸紧贴着杨木的脖子，嘴在他耳边呼吸，害他瞬间产生了生理反应。

“你先放开他吧！”是游游的声音，杨木这才发现两个女孩儿在一个房间里，游游正缩在床上的被子里，睁着两只大眼睛盯着门口，杨木赶快把李黛从怀里推开，反应立刻消失。

李黛并不在意，光着脚重新跳上床，和游游挤在一起。

“什么情况，你们俩在干吗？”

“木木，可把你盼来啦！我们刚才一直敲你的门，可能你睡得太死，你有没有发现这个酒店很怪异？”李黛声音都变了，杨木一惊，你们也发现了！

当然！

游游惊恐地睁大眼睛，说道：“太奇怪了，我睡一觉醒来实在害怕，就跑到李黛这里，现在我根本不敢回自己的房间！”

李黛赶快说：“我也是一样，根本不敢一个人待着！”

杨木赶快扫视四周，这个房间与自己的房间构造基本相同，只是室内布置和床上用品明显是给女性用的，看来酒店挺用心，房间还分男女。

不过，只一眼杨木就发现了问题，这里和自己的房间一样，也没有电视机和电话。衣柜里也是准备好的便服，旁边挂了一个牌子，提醒在酒店内部要穿着酒店提供的便服和便鞋，冰箱里也堆满了吃的，便笺簿和房间用品上也没有任何酒店的LOGO。

“我们赶快梳理一下吧，看看是不是很奇怪？”

4

今天一到酒店，我的第六感就报警了。

在飞机上咱们怎么睡得那么死，关键是早上明明在大巴上，怎么醒来就下飞机了？

“断片儿了。”杨木插话。

“对！断片儿了！”李黛斩钉截铁，“而且是集体断片儿，如果是我一个人神情恍惚那还有情可原，我们一团的人都蒙了，那就有问题！”

“但当时我和卢甘泽拿手机定位的时候，你还说无所谓呢。”

“刚下飞机那会儿是觉得无所谓，这几天玩太疯了，一看到蓝天大海豪华酒店，我满脑子都是接下来的节目，不过站在酒店门口，我就觉得不对劲了。”

“哪里不对劲，我看你当时还挺兴奋的，和游游一起让我摘兰花，自拍个没完没了。”

唉，李黛叹气，你说这么漂亮大气的酒店，我一个小姑娘难免兴奋地忘了其他的事儿，但第六感的天线一旦打开，就会不断接收信息。我是学旅游管理的，第一天就发现这个团很奇怪，一路上说说笑笑，其实是在默默观察。

咱们这个团到热带岛国的这些小岛，前几天都是按照 Pinky 给的行程表活动的，如果按照行程表，今天我们应该在蒲叶岛上再休息一天就返程了，怎么早上临时被导游叫起来，说要换岛呢？

“行程略有调整可以理解，毕竟咱们不是出钱的团，是商家的首发线路测试，导游之前就说过了可能会调整。”杨木对此倒不以为然。

“好，就算如此，那我问你，你说咱们现在到了什么岛，属于哪个国家呢？”

杨木语塞，可能还是之前那个国家吧，热带岛国同根同源，有的落地签，有的免签，一眼望去分不出你我，反正都是海岛也无所谓吧？

当然有所谓啦！

李黛正色道，我们出了国，如果连身处哪个国家都不知道，遇到危险怎么找大使馆求救呢？而且热带岛国这边海盗猖獗，我们稀里糊涂，别被卖了还帮人家数钱呢！

一路上导游、司机态度恶劣，尤其是这个酒店，外表虽然华丽，但有种不像酒店的感觉，气氛诡异，你可能没留意前台接待的这些人，和 Pinky 一样面无表情！

在酒店大门口给了我们一杯水，你们咕噜噜都喝了，其实我也很渴，但当时就是有种不想喝的感觉，我就叫游游也别喝，我们把水偷偷倒在花丛里，和大家一起进了大堂。

过了没几分钟，你们一个个都困得不成样子，你更是不告而别，但是我和游游还好，我突然就怀疑是不是水有问题。其实我和游游假装自拍，拖延到最后，就是在监视导游！

“那你们发现什么了吗？”杨木脊背发凉，急急地问。

李黛叹气，当时并没有，所以我们也只好回房间，各自进房不久就困得睁不开眼睛，睡醒之后发现与世隔绝，手机和网络都不通，导游也不见了！

“导游也不见了吗？”杨木心里咯噔一下，暗自担心自己的“尾款”还能不能收回来。

“鬼影子也没有！”李黛表情夸张，“而且，还有更奇怪的呢！先不说别的，你看看，这是什么？！”

游游配合李黛的讲述，一把扯开窗帘，你仔细看看！

杨木凑近，拉拉窗户的把手，嗯？竟然打不开！李黛也晃晃窗户，你再看看，窗外那些都是真的景物吗？

杨木定睛一看，直吓得六神跑了一半，原来窗外的海景竟然是一块巨大的高清电子屏幕！

刚才在自己的房间怎么没发现呢？！

那也就是说，我们在一个没有窗户的地方，还有人煞费苦心地用LED 屏迷惑我们！

李黛赶快拉上窗帘，压低声音说，刚才上楼时我们都按了 102 楼层吧？你想想，酒店的大门口只看到两层楼，这 102 层建在哪里呢？下飞机之后我们根本没看到这么高的建筑呀。

我们当时都云里雾里，但现在想想，我们肯定不是上楼，电梯其实是向下的，也就是说，我们现在可能是在地下 102 层左右！

而且……

杨木感觉千万只蚂蚁已经钻进骨髓，慌忙追问，而且什么？！

李黛停顿一下，惊恐地望望门口，而且，我总感觉有人在房间里盯着我们看呢！

游游闻言发出一声尖叫，把被子围得更紧，差点把杨木吓得魂飞魄散。

等大家抚着胸口各自把气喘匀，三个脑袋凑在一起，杨木才低声耳语，这么说，我们现在真的被关在一个奇怪的地方了吗？

“应该是的！”李黛唇语，挤眉弄眼。

“也许在房间里装了监视器。”杨木猜测。

“那怎么办？”游游的声音都颤抖了。

试试这个方法吧！

平日就没什么主意的杨木彻底慌了，但他突然想起以前有一个“前辈”告诉他的方法：如果和女人开房，担心被别人用摄像头录下来，可以打开自己手机的摄像头，关上灯，拉上窗帘，屋里越黑越好，透过手机屏幕在房间里寻找，如果屏幕上出现了一个红点，那就是监控摄像头！

管用吗？李黛似信非信，其实她已经认真找过一圈了。

“应该管用。”游游接话，“这个方法我也听说过，反正手机现在也不能用，总要做点贡献吧！”杨木打开李黛的手机，拉上窗帘，把房间的每一个角落都照了好几遍，一无所获。

重新拉开窗帘，几个人拍着胸脯，各自给自己打气，看来房间还是安全的，但恐惧还是如影随形。

“先找其他人商量一下吧，如果能找到导游最好，她不可能一直把我们丢在这里，总会露面的。”李黛建议。

对！

杨木想起在走廊里遇到服务生的情景，先要两个女孩穿戴整齐，自己轻轻拉开门，警觉地向四周张望一番，走廊此刻静悄悄的，一个人都没有。杨木把一只脚伸进走廊，确认安全之后，才朝屋里挥手，李黛和游游鱼贯而出，紧贴在杨木身后……

5

李黛的第六感还是立了大功，因为感觉蹊跷，她就多了个心眼儿，在大堂的时候，记下了大部分人的房间号，原来大家都住在 102 层。

先敲开钟孝全的门，发现他和卢甘泽也在一起呢，大家简单说了几句，分头去叫人，不一会儿，团友就聚集在钟孝全班长的房间。在杨木的建议下，全都换上了酒店提供的便服。

人都齐了，好像就没那么可怕，杨木看到李黛的脸色轻松不少，略微安心。

有些人和杨木、李黛一样，已经发现了酒店的诡异之处，一脸凝重。有些人刚被唤醒，还什么都不知道呢，等搞清楚状况，大呼小叫，惊慌失措，这里面属桂园的嗓门最大，他刚才睡得特别死。

“大家先别急，把信息汇总一下吧！”钟孝全起了个头，几天下来，这位老大哥俨然是团队的首领，大家也都听从他的召唤。

首先是李黛发言，她把之前的话全部重复一遍，游游和杨木补充，好几个人附和，“其实我们也纳闷呢。从导游开始，就觉得这个团不正常！”

“细想想，一路上什么事儿都不正常！”

“那要往前说，能参加这个团也不正常！”

众人七嘴八舌，像没头苍蝇一样，钟孝全打断大家的讲话，看了看卢甘泽，“我们也说两句吧！你们说的我们就不重复啦，进大堂没几步，我们就开始犯困，这个困来得不正常，和在大巴车里的差不多，我们也怀疑水有问题，可惜已经喝了。”

“回房间也睡了很久，醒来发现不对劲，我们就碰头了。结果一出房门看到个服务生，要我们必须换便服，我们问别的情况，他什么都不回答，转头就走。

“我们立刻追了上去，一定要问个明白，谁知道他越走越快，想要甩掉我们，这怎么行呢！

“我和老卢在走廊里大步流星跟着他，想看他要去哪里，结果他走着走着推个门进去，等我们去推才发现门被反锁了。

“我们想去酒店大堂问问，就去找电梯口，结果你们猜怎么了？”

“怎么了？”众人异口同声，满脸惊恐。

“我们竟然再也找不到电梯口了！”

“我们转呀转，越转心里越发毛，这里实在太大了——走廊无边无际，各种分岔口还带拐弯，很多路是死胡同，被同样反锁的门拦住，往回走的时候一不留神就迷路了。

“根据房间的编号，我们粗略估计，这一层应该有好几百个房间，却没找到任何出口！更奇怪的是，除了那个服务生之外，我们竟然再也没碰到任何人！

“其实刚拿到房卡我就愣了——102·241，这个酒店会有这么大吗？”

卢甘泽接过钟孝全的话头，“不过我住过类似的酒店，前面的数字 102 是区域编号不是特指楼层，我也就没多想。而且这个电梯的速度特别快，运行平稳，当时头晕晕的好像喝醉酒，稀里糊涂就到了”。

“那我们现在可能不在 102 层。”何安安接话，身为女人还算镇定，毕竟是医生，“而是在一个编号叫 102 的地方。”

“对！”众人附和，

“现在我们连电梯口都找不到，房间里也没有出口，只有无穷无尽的走廊，那也就是说，我们被囚禁在某个奇怪的地方了！”

“我们被绑架了吗？！”有人问。

“应该是！”钟孝全叹气，“导游现在失踪了，我们和外界失去联系，这不就是被囚禁起来嘛！”

“什么人囚禁我们？为什么囚禁我们？接下来他们要干什么？”团友群情激奋，你一言我一语。

卢甘泽比他人平静，示意众人收声，大家不要急，越是这个时候越要冷静，我们好好想想——

首先，谁囚禁我们？

毫无疑问是导游 Pinky 一伙儿的，现在就可以解释她一路上的反常行为了。

其次，为什么囚禁我们？

肯定是因为我们有某种价值，不然对方不会大费周章地把我们带来。

不过奇怪的是，我们这些人各行各业的都有，彼此也不认识，没什么共性。

最后，囚禁我们要干什么呢？

囚禁我们肯定和我们的某种价值有关，但现在导游面也不露，敌暗我明，除非对方主动现身，否则我们一无所知，只好走一步看一步。

我个人估计，冰箱里现在有吃有喝，我们也可以走动，估计暂时还不会有危险。

“那会不会养肥了再杀我们？”桂园插嘴。

卢甘泽苦笑，“你还真以为我们是猪呀！我估计，绑架我们索要赎金的可能性最大，我们应该是遇到海盗了！”

“海盗？”女人们惊声尖叫，一个个花容失色，常听说海盗不仅劫财，还劫色。

杨木这才顾上偷看张国良警官，发现他如同一具木雕，从始至终坐在角落里一声不吭。

6

“听导游 Pinky 的口音，看她的长相，她肯定是热带岛国人。”

卢甘泽继续发言——所以绑架我们的，不是海盗就是活跃在岛国附近的恐怖组织，青年旅行社很可能就是国内的帮凶机构。这样周密的组织，对方要的赎金肯定不少，应该不是向我们的家人要，也许是向我们的国家索要。

此刻，团友已鸦雀无声，大家都听说过海盗和恐怖分子，就算现实生活中没有，在电视上也看过。这些极端分子可怕至极，绑架撕票是家常便饭，有的还会虐待殴打人质，甚至将人质的头砍下之后抛尸大海……

大家不敢往下想。“完蛋啦，我们就是人质！”终于有女人开始哭了。

钟孝全赶紧站起来：“大家先不要这样，这只是最坏的可能。就算真是绑架，我们的国家肯定会想办法救我们，这点赎金国家还是给得起，我们要有信心！”

“如果要钱好办，相对来说钱还是最简单的问题，恐怖分子和海盗绑架的就算是平民，所属国家也会积极救援，不然国际舆论和国内的压力政府也受不了。”

卢甘泽和余光远也应和，“我们的国家现在国富民强，外交上面也很强势，我们这么多人被绑架，估计整个国际社会都被震惊，大家一定要树立信念，团结一致，相信一定会有人来救我们！”

“我觉得也可能不是绑架……”

人群里传出杨木的声音，看得出他是鼓起勇气才吱声的：“我可能说得不对，但大家想想，如果要绑架，为什么不选择那些大官和大富豪呢？说实话，我们这些人，除了陆游游是明星，也没什么太高身价的人吧？”

“达官贵人都有保镖，绑架他们很困难，而且他们不会贪便宜，参加这样的免费团，轻易被骗出国。”有人不赞同。

“那会不会是器官买卖呢，要我们的器官？”又有团友顺着这个思路推测。

这次连杨木也跟着摇头，认为不可能，器官的价格他最清楚。

钟孝全一手抚摸房间里那盆花瓣闪着金色的兰花，一手拍着自己的胸口：“器官的供体要尽量选择身强力壮的，你们看看我，一把年纪，一身毛病，我自己的器官都衰竭了，要买卖也不会绑我来吧？而且黑市有器官买卖，出钱就可以，何必这么费劲呢！我们这里有医生，应该明白我的意思。”

何安安赞同，“情理上确实说不通。”

“那还是被绑架了吗？”众人一筹莫展，但感觉这个结果还是最好的。

“可能性最大！”

卢甘泽重新把控局面，“无论如何，我们现在应该静观其变，按兵不动，吃饱喝足，当务之急是搞清楚我们在哪里，保证安全。”

“我们15个人中有6位女士，这就是我们的6个国宝，甚至比国宝还金贵，必须保护好她们！从现在开始，女士两两一间，不要单独行动，男士白天轮流陪着，晚上你们自己把门锁好，用椅子顶住门。”

“必须的！”

说到英雄救美的话题，再看游游李黛何安安姣好的容颜，楚楚可怜的神情，男人们的气概立刻被激发出来，一个个摩拳擦掌，恨不得现在就抢一个搂在怀里，几乎忘记自己也身处险境。

众人在房里叽喳半天也没个头绪，李黛朝杨木挤眼睛，两人隐身于洗手间，关起门。

“木木，虽然刚认识几天，但我把你当成好朋友，我认同你刚才的观点。”李黛凑到杨木耳边，杨木知道她有话说，但小祖宗，你靠这么近，会有反应的！

“这个团里，只有你和我是另类。”

“为什么呢？”杨木提高嗓门，其实是想为下身做掩护，李黛捂住他的嘴。

“小点声！其实这个团里除了咱俩，其他人都是人物呢，只是你没仔细品究。”

陆游游是明星就不用说了，卢甘泽、钟孝全和余光远，看谈吐气度也不是贪商家小便宜的人。何安安本来就是有钱的主儿，自己开美容院，就算桂园都不能小瞧，这个人从里到外全都是名牌，免税店里奢侈品皮包买小菜一样，当场就寄回国内。而且我还偷听到他打电话，合同一签都上千万，也是个身价不菲的老板，和我们绝对不一样！

“还有张国良，看起来也不像是体育老师。”此话一出口，杨木就想扇自己的嘴巴，吃撑了吧！怎么能主动暴露警察的身份呢，如果他暴露了，自己是杀人嫌疑犯的身份也暴露了！好在李黛不纠结于此。

“就是嘛，都不是白条鸡！”李黛贴得更近了，嘴唇几乎碰到杨木耳郭上的绒毛，弄得他浑身痒痒，“刚才卢甘泽说大家没共性，我倒是发现一个，那就是这个团里的每个人都在回避参团的原因，其实我早就发现了，我一问就被岔开话题——估计他们都有难言之隐或见不得人的理由，现在看来只有我们两个还坦诚。”

“我坦诚吗？”杨木想起荒地上溘然倒下的男人，想起他的尸体最终被发现，警察如影随形，竟然还有人认为自己坦诚。

“不过我还真没问过你，你是怎么参加这个团的？”李黛凝视杨木双眼。

“是幸运。”

“幸什么运？”李黛莫名其妙，杨木把自己网购中奖，收到邮件的过程讲了一遍，李黛摇头，“那我不一样，我是实力，学校组织的导游大赛我得了第一名，这是奖品。不过你我都是奖品，意思也差不多。”

“那给你钱了没？”杨木故作轻描淡写，却忍不住发问。

“没有啊！什么钱，难道还给你钱了？”

杨木不能节外生枝，赶快搪塞，“我以为你得第一名还发了奖金呢，看来是我想钱想疯了。”

“没钱，奖品就是这次的免费游。”李黛的双手终于搂上杨木的脖子，“总之我们小心点，凡事要他们出头，我们见机行事！”

一双小蛇般冰润的手从脖子沿肩膀、手臂慢慢滑下，最后捏捏杨木的手腕。杨木知道，她的手指如果再往下一厘米，目光也垂下来，便会看到自己衣服下面那个“玉”字印章来。

7

“你们俩还一起拉屎撒尿啊！”

桂园“砰砰”砸门，杨木只好放开李黛，洗手间的门刚打开，桂园便挤了进来，一双鸡眼到处瞄，特意看看马桶和垃圾桶，一脸坏笑道：“都这个时候还忍不住亲热呀？路上就发现你们俩好过了，在大家眼皮子底下还要找刺激，真服了你们。”

“茅厕吐不出莲花！”李黛搡了桂园一把，大家现在熟透了，举止也开始随便。

桂园立刻添油加醋地向大家宣布两人的“好事”，游游的脸先挂不住，训斥他不要胡说，钟班长也叫他消停一会儿，大家商量正事呢！

不久，商量无果，墙壁上的LED屏显示天色已晚，众人决定回房先休息明早再说。按照计划，游游搬进李黛的房间，明天开始杨木陪着她们，后天换桂园。

李黛要杨木今晚就留下，杨木从自己的房间抱来被子，窝在沙发里，两个女孩儿挤在一张床上。本想就此睡去，可三人瞪大眼睛，困意全无。

“你们怕死吗？”李黛问。

“我见过死人，也演过死人，我不太怕。”游游声音平静。

“我说的不是死人，是自己去死，你怕吗？”

死，一个曾经还算遥远的可怕字眼，如今却近在眼前。杨木回想起自己跳桥的一幕，又牵挂起此刻枯躺在床上的妈妈，心里发酸，很想流泪。不过现在处境未知，自己又肩负保护“国宝”的重担，不能那么脆弱，便接话：“死并不可怕，关键是准备好没。”

准备好了去死，死就不可怕；没准备好去死，死就非常可怕。

反过来说，死期已知，活着也了无生机，死期未知，还可以乐呵一天算一天。

三人听出话中意味，各自沉思，不知不觉鼻子又闻到甜味，没几秒就昏睡过去。等再次醒来，杨木吃惊地发现竟然躺在床上，身上盖着被子，李黛和游游都不见了！

这是自己的房间，杨木看到床头的橙色小花，昨天就掉了一朵在花盆里，李黛房间的是蓝色的。杨木顿时脊背发凉，好像有鬼魅在身后吹气。

肯定是有人趁自己睡着，把自己搬回房间！

再看房内好像又不对劲，自己先前的行李，竟然一件都没有了！甚至手腕上的运动手表也不见了踪影，只剩下一块晒斑。

杨木把房间翻了个底朝上，其实也不用翻，就这么大的房间，一眼就看得清楚。自己的箱子里还有电脑、衣服，现在通通都没有了，杨木看身上，穿着昨天的便服，柜子里还挂了两套，看来是给换洗的，冰箱里昨天吃了一些东西，今天又摆满了。

多么恐怖啊！

这些隐身人就出没在自己的身边，可自己却看不到他们！

杨木想起李黛和游游，担心她们出事，连滚带爬地跑到她们门口，敲了半天李黛才开门。

“你什么时候走的？”李黛披头散发打哈欠。

“傻瓜，房间里昨晚进人了！”

杨木把自己的遭遇讲给两人听，眼前多了两尊目瞪口呆的泥菩萨。

李黛好不容易合上自己张大的嘴，才发现行李也不见了影子。这位还没来得及哭，游游已抹起眼泪，杨木知道，她肯定是心疼那些漂亮衣服和化妆品，女明星没有化妆品可怎么见人呀！

“看来房间还是有古怪，昨晚我们几个一直聊天，不知不觉睡着了，再醒来又回到自己的房间。”众人又会合在钟孝全的房间，卢甘泽敲打房间的墙壁，仔细查看每一条缝隙。

“我们是怎么睡着的？”有人问。

“是安眠药。”美女医生何安安也没化妆，“我对气味是非常敏感的，昨天早上我们上大巴的时候，闻到一股奇怪的香味就集体睡着了，昨晚睡前又闻到了，我估计这就是安眠药。”

“我们男人倒是无所谓，你们女孩子没有被欺负吧？”桂园特别记挂这件事，几个女人互相看看，暂时还没发现被侵犯，桂园如释重负。

“这真奇怪了。”余光远面色凝重，“一天一夜没人联系我们，只是给我们吃喝，水里和空气中放安眠药，晚上睡觉又把我们搬来搬去，究竟想干什么呢？”

“想玩我们。”桂园又嬉皮笑脸，真正的危险还没到来，他还没进入状态。

“看来我们一定在对方的严密监视之下。”卢甘泽继续拍打墙壁，“也许，这整面墙壁都是监视器呢！”

“别吓人！”游游尖叫，“那我们怎么洗澡换衣服呀！”

李黛安慰着，算了，现在死活都顾不上，别说被看了，就是被蹂躏了也没办法，人为刀俎我为鱼肉，只能听天由命。

说到“被蹂躏”，杨木心里一紧，他不愿意李黛被人“蹂躏”。

“你们都看过电影《楚门的世界》吗？”钟孝全也起身拍墙壁，我们可能被人囚禁在这里，成为真人秀的主角。

“那我们就可怜了，沦为供人消遣娱乐的小丑。”

“你们说这个节目会有多少人看呀？”

“也许现在正有成千上万的人捧着爆米花，坐在沙发上被我们着急的傻样子逗得哈哈大笑！”

“那我们都成大明星啦？”

“拉屎的部分也会直播吗？”

大家又开始七嘴八舌，越扯越没边，游游的眼睛却突然闪出异样光彩，她站起来原地打转转："各位拜托，我得化妆，求求你们谁还有化妆品，我上镜必须化妆呀！"

8

闲聊一气毫无结果，众人又鸟兽散，垂头丧气各自回房躺着。

杨木百无聊赖，忽听到有人用指甲刮门，这声音怪怪的，想到自己正身处怪异的境况，随手抄起书桌前的椅子，战战兢兢地来到门口，小声问："谁？！"

"老卢，快开门。"

卢甘泽闪进房间，甩掉便鞋，掀开被子，径直就钻进杨木的被窝，在里面不停地挥手，"进来！快进来！"

不会吧？杨木的嘴巴惊得都歪在耳朵边，"卢哥，您几个意思？"

卢甘泽扯住杨木的手腕，杨木只好也钻进被窝，卢甘泽把四角掖好，等完全不透光亮，才低声说道："如果我们四周都有监视器，以后商量事情最好躲在被子里。"

杨木会意，卢甘泽抽出一支钢笔，依旧压低声音——

其实我一直有个习惯，每次到酒店之类的公共场所，都会把重要物品藏在床垫下——就算服务员换床单也不会发现的地方。这么多年没发现这个习惯有什么用，没想到这次却派上用场啦！

杨木惊喜，"卢哥您都藏了什么？"

卢甘泽苦笑："现金、银行卡和几件小零碎儿。钱和卡估计用不上了，不过你看这笔可不是普通的钢笔，这是高科技产品，市面上根本没有，是国家安全部门特制的！"他边说边在黑暗中抽出笔杆，笔杆抻直竟然变成一个微型液晶屏幕，细细的笔尖成为触摸笔，可以输入文字。

“就算没有手机信号，这支笔也可以与海事卫星定位，一路上我一直用它和家人联系，昨晚发了求救信号，把我们的处境描述了一下，估计救我们的人就快到啦！”

这真是从天而降的巨大惊喜呀，杨木激动不已，脚趾尖都在颤抖：“卢哥，我早说了您不是一般人，看来跟着您，我们就有救啦！”

卢甘泽也有笑意，但还是唇语道：“现在还不能过于乐观，如果我们真在地下102层，信号发出去会很微弱，而且就算收到信号，救援难度也特别大！再说这支笔在呼叫状态下只能待机15天，没电就得充电，可我们的房间都不能充电，所以我们只有15天的机会……这支笔先放你这儿，你要妥善保管，千万不能被他们搜去！”

“这个太重要了，您怎么放在我这里呢？”

“鸡蛋不能都放在一个篮子里，我还带了几样宝贝儿呢，都放在我这儿，万一被搜走，我们的希望就全断了。钟孝全和李黛都帮我保管了一样，这样大家获救的希望才能大一点儿。你必须每天查看笔上的显示，如果救援的人到了附近，显示屏会有提示，你记得立刻通知我！”

杨木听懂了，他在被窝中紧握卢甘泽的手，哥哥您放心，这支笔我一定好好保管！就算我的命没了，人在，笔在，人不在，笔也在！

卢甘泽走后，杨木锁上门重新钻进被窝，由于精神过于亢奋，整个身体都微微颤抖起来，抚摸着电子笔，似有重任在肩。

笔藏哪里好呢？

把脑袋伸出被子，呼吸到了新鲜的空气，杨木的手还藏在被子里，紧紧握住笔。房间里的灯都是亮的，窗外是一片静谧的夜色——虽然是假的。杨木这才注意到房间里的灯、窗帘和窗外的景色一样，自己根本无法调节，都是自动的。

杨木紧闭两眼，不久房间的灯便熄灭了，等一片漆黑之后，又假寐了一会儿，才把身子轻挪到床边，手顺着床单伸进床垫下面，在里面慢慢摸着，直到找到一个细小的凹槽，那是木板和木板之间的小缝隙。

杨木在被窝里把笔换到靠床边的这只手里，慢慢塞进凹槽里，一切妥当后，抽出手臂静静躺好，又过了很久才迷迷糊糊地睡着。

9

又是焦急的敲门声，杨木一跃而起，李黛、桂园和游游一起站在门口。

“你还在睡呀，就一点儿感觉没有吗？”

桂园摇摇左手，李黛和游游也挥手，他们的手腕上多了一个亮晃晃的手环。杨木看自己的左手，赫然戴着一个银白色的金属手环，两厘米宽，像个手镯。

“什么玩意儿？”他用力去拔，发现手环箍得紧紧的，根本拿不下来。

“肯定是睡觉时给戴上的，他们每天给我们下安眠药，等我们睡着了就开始折腾！”

“这个手环是几个意思？”杨木和众人聚在钟教授的房间里，摆弄着各自的手环，百思不得其解。

“太过分了，摆明是戏耍我们！我们又不是宠物，还要戴上项圈！”

“有没有辐射，对身体有没有害呀？”

“和养羊很像，现在养殖场都给羊戴脚环，其实是感应器，怕它们跑丢了。”

“这样我们也跑不掉了。”

“说不定还会突然爆炸，或者给我们扎上毒针，我们就全体拜拜。”

众人发挥完想象力，李黛计上心头，扯过卢甘泽耳语。卢甘泽摇头，“先不说那把瑞士军刀能不能撬开这个手环，就是撬开又有什么用，我们还是走不出去，撬下这个，人家还会给我们戴上那个，现在看来还是以不变应万变为妙……”

“我还有个问题，不吐不快。”余光远说道。

“我们之间会不会有什么交集？我们不知道的？”

“我明白你的意思了。”钟教授十指交叠，拇指相对，摆在肚脐前面，让人联想起一休思考的模样，“你怀疑我们 15 个人，与某个共同的人或事件相关，对方为了报复，把我们集中在一起，一并杀掉？！”

余光远点头，正是。

“哎呀，这可难了！我们的交集究竟是什么？是一起经历过什么灾难，我们见死不救，还是共同伤害过什么人？”

“你们是推理小说看多了吧？”

卢甘泽摇头，“我不是你们的同乡，印象中也绝对没有交集。李黛也说自己是从另一座城市考上这里的大学，平时一直待在学校里。其他团友也纷纷拿出‘证据’，交集的可能性微乎其微。”

一众人毫无头绪，就这么枯坐，桂园猛地站起来，把杨木吓一跳。

“你们坐以待毙可以，我可不行！我忍了很久了，我今天必须要冲出去，死 Pinky 凭什么把我关在这里！”

说话间，桂园已经拉开房门，冲到走廊上，扯开喉咙大喊起来——

来人啊！谁把我们关在这里？

Pinky！你个小王八羔子，你快死出来！

我早就说过我和你结下梁子，看来真是看对人，你就是个超级大浑蛋！你把我们带到这里，你现在死哪里去啦？

桂园一边喊一边在走廊里跑，他的声音回荡着，远远都听得真切。

桂园接着索性挨个房间敲门，他又踢又打，边拍边骂，闹了好半天，才气喘吁吁地回到房间。李黛见他嗓子冒烟，递了一杯水给他。

“有用吗？”有人不以为然。

“就算没用，他还是勇气可嘉！”有人赞许。

“发泄一下也好，虽然没人理我们，至少让对方知道我们不是任由宰割的！”

也对！绝大多数人赞同，我们不能任由他们摆布，引他们出来说个明白，要杀要剐给个痛快，我们要反抗！

可怎么反抗呢？

群情激奋，唾沫横飞之际，“滴滴”声传来，大家低头都看自己的手环，只见银白色的金属手环闪现出蓝光，成为液晶显示屏，在手臂上投影出一行字：

“请到走廊，沿黄色箭头走，门用手环开，我等你们。”

10

即便前路未知，15 个人还是按手环指示，集结在走廊。

男人自动形成外圈把女人护在中间，李黛把卢甘泽放在她那儿的瑞士军刀拿出来，交给身材高大的杨木，杨木猎狗一样警觉地监视着周围的一切，走在人群最前面。大家不由自主地紧贴，用彼此的体温驱赶挥之不去的恐惧。

这光景像原始人集体外出狩猎，更像前途未卜的丛林探险。

杨木很少扮演英雄的角色，此时感觉任务尤其艰巨，隐藏在骨子深处的英雄气概瞬间被激发出来。除了首当其冲直面可能突然蹦出来的危险，比如，第一个被外星怪兽吃掉之外，众人躲在他的身后，又给了他一种难以言表的满足和得意。

细看之下大家发现，走廊的踢脚线上果然有小箭头指示，之前太紧张没注意到。箭头的颜色有三种，分别是红、蓝和黄，在岔路口就会指向不同的方向。

其实大家忽略的细节还有很多，比如走廊，这里和一般的五星级度假酒店的走廊很像，两排交错相对的房间，乳白色的房门上挂着简洁的门牌号码，地上铺着厚厚的地毯，墙壁上每隔一段距离就放置着热带风情的陶瓷装饰品和油画。走廊里一直有淡淡的清香和音乐声，和酒店大堂及房间里一样，到处是兰花。

这些兰花几乎包含了色谱里的全部颜色，错落有致，仪态万千，更神奇的是，这里的兰花不仅有神韵，还有风骨，叶脉挺拔，花苞紧致。不知受什么力量驱使，花瓣每天几乎同时开放，同时关闭，奇妙绝伦。

这么恐怖的地方却有这么美的兰花，真是莫大讽刺。

可惜顾不上赏花，此刻也没人有心情风花雪月，连一直嘻嘻哈哈的桂园也眉头紧锁。既然手环让按黄色箭头走，杨木便带着这一众男女一路摸索，拐了至少七八个弯，终于来到一扇白色的铁门前面。

这铁门和普通密码锁门差不多，门把手下面有个感应区，杨木扯了扯门把手，关得紧紧的。卢甘泽小声提醒，之前我和老钟探路的时候，已经发现了几道这样的门，那个服务生也是消失在这样的门后，但我们打不开，看来这就是出口了。

杨木试探地把手环靠近感应区，只见蓝光一闪，门锁“咔哒”弹开，就势再拧把手，门打开了，一阵风旋即吹了过来。

这风突兀地没来由，众人只惊得汗毛倒立，杨木也向后一弹，定神才发现门后没有异常，还是一条看不到尽头的走廊，大家才微舒一口气。

就这样走着，走着，没见一个人影儿，“滴滴”声又起，手环上出现了新的指示：

“左手第一间会议厅，欢迎你们！”

11

这是一间宽敞的会议厅，极简主义风格，摆了几张充满设计感的沙发和茶几，兰花依然是最突出的装饰。和普通酒店不同，这个会议厅有一整面墙都是液晶显示屏，正在播放海底世界的图片。这里也飘散着音乐，灯光亮度适中，置身其中异常舒适。

大家正左顾右盼，一个熟悉的身影闪现，被眼尖的李黛捕捉，一个箭步冲上去，狠狠揪住那人的领子，大喊道：“导游，是导游！我抓住她了！”

杨木和几个男人立刻冲过来围住 Pinky，但看她此时的模样，不由倒吸一口冷气——

只见导游 Pinky 身着一身制服，看不出属于什么部队，但是英姿飒爽，这套衣服和她一贯以来的冷若冰霜终于相得益彰。她的腰里别了一个黑亮的棍子，看不出是电棍还是橡胶棒。图穷匕见，她果然不是导游！

说时迟那时快，Pinky 一个擒拿将李黛制伏，狠狠摔在地上，肘和膝配合，连续击打众人，大家只好躲开，杨木扑上去搂住李黛，把她从人群中扯了出来，蹲在旁边查看伤情。

在十几双惊恐的目光注视下，Pinky 昂首挺胸地走到会议厅中央，开始讲话——

各位团友，大家好！

大家都认识我，我们相处过几天。

现在正式介绍一下，我的编号是 A376，是一名指挥官。从今天起，请大家叫我指挥官。

“这是哪里？为什么把我们关起来？”桂园打断对方，大声喊叫。

A376 指挥官冷冷地瞥了桂园一眼，一字一顿地说道：“你们应该了解我的性格，我讨厌啰唆，话只说一遍，而且今后未经允许，任何人都没有权利发问！”

“你把我们非法囚禁在这里，凭什么不准我问？”

桂园话音未落，A376 已经冲上前去，猛地抽出腰里的橡胶棒，朝他的嘴巴就是一捅，桂园猝不及防被捅得扎实，女人们发出尖叫。

血，蹿了出来，桂园轰然倒地，何安安立刻蹲下，扶住他的头。

“不要打人！”钟孝全挺身而出，张开手臂母鸡一般护住大家，“你把我们困在这里，总要给个解释吧？指挥官女士。”

“对！”大家被这两人的勇敢感染，呼啦啦又围了上来，每个人的眼睛里都冒出火苗，撸胳膊挽袖子，异口同声地质问指挥官。

“我知道你们有疑问，但这里的规矩是不准提问，慢慢你们就会明白。”A376 的语气缓和不少，大家却追问不休——

“你们的诉求是什么？绑架我们是要钱吗？可以提个数字。”卢甘泽的语气倒还冷静，他和张国良站在一起。

钱？

指挥官用视线扫射众人，轻蔑一哼，能够来到这里你们够幸运了，你们以为金钱能买到吗？

“我怎么也看不出自己幸运！”余光远这时冲到最前面，“我要离开这里！”

A376 指挥官冷笑，“你们现在还不能明白，你们这些幸运儿是被精心选择的，在这里你们将得到重生。因为这是一方净土，远离肮脏的尘世！你们少安毋躁，先不要害怕，全部课程学习完毕，能够顺利毕业的人，就可以离开这里。从今天开始，只要你们按照指挥官的指令，就会慢慢适应并且喜欢上这里。”

“我们要学什么？”杨木扶着李黛追问。

指挥官狠狠瞪了杨木一眼——我不是说过不准提问吗？！

杨木怕她又拿橡胶棍，后退两步，双手依旧紧护李黛。不过指挥官这次没有动手，只是继续说——

你们的课程分为三个部分：初级课程、中级课程和高级课程，每部分课程毕业后才可以进入下一阶段的学习，而我，就是初级课程的指挥官。

好了，我不喜欢长篇大论，时间会解答你们的所有疑问，我只想强调一下，如果有人教而不化，不遵从这里的规定，不认真学习，我们只好放弃他。

现在请允许我代表我们最尊敬的领袖，正式欢迎各位来到：

地球上的奇迹——国民大饭店！

12

杨木随团友铩羽而归，桂园鼻青脸肿，李黛脚也扭了，但也终于解开了心中最大的谜团——我们在哪里。

可惜早知道是这个答案，还不如不追问好呢！

国民大饭店，有来无回，哪个人没有听说过呢？

国民大饭店，传说中的国民大饭店竟然真的存在，而且我们正置身其中。其实大家早就怀疑自己身处国民大饭店，但这个名字实在恐怖至极，谁也不敢轻易提及。

这下完蛋啦！如同没完成昨晚的作业，今早恰好被点名提问的孩子。怕什么偏偏来什么，因为在众人心目中，进国民大饭店和进火葬场也差不多，反正离死不远了。

十几个人挤在钟孝全的房间，一副集体上刑场的表情，不过连他们自己都没想到，此刻竟然没人哭天抹泪，虽然心事重重，但神情平静。

“既然难逃一死，干脆自行了断算了，也比让人家折磨一顿再死强……”桂园的鼻血止住了，回到房间就发现洗漱池上摆着一瓶药粉和一包医用棉球。

“我现在真希望被海盗抓走……”

“没谋财害命没犯过法，我怎么会被抓到这里来？”

“不管怎么样，我都要马上离开，这里一分钟我也不能待！”

“我想我老婆，也想我女儿……”

卢甘泽再次打断愁眉苦脸的众人，我来说几句——

以前大家都以为国民大饭店是个传说，现在看来真的存在，而且我们还来了。

咱们纠结为什么被带到这里，暂时看来没有意义，人都来了，肯定有原因，除非对方告诉我们答案，否则现在瞎猜不着。

这几天我一直揣摩，大家应该还没有生命危险，除了限制自由，一直有吃有喝，对方并没有为难我们。今天桂园挨了打，回房间时又给了药，而且今天导游的语气虽然严苛，但没有要我们命的意思。

还是那句话，大家现在一定要团结，要冷静，不能冲动！

杨木带头赞同，连一路上沉默的张国良警官也表示大家应该听从指令，以静制动，钟孝全还特意提醒桂园不要随便冒头，小心再受伤害。

“各位，我这几天发现了一个情况。”余光远打了个响指，让大家看向他，“也许我找到了逃走的方法！”

这句话如同鸡血注入血管，余光远立刻被簇拥，李黛扯着他的衣服催促快说。

那我也正式介绍一下自己吧，本人余光远，是国家科学院高级工程师，从我们确认被囚禁在这里之后，我就开始研究逃生通道。

之前我们讨论过囚禁我们的这个地方究竟在地下的哪一层，下飞机之后我们都看到了，眼前是两层建筑，但我们却坐了一会儿电梯才到这里，所以我们最初认定这里是地下102层。

但我们真的在这么深的地下吗?

下飞机的时候我目测了一下，这个岛方圆只有几平方公里，海底环境是非常复杂的，如果建筑物深入地下102层，很有可能会触及暗河，甚至引起海水倒灌。最重要的是，仅仅在102层我们就估计有500个房间，每个房间层高3米，40平方米左右，如果真是往地下开挖，这将是个难以想象的巨大工程。

而且热带岛国处于地震带板块，周围还可能有活火山，又不是来开采石油，在这里建造这么深的地下建筑物纯属没事找事!

因为我们被关在不见天日的封闭空间，除了前后左右，无法分辨方向，我们只知道在地下，但是具体多深谁也说不清楚，据我判断，我们应该在离地面很近的地方，证据就是走廊——

我们都发现了，国民大饭店到处都是弯弯曲曲的走廊，沿水平方向延展，没有尽头，这些走廊是沿水平方向延展的，在地下建造这样的走廊，最好的方法就是用盾构机在地下一定深度横着挖，海底隧道就是这样挖出来的。

这么长的走廊如果深入地下，发生地震的时候可能会产生断裂或者位移，上面的土层和石块瞬间就会把一切掩埋，想跑都跑不出去。

所以，我们可能离地面不远，就像地铁，甚至有可能就在地面上，浅海里，只是钢筋混凝土的墙壁遮住阳光，让我们以为是地下，这个区域被命名为102，而我们之前搭乘的电梯也不是向下运行，而是在水平方向运行的。

“那电梯去哪里了呢？”桂园问。

余光远有点不屑，“你还没明白吗？我们当时坐的电梯有可能是被改装的某种车辆，沿着水平路线行进，放下我们就开走了。”

“就算这样，我们怎么样才能逃出去呢？”卢甘泽沉思。

余光远略微一笑，“这里四周封闭却空气充足，可见国民大饭店的新风系统很发达，新风系统需要与外界相连，这么庞大的体系，新风通道肯定也特别粗，应该能通过一个人。

“那也就是说，我们可以沿着新风管道爬到室外去，再求救，对不对？”

“这听起来和探险小说差不多，可行吗？”

余光远信心满满地回答众人疑问，“技术上绝对可行，我已经拆开了自己房间的新风口，就在洗手间的天花板上，但口子太小我爬不进去。今天我们一起到会议厅，我仔细观察了走廊和会议厅的新风口，发现宽度完全可以钻进去一个成年人。”

“那我们派人探探路，怎么样？”

“你以为这是越狱的老桥段吗，这太危险了，再说可能还有人监视我们呢！”

“但这也许是我们逃出去的唯一机会！”

“可派谁去呢？”

“让谁去都可能会送死呀！”

杨木和卢甘泽唇语，信号笔到现在还没任何反应，不会是坏了吧？

卢甘泽摇头，坏的可能性不大，应该是信号被屏蔽了。

所以我必须带笔出去，至少要把求救信号发出去！杨木坚定地说。

卢甘泽有些迟疑，旋即重重地拍了拍杨木，用力地拥抱他。

“我去吧！”鼓起巨大的勇气，杨木打断众人，“因为我是劳动委员呀，清理通风管道的事儿应该交给我。”他还自我调侃一下。

再没有人笑得出来，在众人崇敬又伤感的眼神里，杨木忽然捕捉到李黛的不舍，便轻轻搂了搂她的肩膀。

13

临出发的最后一分钟，张国良突然提出要和杨木一起去，多个人多个帮手，没人反对。团友纷纷对张国良表达敬意，杨木却哀叹，在警察眼里自己始终是个罪犯，即使身处险境，自己是勇者的行为，他还是怕我借机溜走。

几个男人手臂相搭，杨木轻松跳了上去，大家合力抬起，杨木站在众人的肩膀之上，正好够得到走廊天花板上的新风口。

眼前是一块金属栅格，四周用螺钉钉得死死的，卢甘泽藏的工具又派上了用场，瑞士军刀很快撬开螺钉，金属栅格被杨木一把扯了下来。

抬头看，新风管道里黑洞一样无边无际，不知道栖息着什么恐怖的怪物，也许这里就是怪物的嘴巴……

不容再想，深吸一口气，众人托举，杨木刺溜一下钻进新风通道，身体立刻被一股风包裹。杨木听到自己的心跳特别快，说不害怕那是假的，腿肚子都在打颤，等张国良警官也钻进新风口，两人的眼睛适应了黑暗，才发现这个风管的确很粗，一个人微微低头完全可以通过。

风管里面异常干净，什么障碍物也没有，只是风从耳边擦过，发出鬼魅一样的怪叫。

没有回头路，现在务必要往前走。打定主意，两人便一前一后摸索着，信号笔前端有个荧光小点，虽然微弱却也能照亮前路。

就这样猫着腰半走半爬，很快就走了几十米，杨木这才发现两人行进的路线原来就在走廊的上方，脚下出现了和刚才钻进来一模一样的新风口。走着走着又出现岔道和拐弯，接下来又是一片漫长的黑暗，勇士们此时已经完全失去方向，只是凭感觉往前挪。

也不知走了多久，信号笔的光线照射下，前方突然出现了一个巨大的黄色网状物，横在通风管道里，杨木靠近发现，这是一个只能让空气通过的钢筛子，每个筛子孔有拳头那么大。

用脑袋比一比，毫无通过可能。

“张哥，怎么办？”杨木小声问。

张国良仔细看了看，拉着杨木站远了一点儿。“在新风通道里遇到障碍物我们一定不能直接用手碰，也许这上面带了电呢！”杨木也想起余光远的重要提醒，掏出事先准好的湿毛巾丢在网子上面，只听到“刺啦”一声，举起信号笔细看，毛巾已经灼黑，好悬啊，这个钢筛子果然带电！

这条路不通，两个人只好往回返，一边小心翼翼地分辨岔路，一边观察走廊的情况，不过令人吃惊的是，脚下的走廊里竟然一个人影也没有，只有数不清的房间，转了几个弯之后，眼前又出现了一个巨大的黄色网状物。

现在两人终于明白，为了空气的流通，新风通道的确是彼此相连，但是被带电的网状物隔绝，只能通过空气，根本不能通过人，看来想从新风管道逃跑完全是痴人说梦！

唉，不过想想也是，国民大饭店这样可怕的地方怎么会留下这个便捷的通道给大家逃跑呢？带着失望，两人决定往回走，尽快把这个信息告诉大家。

“滴滴！”

手环忽然响起把杨木吓了一跳，一行蓝色的荧光字浮现：游戏结束，5 分钟后新风管道通致命气体，速回。

杨木随张国良赶紧往回撤，头抬得过高狠狠撞了一下，信号笔掉在地上。杨木摸索了半天才找到，把信号笔紧握在拳头里，继续向前跑。

新风管里一片漆黑，只有脚下偶尔出现的走廊，完全失去了方向，哪里才是来的那一个新风口呀！老钟和老卢估计过，仅102区就有500个房间，走廊绵延无尽，想在5分钟之内找到来路比登天还难！

时间一分一秒流逝，焦急的汗水湿透了两人的衣服，比洗个澡还彻底，可他们还是找不到来路，只能在新风通道里乱窜。

鼻子终于嗅到那股熟悉的香气，随后一阵强风把两人包围，糟了！杨木赶快屏住呼吸，但眼皮不久就开始打架。

不能睡呀！杨木警告自己，用信号笔猛戳大腿。

头昏脑涨，脚下已经蹒跚起来，杨木跌跌撞撞，张国良在后面一把扶住他，用尽全身的力量撑着杨木的身体。杨木感觉灵魂正与肉体脱离，千百万个瞌睡虫从四面八方懒洋洋地爬来，哈欠、鼻涕、眼泪已经止不住。

“坚持一下，再坚持一下，千万不能在这里睡！”

就在这危急时刻，透过脚下的一个窟窿，杨木看到李黛焦急上扬的脸颊，还有桂园的，卢甘泽的……此时药力发作，一脚蹬空，两人一前一后栽了下来……

14

杨木睁眼，浑身酸痛，被子却盖得好好的，粗粗检查一下胳膊腿，好在各种零件都在，这才放下心来。慢慢坐起来，看到李黛正蜷缩着睡在自己脚下。杨木趴在李黛面前，凝视这张熟睡的脸蛋儿，心里涌上一丝异样的情愫。

“不愧是年轻人，昨晚摔得那么重，今天早上就没事了！”卢甘泽递给杨木一瓶清水，盖子已经替他打开。

就是呀！

众人在钟孝全的房间围拢，簇拥着杨木和张国良，警察笑而无话，杨木的心思却在那个刻意回避自己眼神的女孩儿身上——醒来之后他吻了李黛，李黛也被这个吻惊醒，已经顾不上有没有人在监控，年轻人特有的激情左右着两人，缠绵了很久。

平时吵吵闹闹的李黛正躲在外圈，被桂园扯过来："干吗，就不好意思见人了，昨晚谁哭着抢着给人家做人工呼吸呀，他只是睡着了，你却偏要做人工呼吸，人工呼吸包治百病呀？看你那投入劲儿，是人工呼吸还是借机献吻呀？"

众人都调侃，可惜手机没电，不然真给你们拍下来。

李黛的脸红得就像初春的桃花，杨木也只是笑，心里庆幸这些人还不知道今早的事情呢！昨晚隐约中知道有人给自己做人工呼吸，也知道是李黛，不然自己怎么敢回吻她呢！

余光远此时说道："昨晚你们忽然从上面栽下来，我们都吓傻了，生怕你们摔坏了，这时候闻到香味，知道又喷安眠药了，我们赶快回房间，但是杨木的状态不好，李黛就给你做了人工呼吸，留在你的房间照顾你。"

张国良也难得露出笑容："我们这次虽然无功而返，杨木却大有收获。"接着才收起笑容，把昨晚新风管道的见闻一五一十地告诉大家。

"果然不会这么轻易就让我们逃跑。"余光远垂头丧气，"多亏你们没用手去拉金属网，不然可能会被电死呢！如果新风管道不能逃跑，我们现在就是插翅难飞啦！"

"而且可以肯定的是，我们已经在对方的严密监控之下，我们的一举一动对方全都清清楚楚。"卢甘泽感叹。

为今之计，先以静制动吧！众人无奈达成共识。

15

一连好几天，指挥官又玩失踪，说好的课程也没下文了。大家吃了睡睡了吃，除了闲聊只剩玩手指，和坐牢差不多。

杨木每天都在被窝里偷看信号笔，可所谓的救援人员石沉大海，鬼影子都没有，卢甘泽也有些泄气。

正百爪挠心之际，团里两个人打起来了。先是在自己的房间里吵，接着来到走廊里吵，最后竟然在钟孝全的门口扭在一起，不一会儿又有两个人加入，四个人打得不分你我，煞是热闹。

何安安被李黛抱住，其他几个人也冲进去拉架。

“这是干什么！”李黛和杨木一起按住整形美女医生，只见她披头散发，眉毛上挂着口水沫子，不知道谁吐的。

“医生怎么了，医生就得管你一辈子吗？”何安安指着另一位女团友，最早就是她俩在房间里吵起来。“她曾经是我的患者，在这里碰到，一直井水不犯河水，谁知道她今早冲进我房间骂人！”

“你这种庸医，只知道骗钱！去年你忽悠我做隆胸，结果现在瘪了，假体到处跑，你还不管，你不管谁管？”看起来五十出头的女团友捋着被薅掉的头发，还往何安安身上吐口水。

“是你自己爱美才来做手术，手术就是有风险的！手术之前你签了协议，风险自担！”

“但出了医疗事故你不能就不管不顾吧？！”

“你简直无理取闹，我不是给你修复了好几次吗，你自己也承认是后来摔了一跤撞到乳房。我们早就达成和解了，可你今天跑来歇斯底里，突然狮子大开口又要 100 万元补偿，你是不是没吃药呀？”

“你才没吃药呢，你全家都没吃药！现在被关在这个鬼地方等死，我的胸口又开始疼了，我想吃药也没有，这都是你害的，你这个该死的害人精！”

“那我能管你一辈子吗？比如我开餐馆，你来吃过一次饭，过了几年你拉肚子，又来讹我，这有道理吗？”

两个人你一句我一句没完没了，钟孝全转身问另外两个人，“人家女人隆胸的纠纷，你们怎么也打起来了？”

桂园恶狠狠地看着余光远，“这个人不知道怎么搞的，总是和我唱反调！被困到这里我都烦死了，他还来招惹我！”

“谁和你唱反调了？明明是你先找碴儿！”余光远也是个暴脾气。

“你今早都说了什么？”卢甘泽出来做和事佬，扯住桂园的手腕。

“我？”桂园支吾半天，“我现在都不记得说了什么……”

“那你说说，桂园怎么找碴儿的？”卢甘泽又问余光远。

余光远揉揉眉心，努力想了一会儿，“我也记不得当时是怎么说的，好像是看何安安她们吵架，看着看着我们就吵起来了。”

唉！

卢甘泽和钟孝全对视，大家现在的心情都很差，别没事找事，一定要控制自己的言行，不然负面情绪会传染，受害的还是我们自己。

我们一定要互相支持，共渡难关！

16

打群架事件还没两个小时，桂园又召集大家到钟孝全的房间，余光远还是来了，气鼓鼓地坐在门口，一副随时抬脚就走的样子。

“这样干等不行，我们要主动出击！”桂园屁股上好像长了刺，一秒钟也坐不住，在地上直推磨，“反正一言一行都逃不过对方的眼睛，我们不如撕破脸死磕算了！”

“怎么磕，拿什么磕？”

“绝食吧！”桂园吐出这三个字。

“这是好主意吗？”杨木问卢甘泽，老卢没立刻表态。

“不管是不是好主意，现在咱们要心齐，要一致对外！”桂园拉拢大家，直给李黛和游游使眼色。

“也成，试试吧！“李黛一路上和桂园交好，现在只能表态支持他，“国民大饭店费这么大劲儿把我们抓来，弄这么大场面，应该不会轻易让我们死吧？既然现在不会死，不如死马当活马医。”

“你别满嘴死呀死，真不吉利！”有人不高兴。

“那你想怎么样，咱们俩也打一架？”李黛回呛对方。

“打就打吧！”

“算了，算了！烦不烦啊！”又有人出来息事宁人。

就这样聒噪了好半天，乱成一锅粥，在桂园的坚持下，一群人草率地决定绝食，最后决定连水也不要喝，一定让国民大饭店见识见识咱们的厉害！

有人嘀咕，有人苦笑，有人心事重重，众人散开各自回房，杨木几个腻在李黛房里百无聊赖，一首一首接龙唱歌玩。

“别唱了，唱多了口渴。”游游起身，“还是睡觉吧，冬眠可以不吃不喝。”

杨木坐在床沿，翻看自己在机场买的《诗词入门》，说来也怪，所有行李都被拿走，这本书却被放在床头，成了杨木唯一的消遣。李黛一把抢过来，没看几页，便打起小鼾。

晚间，桂园又召集大家聚在钟孝全房间总结今天的绝食成果，桂园站在中间，油腔滑调地调侃大家：“哪个当了叛徒，哪个当了叛徒啦？”

“小桂，你也不是孩子了，这一路上讲话特别不中听，哪个是叛徒，讲话注意点！”钟孝全训斥他，“你提的点子不管好不好，大家都照办了，现在大家劲往一块儿使，你别小人之心度君子之腹！”

大家也都怪桂园太小瞧人，虽然心情都不好，非常烦躁，我们还是按照约定一整天都滴水未沾，滴米未进，不相信你可以到房间检查！

桂园也不甘示弱，唾沫星子直飞，叉着腰警告大家，谁也不要偷吃偷喝，破坏了绝食大计，就是团队的叛徒！

余光远直接打断桂园，他认为绝食实在是个馊主意——饿了一天的肚子，什么效果也没看到，到现在也没人搭理我们。如果人家真把我们当成小丑在录真人秀，说不定看我们最后饿死，收视率更高呢！

“这才是第一天呀，坚持个三五天再看效果！”桂园站在房间中央继续煽动。

“三五天不全饿成线儿蛆啦？”

“线儿蛆怎么啦，多苗条啊，正好帮你减减肥！”

“孩子，你快坐下吧，我觉得你忒不靠谱了！”团里一个不太说话的大姐都看不下去，操着一口方言示意桂园不要继续嘚瑟。

“我说几句吧！”卢甘泽清清嗓子，“不是说绝食不好，而是说不是最好的点子。我估计国民大饭店不会因为绝食就放我们出去，就好像不会轻易让我们从新风管逃跑一样。”

“每天定时给我们喷安眠药，就是要控制我们的行为。如果对方不想让我们死，完全可以在夜里给我们打营养针。那个所谓的指挥官已经说了，我们要通过什么课程才能毕业，毕业才能离开这里。

“所以当务之急是搞清楚我们的真实处境，弄清楚课程的内容，双方对话协商。不然绝了几天食，半死不活的还得吃东西，最后闹得既丢人又伤自己的身体。”

“那你说怎么办呢？”众人觉得有理，都追问下文。

“弄出点儿动静肯定是对的，表示我们不会坐以待毙，现在对方对我们不闻不问，我们要先把人逼出来，见了面才能协商——我建议搞点小抵抗吧，但千万不能把他们惹毛了。”

“把下水道堵了！”有人立马激动起来。

“把 LED 屏砸了！”

“把门踢坏，房间砸了！”

……

卢甘泽打断，过激的举动是不理智的，咱们来自礼仪之邦，君子动口不动手，现在人家没把咱们怎么样，咱们先破坏人家的设施实在不文明，别把对方激怒了，反倒来加害大家。对方底细一无所知，反抗主要是摆出个姿态来。

这样吧，从今晚开始，我们夜里就坐在走廊上，十几个人手挽手，就算我们睡着了被搬回去，天天搬对方也要烦了。

那好吧！

当晚，吃过晚餐，所有人坐在走廊上，三三两两正玩房间里的记事簿做的纸扑克时，手环响了。

17

众人按照手环指引再次来到之前的会议厅，只见 A376 已经等在里面，还是面无表情。

“各位，你们是没有耐心的！

“你们曲解了国民大饭店的善意，我们是给你们几天休养生息，准备迎接挑战。

“既然你们心急，我们可以立刻开始培训。现在我可以回答你们三个问题，请商量一下，把握好这次机会！”

众人发出欢呼，赶快围拢起来，商量问哪三个问题——

“我们为什么到这里？”有人提议，大家都赞同，这个问题必须问。

“我们什么时候离开？”又有人提议，马上有人反对，“你之前没仔细听指挥官的话吗？她说过，课程结束顺利毕业我们就可以离开，不要浪费这么宝贵的提问机会！”

权衡半天，最后达成共识，问这三个问题：一、我们为什么到这里？二、初级、中级和高级课程的内容？三、怎样才能毕业？

指挥官点点头，这三个问题，其实不问我也会告诉你们，只是你们太心急了。

第一个问题，不，我还是先回答第二个问题，因为这个问题将回答其他一切问题。

什么是初级、中级和高级课程：初级课程是每一位进入国民大饭店的住客都需要学习的课程，相当于公共课，难度不大，甚至说非常简单，基本每个人都能顺利毕业；中级课程也不难，大多数人也能顺利毕业；高级课程有一定难度，是量身定制，每个人都有单独的学习要求，但只要按照指挥官的指示，全情投入地去完成，毕业也不难。

这里我必须强调，是全情投入！

也就是说，你们到国民大饭店就是来经历这三个阶段的学习，这就是第一个问题的答案。顺利完成课程就会毕业，这就是第三个问题的答案。

说到这里，A376 环顾四周，大家都明白了吗？

这时候桂园又把手举起来，还没等指挥官皱眉，他已经喊出声来——指挥官，刚才的问题我们没有提好，浪费了机会，你能再给一个附加机会吗？我这里有一个问题，必须知道答案！

A376 竟然同意，“你问吧，我再次破例。”

“请问，我们在这里会死吗？”

这个问题可是问到了大家心坎上，所有目光齐刷刷地集中在这个身材小巧，面孔黝黑的热带海岛女孩儿身上。

“会死，高级课程没有毕业的就会死。”A376 答得轻描淡写。

女明星陆游游旋即晕倒在地。

18

游游被何安安掐了人中醒过来，坐在地板上痴痴发呆的时候，指挥官 A376 继续训话——

各位住客，从今天起，我会称大家为国民大饭店的初级学员。

现在我为大家介绍一下国民大饭店的内部构造。

这个世界上最安全、最舒适的建筑按照颜色分区，请大家务必记住，初级学员在黄色区域内可以自由行动，除了黄色区域之外的任何区域，大家绝对不能闯入！

否则，你们会受到严厉的惩罚，生命安全也得不到保障！

大家每天起床之后，请沿走廊上的黄色箭头自行到餐厅用餐，那里有工作人员提供协助。用餐完毕，如果有课程，大家就继续沿黄色箭头走到这间会议厅，也就是教室，当天没有课程，就回房间休息。

“无聊！”桂园又出声，大家都看向他。

“看什么！”桂园凶道，“这里明明就是监狱嘛，还弄那么多花样，到哪里去还要看各种颜色的箭头，我才不想看箭头呢，我色盲！”

指挥官 A376 沉静地看着桂园，“桂先生，识时务者为俊杰，不进行课程您真的无法离开这里。”

“我现在就要回家，你们能马上杀了我吗？”桂园耍起横来，杨木赶快拉住他，回想起在飞机上这两人就互掐，暗自为自家团友担忧。

“我也要回家，放我出去！你们这些人无法无天，就没人管你们吗？”余光远也站了起来，杨木又想拉他。

“请大家坐下来，这是第一次警告！”指挥官 A376 退后一步，掏出橡胶棒准备格斗。

“你还要打我们呀？那你就来吧，反正也是一死！”李黛也站起来，杏眼圆睁，杨木顾不上别人，赶快冲到她的身前保护。

剑拔弩张的气氛之下，卢甘泽和钟孝全也起身，15 个人又一次并肩而立，一直沉默不语的张国良也把何安安和几位女士护在身后。

“马上坐下来！这是第二次警告！”指挥官 A376 咬牙切齿地说道：“不要逼我惩罚你们！”

余光远冷笑，人生自古谁无死，留取丹心照汗青！你这个冷酷的蛮夷，你也太小瞧了我们这个国家人的骨气！告诉你，这个国家最不缺的就是铮铮铁骨，历史上只有我们踏平蛮夷土地，没有你们欺凌到我们头上的份儿！

“好，那就看看你们的骨气到底有多硬吧！”

指挥官 A376 一手拿橡胶棒，另一只手掏出一个遥控器模样的东西，用力一按，杨木只觉得一阵巨大的电流涌向全身的每一个细胞，立刻蜷缩倒地。

再看团友，七扭八歪地躺在地上，个个叫苦不迭。

杨木慢慢挪动身体，体会到后背上火辣辣的烧灼感，确定自己是被电击了！

“这是小惩大诫！”A376 俯视众人，说道，“你们的后背早就植入传感器了，今后只要不服从指挥官的管理，你们就会受到惩罚！”

第三章　初级课程

1

杨木躺在松软的床上，闻着被子散发的气息，想不通怎么会有太阳的味道。

在这个不见天日的地方，不管床寝多么奢华，不管耗费多少兰花点缀，终究只适合鼠类居住。自家在小镇上的房子，甚至是城里的出租屋虽然都很简陋，但有天有地。

小时候，每逢春天邵风华总会带着杨木到田埂挖野菜，顺便放自己糊的风筝。邵风华心灵手巧，几张牛皮纸，几根竹篾子就赋予一只长尾巴的燕子以生命。

邵风华告诉杨木一个秘密——野菜有灵性，会跟随人类迁徙。如果一个人搬到深山里盖了一间房子，本来周围没有能吃的野菜，但是不久之后，各种野菜就会在房前屋后萌生出来。

太神奇了吧！

杨木正幻想着那些肥嫩的蒲公英和荠菜也能在国民大饭店的水泥地上冒出头来，自己挎着竹筐子，用指甲缝里灌满黑泥巴的十指一丛一丛地连根拔起时，房间的灯暗了，窗帘也自动拉上，凝神细听还有舒缓的音乐，是潺潺的水流声。

睡觉的时间到了。

杨木不再去摸床板里的信号笔，因为还没到15天，就已经没电了。

获救的希望完全破灭，明天早上就会正式开始所谓的初级课程。

杨木又想起一个叫雅的女客人，他曾随她去过一处僻静的山谷，一间和她名字一样雅致的客栈被溪流和灌木包围，和别处不同，客人没有娇贵地被钢筋水泥保护，竹结构的建筑，开放自在的设计，床就用个亭子遮盖一下，人完全置身于野花吐纳的自然中。

夜里小虫子小蚊子也不少，但是一席薄纱蚊帐就好，可以充分享受“你想吃我，却吃不到”调戏小动物的快感。

杨木陪雅度过三天，每天清晨帮她盘起头发，画个淡妆，搭配好衣服，雅只是静静地看书，偶尔抬起头来微露笑颜。杨木也安宁快乐，不久听说雅癌症复发，杨木就再也没有见过她，一个不相干的女人，此刻却想起。

杨木逼迫自己去想任青青，可脑子里却是李黛，虽然只隔着几个房间，但满脑子是她和她的“黛”字，恰如《诗词入门》所写——“百尺飞流百丈峰，镜中螺黛写重重。秋来半落明河水，十二银桥锁玉龙”。再有，“回眸一笑百媚生，六宫粉黛无颜色”。

这个“黛”字甚耐咀嚼，百思不厌。

正满心杂念，鼻腔里又入甜味，杨木知道是安眠药，索性深吸几口，最后念起《千字文》来，“天地玄黄，宇宙洪荒。日月盈昃，辰宿列张。寒来暑往，秋收冬藏。闰余成岁，律吕调阳。云腾致雨，露结为霜。金生丽水，玉出昆冈……”

又想起小时候唱过的一首歌，歌词是：采蘑菇的小姑娘，背着一个大竹筐，清早光着小脚丫，走遍树林和山冈……

杨木想起有灵性的野菜，这位小姑娘只采蘑菇吗？野菜会不会顺便采回家？旋即在黑暗里又哑然失笑——光着脚能走遍树林和山冈，这是什么牌子的脚丫子？就算是老汉布满茧子的老脚怕也早就血肉模糊，何况是小姑娘细皮嫩肉的小脚丫？

就这样天马行空几分钟，杨木便进入另一个梦境……

2

窗帘缓缓拉起，阳光刺入眼睛，杨木再次醒来，虽然知道窗外无非是LED屏制造的人工景象，还是准备好迎接新的一天。

按照手环指示，杨木和团友再次来到之前的会议厅，指挥官A376已经等在那里。杨木环顾四周，再次细看这间面积不大却分外简洁的房间，明黄色的墙壁，白色的线条做装饰，其中一整面墙都是LED显示屏，房间正中间摆了15把白色的椅子，椅面又是明黄色的，围拢着中间一把蓝色的椅子。

“请坐吧，各位！”

指挥官坐在蓝色的椅子上，众人自寻座位，杨木自然地坐在李黛和卢甘泽中间。

“不要紧张。”A376语气温和，“今天是初级课程的第一天，内容非常简单，请大家跟我念这几个词语。”

这时候大屏幕上出现了一行文字——

您好，请，对不起，谢谢，再见。

“这是搞什么名堂，教我们认字，这些字小孩子都会念！”桂园又嘀咕，杨木赶快用眼神制止他。“兄弟，求您老别再多嘴！”

A376没听到，双手做了个太极的起式：“请大家和我一起读——您好，请，对不起，谢谢，再见。”

众人稀稀拉拉拖着长音，懒洋洋地鹦鹉学舌，明显带着消极情绪。

指挥官打断大家，“不行！声音实在太小了！”众人这才勉强提高音量，指挥官却还是不满意，遥控器已经握在手里。

算了，好汉不吃眼前亏！杨木索性带头大声朗读，李黛做个鬼脸，朝他吐吐舌头。

A376满意，很好，就是这样，请大家反复读下去，直到我喊停才能停。

一众成年人没办法，先是嘴里含糊地敷衍，见指挥官没有叫停的迹象，便恶作剧般争前恐后地朗读起来。桂园还是不停搞怪，一会儿捏着嗓子，一会儿粗着喉咙，看着这个噤鼻子，瞅瞅那个挤眼睛。

就这样大声读了一个小时，每个人都嗓子冒烟有点缺氧时，A376摆手示意停下来——

"辛苦各位配合，不过读这些词不是目的，目的是使用。从现在开始，在国民大饭店的每分每秒，请大家使用这些文明用语。"

"这不是把我们当幼儿园的小孩子吗？！"桂园又冒出来，挑衅地斜眼看A376。对方一挥手按下遥控器，桂园"哎哟"一声，刺溜一下滑到地板上。

"桂先生，你们国家有句话，孺子不可教也！我都不记得说过多少次，在国民大饭店没有指挥官的允许，住客是不准随便提问的！就算您真有疑问，也要使用文明用语，看来您白读了一个小时！"

女指挥官走到龇牙咧嘴的桂园面前——我再补充一句，"您好"是敬语，作为指挥官我可以用"你"来称呼你。你以为这是幼儿园的课程吗？你说对了，这就是幼儿园课程，但你这个成年人能做到吗？

"幼儿园课程为什么要我学呢，我可是博士！"余光远也冒了出来。杨木知道桂园是嘴贱，这位也是喜欢讨打的硬骨头。

指挥官又按了一下遥控器，余光远皱一下眉毛，却纹丝未动。

A376环顾四周，"各位，我知道现在你们无法理解我们设立课程的初衷，但请记住，国民大饭店的课程是严肃的，绝对不是儿戏！

“余先生你请坐下，桂先生你请赶快起来，别赖在地上，初级课程的惩罚哪有那么疼，只是轻轻电击一下！

“不过惩罚会随犯错次数的增加而剧烈，你还是好自为之吧！从参加旅行团的第一秒钟，你就秀个不停，你不累吗？你拼命博取大家的关注，是不是因为自己的骨子里十分自卑呢？

“你自卑的原因是因为小时候说话结巴，对不对？”

游游拉起地上的桂园，钟孝全也把余光远按回椅子上。

“别人帮助了你，你应该说什么？”A376 直视桂园。

“说，说什么？”桂园吃了螺丝，看来指挥官猜得没错，他现在着急起来还是会结巴。

杨木看不下去了，怕桂园又要挨罚，赶快小声提醒：“谢谢！谢谢！”

哦，桂园恍然大悟，“不用谢！不用谢！”

众人一下都被他逗乐了，连 A376 都露出雪白的牙齿，无可奈何地拍拍额头，“我真服了你了！看来在你身上，我们要多下狠功夫了。”

3

“兄弟，你是幽默还是犯傻，时不时癞蛤蟆打立正，露出你的小手！”

杨木拍着桂园的肩膀，第一堂课结束后，大家三三两两沿黄色箭头回房间。“你是被打蠢了，还是本来就蠢？你总是多嘴，认吃不认打。”

桂园勉强露出笑容，刚才的电击还是很疼的，一个平时不爱锻炼的矮胖中年男人，经不起这段时间的担惊受怕和身体虐待。

“我平时的确喜欢开玩笑，但士可杀不可辱，不能任由别人宰割，如果在战争年代，我一定上战场杀鬼子！”

杨木闻言叹息，握住桂园的手腕：“哥哥，你能讲出这样的话我佩服！我又何尝不是这样想的呢？但我们现在赤手空拳，逃跑无门，你的反抗是无谓的，不如顺水推舟，先摸清楚对方究竟想怎么样……”

“想怎么样？！”桂园抢白，“想杀了我们！你又不是没听说过国民大饭店，这里是有去无回的人间地狱，这些人现在好吃好喝给我们，养肥玩腻了就会露出狰狞的真面目。反正是一死，不如反抗一下还痛快！”

“那你不怕死吗？”

“当然怕呀……如果不是每天给我们喷安眠药，这群人哪个睡得着呀？你真以为我没心没肺？我也是肉捏成的小人儿，怎么能不怕呢？可害怕有用吗？像女人那样尖叫那样嚎有用吗？一点儿用都没有，除了让人笑掉大牙，所以只能强攻或智取，虽然这样也可能难逃一死……”

杨木闷声陷入沉思，只觉得喉咙咸咸的，冷汗涌了出来。

是的，进了国民大饭店就没有出去的可能，死只是时间问题。可我究竟犯了什么错，为什么老天要这样对待我？难道是因为荒地的男尸？

提起男尸，任青青肥腻且布满暗疮的脸也靠了过来，杨木倒吸冷气，心底顿时坠上铅块，双手都捧不住，死命地往下掉——

我并不怕死，不然不会去跳大桥。

我死也就一了百了，可孩子呢？还有妈妈邵风华可怎么办呢？

想到这里杨木已完全窒息，脚步慢下来，竟又和张国良并排，虽然很想躲闪，但嘴里还是唤了一声“张警官”。张国良正默数自己的脚步，好像也有心事，见身旁无人，应了一声。

“我们到这里肯定有原因，对不对？”杨木似问似答。

张国良颔首："这个团里只有我是临时报名，你们应该都不是被随机选择的，能够到国民大饭店肯定不寻常……"

"您对我的背景都详细调查过了，肯定知道我为什么会被抓来。"

"我真不知道……"

"张警官，现在都到这个份儿上了，我们可能都活不了，我和您还一起爬过新风管道，也算有过命的交情，您能给我一句真话吗？"杨木迫切地问，"我不相信在机场我们是偶遇，您是不是一直都在怀疑我，特意跟着我，结果才误打误撞进了国民大饭店？"

警官也不想再隐瞒的样子，"是呀"！便叹气苦笑。"本来我只想追查案件，结果却深陷国民大饭店，也许是注定的缘分，我也属于这里。"

我是有家有口的，现在失踪了家人会急死，而我也可能会和她们永别了。

其实我一早就锁定了你和任青青的杀人嫌疑，这是一名警察多年办案的直觉，第一次见到你时就确定了，我的直觉不会错！

作为当晚和死者发生过激烈争吵的当事人，你们是冲动杀人。

4

从尸体掩埋的深度和地点来看，杀人者几乎没慎重思考，一定是趁夜色慌乱中随手杀人，随意掩埋。

张国良警官开始分析，杨木，你和任青青毕竟年轻都不老练，撒谎的时候表情举止特别不自然，任青青就皱鼻子，你就眨眼睛，两个人额头都冒冷汗。你应该听过读心术吧，你们实在不会掩饰自己，一眼就会被老手看穿。

可是说到不在场证明，你们的眼睛立刻放光，都是一副胸有成竹的模样。

我就知道你们一定是采用了什么手法，已经做好准备应对警方，看来我要破解的只是你们的不在场证明。

杀人的导火索确实是郭川与你们的口角，大吵一架之后，你们走出餐厅，不久就发现郭川竟然在跟踪你们！

我最初的判断是，你们很害怕，想赶快搭上一台黑的士甩掉对方，不过车子刚发动，你们就看到他竟然坐上另一台黑的士紧跟着你们。

这时候，你们中间的一个人提议，能不能把他引到僻静的地方，看看他究竟想干什么？

杨木，请你注意，这是第一个奇怪之处！

说到这里，张国良注意到杨木的脚底好像粘了年糕，黏黏糊糊，拖拖拉拉。

警官叹气继续说，“按照一般人的思维方式，有坏人跟踪自己要马上逃跑，去人多的商场和步行商业街是可以甩掉对方的，或者马上报警，让警察保护自己。可你们非但不报警，还往偏僻的地方去，这不是羊入虎口吗？

“河谷高新开发区地广人稀，是你们认为的郊区，你们让黑的士开了过去，等到了一处黑暗处，你们俩下来。”

“我们并没有说去了郊区呀，我们是坐着黑的士在城里转了一圈，想甩掉跟踪的人，然后发现几个红灯之后对方没跟上来，我就送任青青回家，然后自己也回家了。”杨木不停地眨眼睛，打断警官的分析。

“都到了国民大饭店，我也身处险境，现在没能力抓你了，你还有必要继续隐瞒吗？你追问我一句真话，那我也问你一句，我说的是不是真相？”

张国良放慢脚步，直视眼前的嫌疑人——的确，你们坐的是黑的士，我没法查证，但是被人跟踪之后，贸然暴露自己家的住址也是很奇怪的！

你们怎么能够确定完全摆脱对方了呢？

对方的车没跟上来，还是有可能换车或者坐摩托车的，这时候慌着逃回家，不是给对方进一步报复自己，甚至伤害自己的家人创造条件吗？按照你们的智商，我认为不会那么草率，至少应该在外面多转悠一会儿才对。

即使你不肯承认这点，我也请你回忆一下，你和任青青中间到底是谁提议往郊区去的？

这点非常重要！

因为我最初的判断是不正确的，我以为知道有人跟踪你们会很慌乱，可是事实却是，你们发现郭川跟踪并不害怕，因为你们中间有人动了杀机，这个人就是提议去郊区的人！

这段话触动了杨木，他沉浸在回忆的海洋里。

杨木送张国良回房间之后依然心事重重，翻来覆去好不容易闭上眼睛，眼前又浮现出屏幕上那几个字：您好，请，对不起，谢谢，再见。

嘴里念叨着，杨木进入梦乡。在梦里，他看到了任青青，任青青笑盈盈地抱着一个孩子，杨木冲过去一把抢过来，正想仔细看是男是女时，那孩子忽然变脸，一边化成青面獠牙的魔鬼，一边笑嘻嘻地念叨着：您好，请，对不起，谢谢，再见……

杨木在夜里惊醒，看到 A376 拿着手电筒正站在自己的床前！

5

这一惊如同碰上黑白双煞索命似的，杨木的心脏骤停了五秒钟！

见指挥官 A376 直勾勾地望着自己，一骨碌弹了起来。

“您好，请，请问您在做什么？对不起……”杨木也结巴了。

A376 一言不发，雕塑一样死盯着杨木，杨木一动也不敢动，过了一会儿，指挥官 A376 轻声说：“你很听话，这样很好。记住，在国民大饭店要一直很听话，这样才能活命！我会尽力保护你，但你不能告诉任何人，否则，我们两个都会死！”

杨木不明就里，只好致谢。

“你要谢的人不是我，”A376 柔声说，“今后你就知道了。房间熄灯不久监视器就会关闭，否则我也不能来看你。”

指挥官继续提醒，“后面的课程一定要多加小心，初、中级课程中尽量养精蓄锐，高级课程才是你真正的考验！”

杨木满肚子的疑问，正想趁这个机会找到答案，对方已推开门，隐身于走廊……

团友第一次聚在黄色区域的餐厅。这里是国民大饭店一贯的简洁时尚，看起来甚至是大师的设计，能容纳近百人同时就餐。每一餐都是自助，食物种类挺多，特别新鲜，却只有两位工作人员在厨房区域忙碌，看得出他们的工作效率特别高。

那就别客气啦，撸胳膊挽袖子造吧！

这几天一直吃蛋糕点心早腻歪了，众人也不客气开始取食物，端着盘子又围坐在一起，好像回到了在其他海岛上自由的日子，在椰林下享受各色美食。

杨木根本不懂品咖啡，但手中这一杯却能用无与伦比的香醇来形容，焦香的液体流入身体，是难以名状的舒适。可惜美食当前还是有很多人食不知味，垂头丧气。

昨晚 A376 带给了杨木巨大的惊喜，让他豁然看到了生的希望。国民大饭店里竟然还有人在暗地帮助自己，而且还是握有生杀大权的指挥官，杨木把一口气从丹田深处呼出，浑身轻松得要飘起来啦！

他太想和众人分享这种喜悦，特别是李黛，但也深知此时必须按捺住，嘴上不能没有把门儿的，有些秘密只能自己坚守——和荒野男尸一样。

“第一课倒是简单，但不知道用意是什么。”有人把话题引回到课程上，大家也知道，这个话题谁也绕不开。

“一群人傻乎乎的，叽叽哇哇念这鬼玩意儿！”

“光念还不行，还得要咱们用，整天这样说话，可别扭死了！”

“不过，如果今后的课程都是这样的，先不说难不难，我觉得还是有意义的。”也有人持不同观点。

钟孝全也端起咖啡，正襟危坐，说话的派头和大学教授的身份相得益彰。

现在的人呢，说实话，不少人在幼儿园就没教好，有的人甚至没上过幼儿园，没读过书。有的父母本人就没什么素质，四六不懂还整天喝酒打牌，别指望能教好孩子。这些孩子长大了成了我们，一个个言行举止粗俗，惹人讨厌！

人与人缺乏信任和尊重之后，社会风气也变得不友善，不公平，不公正。这下好了，更没有人愿意承担公共责任，接受道德约束。人人都只顾自己痛快舒坦，小恶积着积着成了大恶，当个普通的好人都不称职，更别说家国情怀了！

我是当老师的，经常感慨现在的国人，不尊重别人，更不尊重自己！

长此以往，整个国家就废了，整个地球也毁了，等到病入膏肓，想挽救都来不及，破船已经到江心……

卢甘泽也赞同，其实昨天的课程并不令人反感，你们不要太过激，接下来的课程，我们要全情投入，也许这样才能参悟出我们到国民大饭店的真正原因。

6

第二堂课开始之前，众人在会议厅里发出一阵笑声，这可是进入国民大饭店的第一次开怀大笑！

怎么了？还不是桂园又讲起笑话，这是关于一个美女和一个丑女是谁放屁的故事，指挥官 A376 走进会议厅众人才安静下来。

“为什么大声喧哗？”A376 皱起眉头，大家低头不语，有人的笑容还没收住，挂在嘴角。

“为什么大声喧哗？！”A376 又追问一遍。

“对不起指挥官，我们刚才讲了一个笑话。”钟孝全站起来。

“什么笑话？”

“你想听吗？”桂园挑衅地看着指挥官，“这是关于一个臭屁的故事，打个比方，就是你和陆游游在电梯里，忽然有个屁味，大家在猜是你还是她放的。”

“这个笑话有什么笑点？”A376 暂时还没发怒，杨木都认为桂园的话有些过分，加上昨晚的私聊，情感上有点偏向指挥官了。

“笑话找什么笑点，谁听明白了自然就笑呗！”李黛也给 A376 一个白眼。

“讲笑话就要这样大声喧哗吗？你们开心就不顾别人吗？这一路上你们不管在哪里都大声喧哗，就像一群缺少教养的鸭子！”

A376 踱着步，厌恶地看着眼前这些人，今天是要摊牌说一说了——

从机场集合开始，你们就扯着脖子喊话，生怕别人都是聋子，你们根本就管不住自己的嘴，不如缝住算了！

在寺庙游览时，明明看到那么明显的禁止进入的标志，我也反复提醒你们注意礼仪，还是有人冲进僧人的卧室里，害得我们全团被赶出去。佛像必须敬畏，绝对不允许亵渎，更不准拍照，你们指指点点，打开闪光灯拍个没完没了！那些珍贵的壁画和金器是不能摸的，你们轮流摸个没完！你们根本就管不住自己的手和脚，不如砍掉算了！

只要有排队的地方你们就要插队，还不是一个人插队，是成群结队十几个人一起插队！你们的行为多么无耻！

你们看到什么都想拿走，几乎每个房间的针线包、浴液都被你们偷走了，在餐厅你们就偷牙签，在洗手间你们就拼命扯厕纸！看到漂亮的花草就随便采摘，你们的行为多么贪婪！

更让我忍无可忍的是，你们中间竟然有人对着自助餐厅的食物肆无忌惮地打喷嚏，让别人吃自己的唾液和细菌，而且还能熟视无睹，继续有说有笑！

我真不知道什么人教育出你们这样的人来，就是从小扔进狼群，也比你们的父母对你们的教育要好！

“指挥官女士，既然说到这个话题，我想表达不同观点。”余光远又站了起来，杨木替他捏了把汗。

“我承认您说的这些缺点我们都有，但是您只顾着看我们的缺点，却没有关注我们的任何优点，您对我们偏见太深了！

“一路上您不苟言笑，和我们几乎零交流。其实我们这些人都是特别友善随和的，被你们关进国民大饭店之后，我们一直互相帮助互相扶持，狼群还是教育不出这样的人来的！”

对！大家齐声叫好，庆幸余光远扳回一局。

“我不懂你们的哲学，有优点就可以忽略缺点吗？就是这种思维模式，才让你们成为全世界都不受欢迎的人！我不想和诸位争论，后面有很多机会让你们慢慢反思！”

“最后补充两点：一、桂园先生要继续电击受罚，因为第一堂课的内容你和早饭一起吃光了，与指挥官说话根本没有使用文明用语；二、你们讲的笑话恶俗无比，缺乏起码的良知，恣意地取笑他人，这正好反映出你们内心的浅薄，以貌取人！”

指挥官语气轻蔑，杨木突然注意到一直沉默的张国良警官，眼中闪过一丝担忧。

7

初级课程的第二堂课，还是在空气中到处都是兰花花粉的会议厅开始。杨木的鼻子是感觉不到这些细弱的粉尘的，只是有位团友貌似花粉过敏，从进入国民大饭店就不停打喷嚏。

就是他对着自助餐的食物打的喷嚏，其实当时杨木也很反感。

不得不承认初级课程还是有触动的，至少杨木开始暗自留意这个人是对着空气打，还是打到纸巾或袖子上——国人普遍是对着空气打的，等杨木闻到熟悉的口水臭味，也可以称为“喷嚏臭”之后，不由厌恶地屏住呼吸，把头尽量扭向远处。

是该好好教育一下大家了，看来真是任重道远啊，那就先从打喷嚏开始吧！

没有纸巾或来不及拿纸巾的时候，喷嚏应该打到袖子的上半部，靠近肩膀的手臂位置，这是很多国家都通用的做法。杨木曾经在网上碰巧看到，自己便一直照做，可惜苦恼无法告知每一位国人，让“喷嚏臭”彻底绝迹。

指挥官还是站在昨天嘲讽众人的位置，打开身旁的一个大箱子，拿出了一个洋娃娃——

这就是第二堂课的内容，还是非常简单。

你们每位都会拿到这种仿真娃娃，大家要像照顾初生婴儿一样照顾它们，它们也会和婴儿一样，饿了要喂奶，困了要哄睡觉，还要定时换尿片，要陪它们玩。所有需要的物料已经放在诸位的房间里了。

我承认这看起来很像游戏，但如果你当成游戏就大错特错了，这是一项严肃的课程内容，如果没有照顾好你的“婴儿”，我们将给以严厉的惩罚！

杨木接过属于自己的娃娃，只见她皮肤柔软，毛发入微，栩栩如生，正闭着眼睛睡觉，发出均匀的呼吸声，是个小女孩儿。

做得可真好呀！

杨木触景生情，不由自主地想起任青青的肚子，心里酸楚，自己什么时候才能见到那个孩子呢！

杨木承认，自己和任青青结婚有贪图她家富贵的原因，但最主要还是孩子。

不能指望所有人理解自己的心情，但是，孩子对杨木来说太重要了。

杨木对父母一直有怨言，内心有遗憾，所以希望自己的孩子过上不一样的生活，他必须做个好父亲，并且准备着为自己的孩子牺牲一切。

这个培训内容好像也不难，李黛和游游看到娃娃还很开心呢，你捏捏我的，我逗逗你的，好不兴奋和喜欢。男人们虽无可奈何，却也只能小心捧着“自家的娃儿”，样子着实滑稽。

一路无话，杨木抱娃娃回房，房间里果然多出一个大箱子就放在床边，里面有各种育婴用品，暗自佩服国民大饭店做个游戏都下血本。

刚进洗手间准备蹲一会儿，床上的娃娃就哭了，杨木提起裤子冲进房里抱起她，哄了一下，看到娃娃腿上的显示屏显示，你家娃娃现在冷了、渴了、饿了，还需要抱抱！

杨木好笑，赶快在箱子里找到衣服给她穿上，拿出奶瓶冲好奶粉又喂，抱在手臂里摇晃半天，才把她放在被窝里，熨帖地盖好被子，这才想起自己要上厕所。谁知前脚刚进洗手间，哭声又起。

就这样反复折腾了半天，没有任何育儿经验的杨木彻底败下阵来，脑门子都是汗。看着娃娃越哭越厉害，杨木揪心，只好抱起她来到李黛房间，急急敲门。

“轻点！”李黛应门的时候嗔怪，“看看你，把我的宝贝儿都吵醒了！”杨木果然听到婴儿的哼哼声，却还是径直走进她的房间，把自家的娃儿放在她家的旁边。哭声好像会传染，李黛的娃娃也咧嘴大哭起来。

李黛气得直跺脚，赶快俯身去安抚娃娃，给杨木一个大白眼。

“这是什么课程呀？”杨木倒在沙发上发牢骚。

“你们男人呀，就是没耐心，我觉得挺好的呀！这个课程肯定是要培养我们的责任感，和交给孩子一个鸡蛋，让他们小心保护一个星期不能打破是一个道理。而且这些娃娃真可爱，在国民大饭店这么无聊，我喜欢带它们！”

“那你顺便也帮我照顾一下，我举脚丫子投降！”

李黛望着眼前抓耳挠腮的大男人好笑，一左一右把两个娃娃都抱起来，嘴里咿咿呀呀的，说来也怪，她的嗓音好似有魔力，两个小家伙很快安静下来，不久都睡着了。

杨木饶有兴趣地趴在一边看，只见李黛目光温柔，胸口微微起伏，两人四目相对，竟一下子都红了脸。

“我的宝宝是女的……”

“我的是男的……”

“你说他们长大会结婚吗？”

杨木靠近娇羞的李黛，直到看清她每一根睫毛，右手握住了她的左手，便不能再分开。

“一定会的……”

李黛的唇已经贴了过来，虽然没有涂唇膏，却红艳艳的。杨木吻上去之后，只感觉软嫩至极，舌尖舔尝到口腔黏膜的滑润，欲罢不能。

“还是我们自己生一个吧！”

杨木感觉李黛的声带和自己的嘴唇产生了共振，边吻边点头……

8

“快开门！快开门！”

桂园在走廊砸门，李黛推开杨木，把门打开。杨木还怔怔地醒不过来神，被桂园一眼看穿。

“又躲在这里亲热，饥渴到什么程度，就不怕监控摄像头吗？！”

李黛赶快岔开话，质问桂园这么敲门是不是急着要去投胎？

“投个二大爷！开会啦，快走吧，就等你们小两口啦！”

大吵大嚷间把娃娃吵醒了，李黛执意要抱着娃娃们去开会，桂园数落了几句，也随她的便，看来这个女人是母爱泛滥了！谁知三人刚进钟孝全的房间，李黛怀里的两个娃娃就被余光远一把抢去，用力丢在沙发上。李黛“嗷”了一声，扑上去抢救，又被余光远拦住。

只见钟孝全的沙发上摆着好几个娃娃，都在哇哇大哭，余光远的脸色就像马上要挥刀自宫，众人都不敢吭声，这次会议是他召集的。

“这明明是在戏耍我们，我们是有尊严的！”余光远脖子上青筋暴露，指着沙发命令桂园：“你！把这些该死的娃娃都扔到门外去，吵死了！”

桂园照做。

关上房门，娃娃的哭声隔绝在外，工程师余光远站在房间中央，指挥官一般扫视大伙儿：“把我们这些七尺大男人囚禁在这里，让我们玩娃娃，真是人格的天大侮辱！”

“对！臭不要脸，耍人玩呢！”有娘娘腔男人应和。李黛倒是不以为然，依然怀抱着自己的娃娃，她刚从桂园手里抢回来，嘟着嘴逗弄着。

“要玩滚一边玩去，现在说正事呢！”余光远训斥李黛，李黛的火一下被点着了，站起来瞪着他：“你有病是吗，我玩怎么了，碍着你什么事儿了？你凭什么摔我娃娃，你凭什么出言不逊？！这一路上你整天吆五喝六，惯出毛病了！”

余光远被李黛反呛，恼羞成怒，举起手来就是一巴掌，实实在在地扇在李黛的脸上。

从天而降的这一大巴掌，把李黛彻底打蒙，她愣了几秒，哇地大哭起来，怀里的娃娃也跟着哭了起来。

“小余，你怎么能动手打人呢！”卢甘泽上来扯住余光远，可对方眼里冒火，脚也伸出来，准备继续踢李黛。

“就是啊，大家同病相连，要互相扶持，你脾气怎么这么暴躁呢！再说任何时候你一个大男人也不能打女人啊，你还是高级知识分子呢！”钟孝全也冲上来。

“这个贱货，一路上唠叨个没完没了，就像一窝苍蝇，也不看看现在都什么情况，整天嬉皮笑脸耍宝，老子早想扇她了！”

余光远挣扎着要撕碎李黛的模样，说话间已经狠狠踹在李黛身上，身子一甩，摆脱卢甘泽和钟孝全，双手左右开弓，劈头盖脸地狠抽她的脸颊，一记窝心脚正中女孩的胸口，腿一抬又踢下体……

杨木已经疯了，他从桂园身后飞出来，拳头捏得咯吱作响，面色如炼钢炉，愤怒的血水就快涨破血管喷溅出去！指挥官提醒过他要低调，余光远扇李黛耳光的时候，他确实迟疑了一秒，可那毕竟是李黛啊！是一个“黛”字都够自己咀嚼一夜的李黛呀！

虽然只是吻过她，但这一路上两人形影不离，心心相印，她几乎就是自己的女人了。

杨木也知道自己平时窝囊，习惯了忍气吞声，但眼睁睁看着自己的小女人被打，是万万不能再做缩头乌龟了！

“打她怎么了，我连你一起揍！”

余光远不甘示弱，转身又朝杨木踢来。杨木已经拿出拼命的架势，拳和脚积聚力量，一并朝对方的要害部位袭来，话说杨木小时候和舅舅练过散打，读书时也是打架出名，绝对不是花架子。这些拳脚余光远挨得结实，恼羞成怒，铆足了劲儿朝杨木又是一脚，此时张国良警官站了起来，立起膝盖挡住，把杨木扯开。

“够了！谁敢再动手，小心我废了他！”

张国良怒吼一声，两人不得不收手。

“打吧！打死一个少一个，大家就窝里斗吧！”桂园阴阳怪气地说道，“国民大饭店没杀了我们，自己把自己都打死了！”转过身还是安慰李黛：“黛黛，你不要和这个神经病一般见识，他不配叫个人，是个没吃药的！”

李黛已经被游游揽进怀里，嘤嘤抽泣着，何安安查看她的伤口。钟孝全接过她的“娃儿”帮忙抱着，余光远被卢甘泽按住，张国良护住杨木，房间里的气氛总算缓和下来。

“我告诉你们，从现在开始谁也不准欺负李黛，谁欺负我和谁玩命！”

杨木脸上的血红还没褪去，胸口剧烈起伏。

“她是你什么人你这样护着呀？”桂园唯恐天下不乱，这时候还摆出一个暧昧的笑容，继续撩拨杨木。

李黛和众人都抬眼看男主角，杨木感受到李黛眼泪里的期盼，那是热烈的期盼，虽然刚受了奇耻大辱，但又被另一个更加巨大的惊喜包围，渴望那个让自己欣喜的答案——

“没，没什么……”杨木又蔫了。

9

打架的各方都有人安抚，半个小时之后，会议重新开始。

“我还是继续说正事吧！”好半天余光远才出声，不提刚才的不快，语气也已经平缓——

杨木说这个团里没有大人物，我不赞同。

其实这个团里卧虎藏龙，只是你见识浅薄，肉眼凡胎，不识庐山真面目而已！

杨木听到自己又被点名，气得直咬嘴唇，这次换李黛按住他，现在不是吵架的时候，张国良也用剪刀脚钩住杨木的小腿，让他安静听完。

老卢、老钟和老张都是人物，明眼人早就能看出来，但我告诉你们，我也不是一般人！

我介绍过自己，其实12岁我就考进科技大学少年班，今年38岁，已经是拿国家特殊津贴的学者，我对国家的科技进步作出了巨大的贡献，得了很多荣誉。

这样讲你们就应该理解我的心情了，我的情绪是过激一点儿，但让一位著名科学家，甚至有一天会获得诺贝尔奖的伟人蹲在这里玩娃娃、玩过家家，不是侮辱吗？

我相信我失踪了，国家一定会派人营救我！

你们放心吧，一定会顺带把你们都救出去的！

顺带？

钟孝全淡然一笑，小余的确是个大人物，不谦虚地说，我也算个小人物，论文堆起来小山那么高，学术界有我这么一号，一把年纪，其实在这里玩娃娃也不甘心！

就是嘛！

陆续有人表态，就算不是大富大贵，咱们也是各行各业的社会精英，我们这样失踪了，家里不可能不报警，媒体不可能不报道，国家不可能不派人营救，也许军队就在来的路上呢！

可不是，还用你顺带？

指不定谁顺带谁呢！

杨木和卢甘泽交换了眼神，信号笔的事情别人都不知情，可惜现在没电了，再说出来没有任何价值。

等大家七嘴八舌发泄得差不多了，卢甘泽叹气，我讲几句吧——

各位大人物朋友，咱们被困在这里至少两个星期了，有没有人来救，进展怎么样一概不知道。

国民大饭店是出了名的有来无回，在这么偏远的异国海岛上，又可能是地下，这个建筑物看起来又很坚固，求救信号被屏蔽，我们现在自救无门，被救无望。

我冒昧地说一句，为了大家好，只要课程的要求不过分，咱们就多配合，好不好？

“我不管你们怎么样，反正我不玩娃娃！”余光远打断卢甘泽，转向桂园，“告诉你姓桂的，一路上我最烦的就是你！不过你总算还敢出头，这点我还敬重你！之前我是反对绝食的，你提议的时候我在房间该吃该喝，但现在我改主意打算绝食了，而且不再参加任何培训，你入不入伙？”

“我当然入伙了，最初就是我提出绝食的！”桂园满脸笑容。

“我也想绝食！”游游站了起来，“没有化妆品，一天到晚穿这个囚服，我真的受不了了！”

在这三人的带动下，一个接一个，有的心甘情愿，有的有些勉强，又有几个人表示加入绝食，人数过半。

“之前我们试过，绝食不一定有用。”卢甘泽再次表态。

“上次绝食就是你们不给力，不怕什么一样的对手，就怕什么一样的队友！”桂园瞪了卢甘泽一眼，碍于情面，把关键部分隐去了，即便如此，傻瓜也能听出这话是在骂人。

“那你就别参与了！”余光远也瞥了卢甘泽一眼，“可能你比较怕死，反正其他兄弟我们会共同进退！”

“你何必孤立老卢呢，他讲得比较客观，怎么说他怕死呢！”钟孝全面露愠色。

“就是呀，逞什么能呢？”李黛小声嘟囔，又白了余光远一眼，但还是缩在杨木身后。

卢甘泽挥手制止钟孝全和李黛，算了，有人的地方就是江湖，果然哪里都一样。如果大家都要绝食，我会加入，因为我们的唯一出路就是精诚团结。

10

手环再次召集上课的时候，余光远站了出来，告知指挥官A376，大家现在开始绝食，不再接受培训。

“悉听尊便！”A376冷冷地说道，“你们现在就可以绝食，不过有一点，餐厅还是继续开放，有人想去吃饭，随时欢迎！”

杨木和众人散去之后垂头丧气地回到房间，发现娃娃已经被拿走了，等口渴拉开冰箱门，里面已空空如也！

杨木在房间里到处翻腾，竟然什么吃喝也没有了，这些人手脚可真快呀，看来大伙儿有点被逼上梁山了。下意识打开水龙头，这下彻底蒙了，连水龙头都没有水了。水是生命之源，不吃饭能坚持，没有水几天就完蛋。

这可怎么办？杨木急匆匆闯进李黛的房间。

李黛也一筹莫展，见到心上人就立马抱怨，“余光远和桂园真是浑蛋，提什么绝食呀，除了和自己过不去，他们也没什么高招！留得青山在不愁没柴烧，国民大饭店这些人丧心病狂，还怕我们绝食吗？我们死了正好把我们丢进大海喂鱼！上一次没理睬我们已经是万幸，这一次惹毛了，跟我们来真格的啦。”

“可不是，桂园完全没脑子，成事不足败事有余，跟姓余的神经病搅和在一起。”杨木也抱怨。

“餐厅还是正常开放的吧？”

“正常。”

“我们去不去？”

杨木犹豫了，没吱声。

“那可怎么办？去了，我们当叛徒，肯定会被孤立，后面的日子谁也不知道怎么样。不去，我们要被饿死。”

“找他们商量一下吧！”

陆游游刚才支持绝食，回房间发现没水洗澡立刻后悔，在房间里大骂自己愚蠢。她跟着杨木和李黛来到桂园房间，只见桂总正仰头大睡，门就敞开着。

“心真大，你还睡得着！”杨木把他摇醒，看你出的馊主意，现在我们怎么办？

桂园不紧不慢，“急什么，说实话，这次你们得相信我的判断，国民大饭店是下了血本的，说不定我们对他们而言很重要，只是我们不知道自己的价值，绝食也许真的有一条生路。”

杨木还是不情愿，“不吃饭不喝水我们是坚持不了多久的，而且也保不齐 15 个人都是一条心呀。你没听到吗，上一次余光远就偷吃偷喝，这一次如果又有人当了叛徒怎么办？”

“那也没办法，假如大家都坚持不下去，我们就放弃呗！”

“这不是注定失败的行动吗？”李黛也老大不高兴，拼命按摩之前被余光远打得红肿的脸。

11

绝食第二天又有两位团友打起来，其中一位偷着往餐厅跑，正好被另一位撞个正着，两人互相抨击对方是叛徒偷吃，在走廊里大吵大骂，绝食立马宣告失败。

杨木和李黛这个高兴呀，偷偷去找卢甘泽和钟孝全，私下笑话余光远。

冰箱的食物马上被供应上来，大家也可以安心到餐厅就餐了。

绝食失败之后，人心松动，马上又打了几架，大家的嘴里都有了苦味，不再那么团结，自然而然地形成了“挺绝食派”和“倒绝食派”两个小团伙。游游和桂园起初虽然支持绝食，但还是和杨木这边混在一起。

都不是原则问题，求同存异吧，卢甘泽和钟孝全安抚众人。

娃娃又发下来了，指挥官要求大家必须照顾一个星期，这就是初级课程的第二堂课。

没人再有心力折腾，男女老少垂头丧气，各自回屋照顾娃娃，时间一晃就过去了。

杨木和李黛这几天反而特别开心，两人一对娃儿整天形影不离，其乐融融，就像幸福的小夫妻，游游落了单儿明显有点吃醋，看不出是为了杨木，还是为了李黛。

娃娃回收之后，初级课程的第三堂课开始，手环通知就在黄色区域餐厅，也就是杨木他们每天吃饭的地方。早餐时间，众人刚刚端着餐盘坐下，A376就踱了进来，还是一身笔挺的制服。

杨木想与指挥官眼神交汇，发现对方视而不见，赶快提醒自己，不要那么不知深浅，心里要藏点事。

嘴上不能多说，杨木心里的疑问还是不少：非亲非故，指挥官一直那么严厉，为什么半夜跑到自己的房间，说要尽量保护自己呢？

难不成因为自己长得帅，她看上我了？

要么这也是课程的一部分，考验我是不是贪色？

如果是她看上我，自己是不是应该奉献出来满足她呢？

如果满足了她，那李黛呢？

……

胡思乱想一通，杨木之前的欣喜消散掉，只剩下隐隐作痛的担忧。

12

指挥官沿着整洁光滑的地板走来走去，慢慢踱到餐盘收拾区，在不锈钢垃圾桶旁，她突然停住，手伸进去，抓出一个东西。

“这是谁扔的？”指挥官手里拿着一个面包，面包的边缘咬了一小口。这个面包浸满了垃圾桶的潲水，已经泡大了一倍。

众人抬头看了一眼，谁也不说话。

“这是谁扔的？！”指挥官提高嗓门，大吼一声。

“全部站起来！走过来！”见无人应答，指挥官已经怒气冲冲——

你们竟然敢这样浪费粮食！

你们到了国民大饭店，不用工作，每天吃最好的海鲜和水果，每天有人给你们整理房间，清扫卫生，为你们做饭洗碗，变着花样弄三餐，结果你们把这么好的面包丢进垃圾桶里，谁扔的赶快站出来！

“可能不是我们扔的，是原来就在桶子里的吧！”杨木旁边有个戴眼镜的团友小声嘟囔。

这时，餐厅工作人员走过来，他看了一眼垃圾桶，肯定地说道：“这绝对是今天早上才扔的，我们每天都会定时清理干净垃圾桶，我们的工作人员更加不可能扔掉这么好的面包。”

指挥官点头，“我知道，在国民大饭店这个重视秩序的地方，操作规程非常严格，餐厅不会有垃圾过夜，国民大饭店的每一位工作人员都有良好素养，更加不会浪费一丝一毫的粮食。肯定是这帮人干的！如果你们没有人承认，就大家一起接受惩罚！”

“谁干的，快承认吧，别连累大家！”桂园趴在垃圾桶前面看了看，夸张地捏住鼻子，“这个人怎么那么讨厌呢，面包都可以整个整个扔！”

大家互相递白眼，是呀，谁干的就承认吧，何必这样害我们呢！

“就是呀，我刚坐下，是最后一个来的，这肯定是先吃完的人扔的！”李黛也气呼呼的。

杨木一声不吭。

“没有人承认，是吗？”

指挥官面无表情，冷酷的眼睛扫过每一个人，“之前你们闹绝食，应该已经知道没有食物的可怕。现在你们都不承认，这个面包也不会自己跑进垃圾桶里。这样好吧，大家一起接受惩罚！”

“看监控吧，肯定能抓住这个浑蛋！”有人提议。

对！快看监控！众人附和。

游游一下哭了起来："是我干的，我扔的……"

"你扔的你还不承认，你存心害我们大家呀！"之前和何安安吵架的整容大姐站起来怒斥女明星。

"不是啊，不是啊，我只是害怕！"

指挥官 A376 走向游游："你为什么把面包扔了？"

"硬，不、不太好吃……"一头长发，娇弱的女明星怯怯地回答道。

"粮食是你种的吗？面粉是你磨的吗？面包是你烤的吗？你有什么资格浪费？"指挥官挥舞着橡胶棒，厉声训斥。

游游不敢回答，嘴里呜咽着，又不敢大声哭，一双眼睛楚楚动人，模样很是可怜。杨木心想，如果是个正常的男人，应该都不忍再责怪她。

指挥官可不吃这一套，她举起手上的面包，面包正好配合气氛地落下一滴潲水，命令道："吃了它！"

游游看了一眼面包，马上干呕起来，就势蹲在地上，指挥官又命令一声，游游还不动，只把头埋在膝盖里。眼见指挥官正要举起遥控器电击游游，桂园冲了出来，大叫着，"别打她，别打她，我替她吃！"

指挥官冷笑，"你替她吃，你以为就没有你的事儿吗？"

"其实你们每天浪费粮食的情况，我们都做了详细的记录，今天就是第三堂课程，教教大家什么叫节约食物，没想到今天就抓了一个扔面包的！"

"我真的不能吃这个面包，吃了我会死的！"游游哀号。

"会死吗？"指挥官把手插进口袋，那我就给你们吃吃看，看这样的面包吃了，人会死吗？

话音刚落，指挥官 A376 把手中饱蘸潲水的面包一下塞进嘴里，在众人面前一口一口咀嚼，直到完全咽了下去。

13

杨木逃一般回到房间，抱着洗手池呕吐。

刚才看指挥官吃潲水面包，李黛当场就吐了，杨木和张国良强忍着恶心又帮她清扫，现在这一手黏糊糊、热烘烘的呕吐物，让杨木也恶心到极点。

吐了几下，杨木口渴，自然而然地拉开冰箱的门，这一下又把他吓了一跳——

只见每天都会定时补给的冰箱此刻又空了，除了瓶装水还在，在冰箱的最下层有一个盘子，里面堆了一些食物残渣，看起来就像李黛刚才的呕吐物！

盘子的旁边有一张纸条：

邵杨木先生，这是初级课程的第三课，请您吃掉这段时间您浪费的食物。

我们会每天给您供应，直到您全部吃完才能去餐厅正常用餐。

提示：别想扔掉，会受到严厉的惩罚！

杨木跑到李黛房间，见李黛也自身难保，她面前的那一大盘子吃剩的食物堆得高高的，景象特别壮观。

“怎么办，这可怎么吃呀！”

“还能怎么办，闷头吃吧，早吃完早解放。”杨木已经彻底想通。

“你说，那个游游是不是很讨厌！”李黛气鼓鼓的，“一路上我对她那么照顾，原来她是这种人，今天竟然想害我们，戏子果然无情！”

“不要这么骂人。”杨木搂住李黛的肩膀，嘴唇不自觉地贴了贴她的脸颊，“她也不是故意害我们，女孩子难免胆子小。”

“胆小？我看她一直是男人宠着，惯出一身臭毛病！”

“你们一路上都是好朋友，别因为这点事就影响感情，后面不知道有多少难关还要大家一起面对呢！”

“怎么只有这点事呢？那天余光远打我，游游没有帮腔，结果他提出绝食，游游第一个就支持，这还是我的朋友吗？”李黛嘴都气歪了，不过马上又换上幸灾乐祸的表情，“你看看，结果呢，人家指挥官是女的，不吃她撒娇献媚的那一套，真是活该！”

杨木往床上一倒，四仰八叉，感慨女人的友谊真靠不住呀！

“男人的友谊就靠得住吗？”李黛也歪在一边，反问。

杨木也不好回答，只好指指冰箱里的剩菜：“宝贝儿，味儿不错，虾还挺新鲜，你就慢慢享用吧！”

“奶奶外婆的腿儿！”李黛拿枕头丢杨木。

“提醒您注意文明用语，小心被电击。”杨木一本正经。

李黛赶快鸡啄米，“对，对，谢谢您的提醒，对不起，再见！”

14

杨木本来就比较节约，一顿就吃完了自己的那点剩饭，得以回到餐厅用餐，张国良警官已经坐在里面，看来他几乎没有浪费过任何食物。

一两天后团友才陆续到齐，杨木好奇团里有位胖团友怎么也会剩那么多饭，后面听他和别人显摆，因为家境特别好，他对食物极其挑剔。

杨木又想起任青青来，脑海中出现了芬雅餐厅的最后一晚。

任青青也是这样百般挑剔，每种食物都要有出处，她也如同美食家一样如数家珍，什么普罗旺斯的、阿拉斯加的，在她的眼里，最贵的才是最好的，进口的就是高雅的，纯土鳖才吃国产的食物，而她作为“海龟”，血统名贵，高高在上。

每次只有杨木点菜单上最贵的菜她才会喜笑颜开，已经长满暗疮的脸像一张撒了芝麻的大饼——这个时候就会适时响起钢琴悦耳的音符，芬雅餐厅里有个矮小的男人每天弹唱，任青青一边等菜上桌，一边心满意足地托着下巴，摇头晃脑地跟着哼唧那些杨木听不懂的外语歌。

本该是多么美好的景象呀，可是不知怎么的，想到这一切，杨木涌上来的却是厌恶。

李黛不搭理游游了，杨木也只好跟着她，从游游身边经过时竟然闻到她身上一股酸味，也分不清是没洗澡还是没刷牙。

垂头丧气的女明星一个人默默坐在餐桌前，把面前的饭菜吃得干干净净，杨木见她拿面包把吃过的餐盘擦了一遍又放在嘴里，马上跑回收餐区，捡起自己刚放下的餐盘，用舌头舔干了汤汁。

犹犹豫豫的，回房间的路上杨木又靠近张国良，那天和余光远干架的时候，一拉一扯间杨木已经感觉到警察在偏心自己，明显是挡余光远的腿力。

有人保护真好，杨木竟有孩子般的小满足。

前几天的谈话被李黛打断，一直如鲠在喉，因为杨木必须搞清楚，关于郭川之死，警察究竟都知道了些什么。

“张警官，第二个奇怪之处是什么？上次您说了第一个……”

张国良淡淡一笑，好像一直在等杨木主动发问——

其实，在你们的不在场证词中我发现了几个奇怪之处，前提是我已经认定你和任青青是杀人凶手，你们一起杀人埋尸。

而第二个奇怪之处就是，你们为什么要分别提供不在场证明。

虽然你们想到互相做证不会被采纳，但我推断，你们决定分别提供证词并不是为了证词的可信性。有点绕吧，让你的大脑平静一下，跟上我的逻辑分析——虽然是恋人，但你们这代年轻人特有的自私，让你们大难临头各自飞，想到的是先自保。

杀完人之后，你们中间的一个人提议，赶快分别做不在场证明。

你们在餐厅和死者大吵大闹，当晚死者就被埋尸，你是男人，任青青是孕妇，对于警方来说，你的嫌疑要大得多！

说到这里，张国良又观察杨木表情，果然，他开始眨眼睛。

但是——你们忽略了一个关键点，那就是，你们的不在场证明看似独立，其实却是直接关联的！

按照你们的证词，当晚7点到8点，你送任青青回家，8点到9点，你自己回家。任青青身体不适8点30分进了医院，马上就抽血化验，证明是她本人，而你9点到家，9点20分去吃宵夜。

分别证词可能会被警方采纳，但风险却更大，两个不在场证明都成立要比一个不在场证明成立难。

从这个证词上看，任青青的不在场证明比你的充分多了。她的是直接证明，而你的是间接证明。

为什么这样说呢——因为你们的证词时间咬合很严密，你的不在场证明是基于任青青成立的基础上。

任青青的证词如果成立，你的证词可能成立，不过警方依然会怀疑任青青和你撒了谎，她其实是自己回家，然后去了医院，而你一个人去杀人。

如果她的证词不成立，你的证词就绝对不会成立，因为你说送她回家，她没回家去杀人了，那你怎么能证明你没有一起去杀人呢？

所以，从不在场证明来看，你处在下风。

15

“但是你并没有找到我们证词的漏洞吧？不然你是不会让我出国旅游的。”杨木还不死心。

“对！”张国良笑了，“当时的确没发现漏洞，或者说发现了漏洞，但还没找到证据。”

先看任青青的不在场证明吧！

8点32分，任青青出现在医院的监控摄像头中，一左一右有两个人扶着她，证实是她的父母。

可医院的监控摄像并不清晰，虽然能看到脸，五官却很模糊。当班的急诊医生也说，任青青难受，一直捂着肚子，眉毛也拧着。回头请他辨认任青青的照片时，他有点拿不准，但还是一口咬定是同一个人。

而任青青不在场证明的关键是血液，这是无法造假的。如果任家接到女儿杀人之后的来电，临时找一个人来扮演女儿，就算这个人找到了，她的手臂也不可能抽出和任青青一模一样的血液出来，因为每个人的血液独一无二，其中包含的DNA是特有属性。

事实上我们也证实，医院当晚从任青青手臂中采集的血液样本与调查阶段从她手臂上采集的血液样本，判定属于同一人。

请注意我的措辞，判定。

因为毕竟过了二十几天，血液的某些指标有所变化，但DNA比对还是一致。

任青青的不在场证明因为血液而变得坚不可摧，即使看不太清楚她的脸，但是警方也会采证，这样，她的杀人嫌疑被彻底洗清了。

接下来就是你，作为本案的第一嫌疑人，也有一个不在场证明——时间。

我和同事做了5次试验，每天晚上7点从芬雅餐厅出发，选择最快的路线，以最快的速度开车去河谷开发区的埋尸点，再回到你家。

结果发现，因为还是晚高峰的尾巴，这一时段路况并不好，再加上一路上红绿灯特别多，无论如何都不能在两个小时之内从芬雅餐厅经河谷开发区再回到你家，更不要说还留出一定的时间去杀人和埋尸体了。

我们又调取了这一路段当晚的监控摄像，并没看到有违章闯红灯的记录。仔细辨认了每一台摩托车的影像，没有看到你和郭川。地铁站的监控我们也仔细筛查过了，没有你们的踪影。

因此，我们警方认定，即使你没有送任青青回家，就是你一个人搭乘黑的士，7点从芬雅餐厅出发，到河谷开发区杀人之后，也没办法在9点左右赶回你家。

你的嫌疑也暂时被洗清了。

听到这里，杨木暗自松了一口气，很想擦一擦额头冒出的汗，他知道自己现在满脸通红，没办法，这是老毛病，又怕伸手擦汗被警察看出异常，只好拼命地眨着眼睛……

16

餐厅回房间的路也不是永远没有尽头，张国良警官看着杨木可怜的模样笑了笑，拿出口袋里的纸巾递给他，快擦擦吧！

“小兄弟，所以说，我一眼就看穿了你，认定你是犯罪嫌疑人。

“在酒店大堂等你那天，我是故意说任青青的不在场嫌疑洗清了，就是想看看你的反应。果然，当时你的表情特别复杂。

"沉默了一会儿，你主动问起埋尸体的地方，其实就是在暗示我，两个小时之内，是没办法从芬雅餐厅去杀人地点再回到你家的。这时候我就肯定，你一定是在时间上做了手脚，让你可以实施这个别人无法实施的犯罪。"

"我没有特异功能。"杨木随手把擦过汗的纸巾丢在走廊里，就像给邵风华擦完屁股一样，"我也没有做手脚，我说了一万遍，我真的没有杀人！"

"杨木！"张国良弯腰捡起那块纸巾，放进自己的口袋，"你也说我们算是共患难的兄弟了，现在身处国民大饭店，未来完全不可知，我说过，我现在也不是警察，就算是我又能做什么呢？你承认自己的罪行，我也不能把你绳之以法。"

"张哥，我真的没有杀人，你能信我吗？"杨木眼睛里透出无奈，"我这一辈子，连小动物都没伤害过一只，我怎么会杀人呢？"

"那就是任青青杀的人，你只负责埋尸体喽？当时也是她提议开车去僻静的地方，也是她提议你们分别做证词，对不对？"张国良忽然变得犀利。

"你别逼我了，哥哥，我不能说……"杨木哀求，恢复了大男孩的模样。

"那晚之后，你为什么每天坐地铁去河谷开发区呢，难道不是想监视埋尸的地点有没有被人发现吗？"

"我有事……"

"什么事？"

"这算是我的隐私，可以不回答吧？"

"好吧！"警官已经走到自己的房间门前，一边用房卡开门，一边回身笑着看杨木，"你现在的表情已经给了我答案，我早就分析过，提出那个提议的人是很自私的，不值得你去爱，你却还在维护她，无非是因为她是你的未婚妻，还怀了你的孩子，对不对？除了你主动包庇她之外，还有一种可能，她在利用孩子威胁和逼迫，让你关键时刻一个人顶罪，对不对？”

张国良步步逼近，杨木跟着往后缩，不敢对视。

“可你知道郭川为什么要追踪你们吗？——郭川的目标从始至终都是任青青！你也不知道他们为什么吵架吧？”

张国良看着杨木错愕的神情，“那我就都告诉你吧！”

17

初级课程的最后阶段是理论学习，内容涵盖了各国社交礼仪、文化民俗、道德公约等方方面面。课程扎扎实实上了 60 天，边上课边考试。考试的形式也很灵活，既有闭卷考试，也有场景模拟，考不过就要重修，直到完全考过才行。

一时间，这群成年人都变成了勤奋的小学生，摇头晃脑的读书声不绝于耳，夜里，杨木和李黛蹲在走廊里，头顶着头，背笔记做题目，互相督促和测试，日子变得特别充实，连杨木都体会到了久违的校园欢乐。

好在这群团友个个善于学习，大家又乐于互帮互助，理论学习的考试全体顺利通过。

一个多月来，大家也逐渐适应了国民大饭店的生活，行李虽然被收走，但基本生活用品还是会按需供应，女士用的卫生巾、扎头发的橡皮筋，男士用的刮胡刀、剃头的手推，符合大家各自尺码的内衣裤，甚至还有无香味的护手霜、老花镜等都会一一供应，看起来还算贴心，钟孝全甚至还吃上了生日蛋糕。

这天晚上，餐厅里竟然破天荒地出现了香槟，虽然每人只有一杯，但已经足够惊喜！马上有人提议表演节目，大家好像又回到旅行社的大巴车里一样，你唱歌我伴舞，热热闹闹地畅快了一通。

杨木又吻了李黛，这一次是他主动，在两人的嘴唇不经意地触碰到一起时，杨木从李黛的回应中完完全全地感受到了她的爱。

年轻人的爱情怎么会因为监控器的存在而阻隔？

这个如同苹果一样粉嫩的女孩儿，因为一杯香槟变得更加香气四溢，帅气迷人的杨木，也散发出女人不能抗拒的魅力。

他们只能躲在衣柜里，虽然不确定是否安全，但也是唯一可能的绿洲。

实在没有条件制造过多的浪漫，两个年轻人相约好第二天不穿内裤，白天的每一次眼神交汇都会产生一轮无休止的暧昧想象，李黛知道杨木在问她："感觉如何呀？"

终于熬到晚饭后的自由活动，两人迫不及待地钻进衣柜，李黛在黑暗中小声告诉杨木——

"怪怪的！"

"怎么怪？"杨木沙哑着嗓子，想把娇小的女孩儿彻底隐藏进自己的怀里。

"第一感觉是空，空荡荡的，下面没有了熟悉的支撑，空气能从身体直接钻进去。

"第二感觉是忐忑，生怕被别人看出自己没穿内裤，整个人的注意力时刻集中在敏感区域，总想用手遮，又不敢用手去摸。

"第三感觉就是自由，解放，没有任何束缚，好像回到母亲的子宫，连毛发都可以舒展，水草般在波纹里慢悠悠地荡漾……"

杨木笑着捂住李黛的嘴，"姐姐你别形容了，太形象了，我要笑场了！"

"那该你讲了。"李黛推着杨木，不准他只顾笑。

"我的感觉就是，我爱上你了……"

这句话从口中自然地说出，杨木的心却“咯噔”一下，上次余光远发神经动手打李黛，自己表白的话语就在嘴边，可是任青青、孩子、郭川，这些令他绝望的名字突然不合时宜地一起冒了出来，如同躲在角落里指指点点，一直嘲笑自己的幽灵。

刚刚燃起的火苗忽地又被恶魔吹熄，杨木整个内心被惆怅填满。

第四章　中级课程

1

虽然小有摩擦和反抗，初级课程还是结束了。

指挥官宣布所有人都可以进入中级课程，欢呼声一下爆发，团友们热烈拥抱。桂园趁机揩油，从身后搂住李黛和游游，手在前面就开始不老实，被杨木怼了几下。他并不在意，转身又贴何安安，张国良也用手臂挡住，好在没人真翻脸。

顾不上，大家都乐坏了。

与此同时，冰箱和餐厅的食物种类越来越多，点心也越来越精美，每天还会供应适量的冰镇啤酒。

有点酒下肚，话匣子就收不住口，畅饮之余众人感慨：如今人为刀俎我为鱼肉，失去自由，前路未知，被逼迫着参加所谓的培训。好在初级课程很轻松，吐吐泡泡的力气就应付得来。看来如果配合对方，也许最后能有个善终，离开这个可怕的监狱……

大伙儿都这样期待着，酒瓶子碰得叮当乱响。

前段时间担惊受怕，这群人都瘦了一大圈，女明星游游也彻底放弃寻找化妆品，素面朝天扎个马尾，要么跟在钟孝全后面，要么走在卢甘泽旁边，清清爽爽的反而更好看。

桂园的肺出了问题，咳咳咳了几天，指挥官安排人把他带走了，桂园回来之后就变成了高音喇叭，到处兴奋地宣传，国民大饭店里有大型医院，而且设备特别先进，只是拍个胸片就可见一斑，可惜他没有机会四处侦查。

这个消息是重量级的，给大家带来了更多遐想——

有大型医院就证明这里的常住人口很多，那也就是说，国民大饭店可能不会把进来的人全部杀光，外面的人之所以不知道这里面的情况，只是因为把人关在这里，和外面断了联系。而且有医院就需要医生，何安安尤其若有所思。

脑补出这个结论之后，大家仿佛瞬间变成找到特效药的癌症患者，生机如同身旁各色兰花，一朵，两朵，转眼就开了满枝。

钟孝全和卢甘泽此时已经成为团队的核心，他们丰富的阅历、沉稳的性格给大家莫大的安慰。两人也一直鼓励大家，初级课程顺利结束，终于看到希望，一定要坚持到底，坚持必胜的信念！

杨木也轻松不少，没事又对着镜子自我欣赏——经常检视自己突出的优点，的确有极强的治愈疗效。

监控不监控随它去，没有必要为看不见、听不到的任何事物烦恼，活在当下不是一个伪命题，人不能决定的东西太多了，出生死亡是老生常谈，甚至应该反过来说，人能决定的东西又有多少？

每个人走到尽头幡然醒悟，最不值得的就是浪费短暂的生命去烦恼。

李黛举双手双脚赞同这个观点，这段时间她得出个惊人结论，她把众人置身其中的国民大饭店称为“星际中转站”——

“我们都是外星人，星际航行时迷失在这个宇宙，隐身于这个星球，国民大饭店是我们回到自己星球的必经之路。”

“回哪里？”

“我们自己的星球。”

杨木溺爱地望着自己的小妞儿，就是喜欢听她胡诌八扯，又头头是道。在无聊的国民大饭店，李黛的存在，真是上天的恩赐。

“真有外星人吗？”

李黛卖萌撇嘴，当然有啦，这么大的宇宙，啥乱七八糟的玩意儿没有呢！这些外星人就生活在我们身边，而且数量很多，只是他们自己都不一定知道。

“他们自己都不知道，你怎么会知道？”

李黛一扭脖，我当然知道啊，我可是李黛，有什么我不知道的！

“怎么分辨外星人呢？”杨木斜躺在柜子里，饶有兴趣。

“看眼睛。”

杨木扳过李黛的脸蛋儿，在手里揉捏几下，细看她的眼睛——只见一对浅浅双眼皮的吊梢眼，右边那只非常美，近乎完美的弧度，恰到好处的深浅，左边那只美中不足，双眼皮有三四层。

“怎么看呢？”

李黛笑着夺回自己的脸蛋儿：“看大小。”

见杨木还是痴望自己，李黛终于不再卖关子——

其实，每一位生活在地球上的外星人都有一个独特的标志——大小不对称的眼睛，叫龙凤眼是爱称，其实就是大小眼。

看镜子里的双眼，如果大小基本一致，恭喜你，你是血统纯正的土著地球人，大小不一的，就是外来物种。不过只通过眼睛不能分辨星球，宇宙是无限的，还有无数个平行宇宙，光年并不是距离的唯一标准，很多遥远得无法形容的文明曾造访过地球，留下属于它们的后裔。

地球住不惯，外星人早晚要回家，一部分人是用地球人可以接受的方式——死；还有一部分就不知不觉地消失，比如，像我们被带到这里。

中转站必不可少，到了这里我们就知道自己属于哪个星球。而且星际航行毕竟很漫长，稍作停留之后，我们便会乘着不同的轨道，用不同的运载方式回到属于自己的母星，这趟地球上的人生之旅才完结。

我就是这样，你也是这样……

这样的话题，杨木与李黛百谈不腻，层出不穷，用于应对现实的烦恼，对于消灭无聊与恐惧，的确有效。

不过，杨木的烦恼并没有因此根除——

杨木牢记那夜指挥官的提醒，要低调服从，养精蓄锐，高级课程可是一场考验。而且在这个团队中还有另一个人存在——张国良如同黑猫警长，时刻紧盯自己，让杀人埋尸的杨木就像缺了半片耳朵的老鼠。

如果真如李黛所说，我们是外星人，终于要回到自己的母星，那应该也算幸运，可是母星那边的生活又是怎样的未知呢？

自己能拥有真正的幸福和自由吗？

母星，多么好笑，此刻又是这么真实的词儿啊！

还容不得杨木继续编写科幻故事，马上就进入了中级课程。

2

中级课程第一天，杨木最积极，第一个到达指定会议厅。桂园紧随其后，双耳挂了个白色的大口罩，一张嘴就咳嗽，杨木赶快示意他少说话，暗自庆幸这个世界清净了。

脑海里出现一只嗡嗡乱叫的巨型大苍蝇，杨木熟练地制造出一个更巨大的苍蝇拍，“啪”的一声把它钉在墙上——爽！

众人准时坐定，钟教授数人，15 位齐了，杨木找机会与每人对眼，发觉李黛说得果然有理，大家的眼睛竟然都不太对称，有的大小相差特别明显，看来国民大饭店真是星际中转站，外星人都聚在这里开会。

正这工夫，一个身形高挑的女人走进会议厅，也是 A376 的打扮，气宇轩昂地站在中间，干练开场——

各位国民大饭店的住客，恭喜你们通过初级课程。

自我介绍一下，我是中级课程指挥官 B112。

尴尬几秒，钟孝全赶快带头，稀里哗啦的掌声响了起来。B112 也是扑克脸，一挥手，众人收声，听她继续指示：

初级课程中，指挥官 A376 试图带领大家补习本该在幼儿园学到的知识，文明语言，举止得体，尊重他人，还特别训练了大家的责任感，提醒大家爱惜食物……当然这些都远远不足够，相信大家在国民大饭店的耳濡目染之后，会有更深层次的蜕变。

中级课程是全新的体系，不过还是那句话，只要大家认真配合，就可以顺利毕业！

B112 也拿出一个遥控器，挥了一下，和初级课程一样，不遵守规定的人就会受罚。杨木瞥了这个银色的金属小物件儿一眼，背上的芯片反射性地疼起来。

“不再啰唆。中级课程的第一课非常简单，给大家一天的时间，请你们选出一个人来。”指挥官 B112 高高在上，环顾四周。

“选出这个人干吗？”桂园还是多嘴，杨木忍不住斜了他一眼，但也觉得这个问题应该问。

“对不起桂先生，你又在没有请示的情况下提问，请接受这个小小惩罚！”说话间，B112 轻按遥控器，桂园从椅子上弹起来，旋即又坐下，隔着口罩看得出他在龇牙咧嘴，但明显电击不严重。

“选出来之后，我就会告诉大家，现在行动吧，记住，只有一天！”

“怎么办？大家商量一下吧！”

指挥官离开会议室之后，15 个人拖着自己的椅子，慢吞吞地围成一圈，钟孝全坐在中间，还是充当班长的角色。

“选什么呀，她不说选出来干什么，咱们就不选！”李黛有点赌气，先起头。

平时不多话的何安安倒是接茬儿哼了一声：“不选，国民大饭店会放过我们吗？结果大家一起扭屁股跳电击舞，毕竟咱们进来不是一天两天了。”

桂园又站起来，配合美女的话扭起屁股，杨木真是受不了这个人，桂园却偏要扯他的胳膊，一起站起来跳贴面舞。

“严肃点！”余光远凶了一句，“别胡闹了，这都什么时候啦？”

李黛给了姓余的一个大白眼，嘴里嘀咕一句“臭鱼烂虾”，挪着椅子靠近杨木，在他的身躯庇护下，朝余光远呸了一下。

“我讲几句吧。”钟孝全清清嗓子，借用了卢甘泽平时的开场白，大家都静了下来，“各位，我们中间有人曾问过，在课程中间我们会不会死，结果到现在都没有得到准确的答复。我有种担忧，虽然这里吃住都特别好，但强迫我们留在这里，动不动就电击恐吓，从肉体和精神上折磨我们，我们也未必就会全身而退……”

“你是说，选出来的人可能会死？！”李黛惊恐。

有这个可能！钟孝全接着说，选出一个人做什么？总不会是大家玩丢手帕游戏吧，选出这个人有四种可能：死、受一番折磨、得到某种奖励、离开。

“离开是放我们走的意思吗？”有人急切地问。

“应该是。”一路安静的张国良忽然接话，把杨木吓了一跳，“钟班长的话有道理，现在我们进入中级课程，难度应该不会低于初级课程。只是让我们选一个人出来这么简单，我估计是陷阱。这个被选出的人身上肯定会发生一些事儿，可能好也可能坏。”

“但我认为，选的这个过程应该才是我们的课程内容吧，选出谁可能不重要。”卢甘泽出声。

“国民大饭店诡计多端，就是想看着我们纠结烦恼，甚至自相残杀。”

“那就是五种可能：死、受一番折磨、得到某种奖励、离开、没什么事，对不对？”有人梳理众人思路。

“不一定会死吧？”李黛问张国良。

“但死是最严重的后果呀！”游游不安。

“对，可能性不小。”余光远也附和。

3

杨木一声不吭，任由团友瞎猜，他时刻提醒自己千万别出头，现在走一步看一步。

“好和坏的结果可能都是50%，那可怎么选呢？”李黛拧着眉头。

“有没有毛遂自荐的？”有人打着哈哈，瞅瞅别人都没有接茬儿，马上自嘲地补了一句，“是的，疯了才自己撞枪口。”

“还是投票吧，一人一票，谁票数多就选谁，票数一样就再投一轮。”余光远提议，“这是个公平的办法，大家看怎么样？”

投票好像是个公平的方式，大家都暗自思忖。

“我认为不好！”钟孝全突然打破沉默，微黄的板牙七扭八歪地从嘴角露出来，杨木惊觉这是第一次看他这样笑，很不自然的笑。“投票可未必是最公平的方式，因为枪打出头鸟，在团队中一直很活跃的人，会成为众人的首选。”

“你是在害怕吗？”余光远鄙视道，“钟班长，你是怕大家会选你这只出头鸟吧？”

“我不是害怕，只是觉得这个方法需要商榷。”

“商榷？如果不是害怕，钟班长干脆毛遂自荐，主动承担这个名额吧！”余光远狠狠地将军。

听了这句话钟孝全突然变脸，腾地站了起来——余光远，你什么意思，这一路上我对大家诸多照顾，你们又让我当了这个班长，我得了什么好处？现在是可能送命的事情，你凭什么指定给我呢？

余光远立马站起来，针锋相对：“看看，你现在暴露出真面目了吧？一路上数你最伪善了！你说照顾大家，为什么这样的时刻你不冲在前面呢？我们吵架的时候，你就跳出来装好人，说这个批那个，处处显示你高风亮节！”

“你也好不到哪里去！是你提议爬新风管道，结果是杨木和张国良爬的，你还不伪善？照你的意思那就不用选了，以后有什么坏事直接指定我算了，我一个人死，成全你们大家活着！”钟孝全嗓音都变了，喘起粗气。

游游听这话脸色也变了，她是“副班长”，更是团里唯一的“明星”，如果真的投票自己也可能会中选，于是她也帮着钟孝全和余光远吵了起来。

“钟班长你们多虑了，先不说大家是不是都会选你们，就算是选上了，也有可能提前出去，这不好吗？”李黛满脸轻松，杨木扯她一下，不要多嘴。

果然坏了事，这句话激怒了钟孝全，他回身看着李黛冷笑：“你以为我是怕死吗？如果我死了，能换得大家的平安，我可以自我牺牲，但是假如我没事了，得以大摇大摆地离开国民大饭店，估计你们又会感觉不平衡，人心就是这样复杂！你现在说这样的风凉话，投票对你也不利，这一路上你张张罗罗，出尽风头，难保大家不选你，你还在这里搞不清状况呢！”

“我搞不清状况，还是你自私呢？”

“你这个小丫头片子不知好歹呀，一路上我多照顾你，你现在直接朝我开炮，恩将仇报呀！”

“你对我好，你有错我就不能说你了？早知道这样，当初就不用你对我好！”

“不要吵了！”

再聊下去不知局面将如何，卢甘泽只好出来主持局面，“这样吵来吵去太伤感情，大家不要浪费时间，只有一天的时间，还是再想办法吧。”

“要不抽签，完全看运气，抽到谁算谁？”桂园提议。

“我不抽！”这下换李黛反对，“从小到大我的手气特别不好，这种签我每次都跑不了，我不抽，我不抽，我支持投票！”

“李黛，你怎么这么自私呢！”

游游转身呛李黛，潲水面包之后两人彻底掰了，已经很久不讲话，感觉得出游游对李黛也憋着一股气，正好发泄出来：“抽签是最公平的方式，你却怕自己被抽中，说到底还不是怕死？你这么想投票，不就以为这一路上你都扮好人，当小丑逗着大家乐呵，你以为大家喜欢你就不会投你的票，你就可以高枕无忧了嘛！你刚才说钟班长的话，正好打了自己一记响亮的耳光！而且，钟班长说得对，你整天咋咋呼呼的让人讨厌，如果投票的话，我们大家都投给你！”

李黛的脸顿时变成猪肝色，她气急败坏地指着游游：“你也是个恩将仇报的戏子，这个时候你也朝我开炮！一路上我对你多照顾，像个跟班一样服侍你！上次你把面包丢在桶里想害大家挨罚，我还没骂你，你不就演了两部电视剧嘛，有几个认识你的呀，卢甘泽就没听说过你，结果你跑到这个团里来演明星了！你投给我可以，我也第一个投给你，大家同归于尽！”

“我是不是明星不关你事，我是不屑于和虚伪、自私的人为伍的！你不是刚说不稀罕钟班长对你好吗，我告诉你，我也不稀罕你对我好，那是你自己贱！”游游也挺起腰杆。

“你以为长得漂亮，这个世界就要高看你一眼吗？我觉得你丑陋至极，丑八怪！”李黛反击，挽袖子撸胳膊。

杨木怕两个女孩儿真抓起来，赶快站起来，一手一个把两人摁在椅子上。

这么一吵，抽签这样看似公平的方案也流产了，众人又陷入沉思。

时间一点点流逝，大家还是没个主意，有的捂着嘴，有的缩着脑袋，有的看着天花板，最后还是桂园打破了沉默——

“这样吧，想来想去，也就只有这两个方案可选，这样好不，我们先投票，在两个方案中选一个，如何？”

这个提议看似合理，没人再反对，钟孝全虎着脸取来纸笔发给大家，众人分散到角落里，各自低头把结果写在纸上。杨木知道李黛在偷看自己的纸条，索性给她直接看。

15 张票一字排在地上，结果一目了然，7:8，“投票”胜。

李黛胜利者一样笑逐颜开，钟孝全和游游难掩愁容，卢甘泽出来主持，各人回房间慢慢思考，约定晚上八点在这里唱票，公布结果……

4

“你干吗反应这么激烈！”杨木不顾李黛，抢先拦下游游，两个人在角落说话，毕竟是老相识了，这个生死攸关的时候，杨木想多关心她一下。

“投票对我很不利，我不想死，特别是孤零零地死。如果大家一起死我不怕，但是我一个人死，我可不愿意！”游游哭了，娇媚的样子可怎么得了，杨木给她擦着眼泪，暗自哀叹。

“你要坚强一点儿，傻妹子，现在我们在国民大饭店，大家可能都会九死一生，最后谁也逃不了……”

“反正不能投票！”游游继续哭——

从小到大，虽然每个男生都喜欢我，但几乎每个女生也都讨厌我。

我最怕当候选人被人家选来选去，有一年学校选三好学生，是无记名投票，老师让我和另一个女生唱票，结果呢，我在好几张选票上看到我的名字上有个大叉子。

她们不选我就算了，还特意在我的名字上打叉子，当时我的心都被撕裂了！

我哪里得罪这些人了，她们要这样恨我！

而且每次知道要投票，大家都想出各种花招提前取悦别人，平时人缘好的人特别占便宜，完全是比人气，所以我认为投票是最不公平的方式……

“那你也不至于和李黛这样吵架呀！”杨木叹气。

游游冷眼看杨木，有点吃醋地说：“我知道你和她的事儿，整个团里都知道了，我不想评价……但你怎么会看上这个女人呢？”

杨木没有回答，眼前是任青青的影子晃来晃去，晃得他头昏眼花，四肢发麻，脑瘫小儿麻痹加帕金森。

“可能因为这里是寂寞的国民大饭店吧。”游游自言自语地替他回答，有些黯然神伤。

“不管怎么样，你们俩这样吵架会两败俱伤的……”

杨木踢掉鞋子，刚歪在床上，桂园就来敲门，杨木趁桂园没注意收起纸条，其实上面还空无一字。

“哥们儿，你想选谁？”桂园倒是开门见山，大大咧咧地拉开杨木的冰箱拿出一瓶果汁，咕咚咕咚灌了一大半，把自己丢在沙发上。

“没想好，不好选。”杨木实话实说。

“你说我们最终是不是都会死，这些人把我们抓进来，估计是做实验的小白鼠，初级课程就把我们折腾得够呛，中级课程就开始死人，高级课程该怎么办？”

“还能怎么办，凉拌呗！”

杨木倒是轻松，自从知道国民大饭店里有人暗中相助，杨木稍微吃了颗定心丸。而且15个人中选出一个，杨木怎么算也算不到自己，自己一直不显山不露水，人缘也不错，应该有点自信。现在主要是保护李黛，还有游游。

“你小子是心大，还是傻呀？”桂园盘起二郎腿，用脚尖对着杨木，“咱们进国民大饭店这么久了，连这里毛个底细都没摸清，你就敢高枕无忧，我真服了你！”

杨木憨厚一笑，“哪里，哥哥，你不了解我，我这也是无可奈何呢，我的智商仅限于此，深了远了我参悟不了。”

桂园转脸冷笑，“你小子讲出这句话可见心机也不一般。”接着又叹气，“这个时候我也就找你说说心里话了——你看今天那些人的嘴脸，之前装得好看，现在可全暴露出来了！”

“可不是！”杨木也由衷感叹，“到了这个份儿上，这些天彼此累积的那点微不足道的友情在生死面前真是不堪一击。”

“特别是钟孝全！”

桂园压低声音，“我今天可品出来了，这个人虚伪，真虚伪呀！我在飞机上和导游吵架时他就装好人，处心积虑，哪个想到他第一个跳出来反对投票？平时装出老母鸡的样子，护着这个，扯着那个，出谋划策，结果关键时刻第一个往后缩！”

杨木还没来得及表态，桂园又说：“还有余光远、李黛和游游几个大头蝇子，跳出来嗡嗡的，人性多丑陋啊！你说你找的‘媳妇儿’，不是我说她，咱们虽然关系好，但她今天的表现实在跌份儿！终身大事，你可得慎重啊！”

杨木继续品着他的话，桂园已经坐在杨木的床上，身子凑近他小声说：“还有卢甘泽，你也得小心，你平时和他走得近，但是哥哥我真的提醒你，防人之心不可无啊！”

桂园故意摆出一副欲言又止，又意味深长的表情，弄得杨木心里痒痒。

“听你的意思这里就没好人了，那你想选谁？”杨木盯着桂园下巴上几根稀疏的胡子问道。

“这可不能说，现在说出来太得罪人了！”桂园身子往后挪挪，犹豫了一下又靠了过来，“反正除了你和张国良之外，我都可能会选！”

“张国良？”

对！桂园微笑，“这一团人，我就看他像个爷们儿，我只服他一个！”杨木想起张国良的身份，心里滋味复杂。

“木木，这个时候咱们得联手，联手你知道吗？！”

“联手？”

桂园得意，“你看要不我怎么来找你了呢？其实我知道，真要投票的话，钟孝全和李黛都安全，钟孝全是杞人忧天了，他人缘最好。李黛那是一朵小鲜花，妥妥地高枕无忧，最吃亏的是我和余光远，枪打出头鸟不假，我们两个平时嘚瑟了一点儿，不过游游也跑不了，她是女明星，其他女的心里也不一定怎么想她。我现在也后悔了，我这个人单纯，凡事爱替大家出个头，吃亏也最多。我嘴上不留德，没少得罪你，希望你大人不计小人过，原谅哥哥……”

杨木拍拍桂园肩膀，“哥哥，别说了，真的委屈了你，其实大家嘴上不说，心里都是感谢你的。几次你出头受罪，最后受益的都是大家，我谢你还来不及呢！”

“谢也不用谢，我就是觉得关键时候大家也替我想想，别坏事都让我一个人担着！”

杨木看桂园的眼里真的泛出泪花，只好安慰道，“想开点，再说这个人选出来干什么也未可知，凡事不能都往坏处去想，对不对，至少我肯定不选你！”

桂园听了这话一把抓住了杨木的手臂，眼泪滚滚而下，“木木，真的，咱俩往后亲兄弟，啥也不多说了，哥哥给你磕一个响儿！”

说话间竟然直接跪在床上给杨木磕头，杨木被这架势吓呆了，赶快拉起桂园，两人唏嘘了好一阵子。

5

“对了，你说联手，怎么联？”杨木捡起这个话头，桂园已擦干眼泪坐在床沿上，马上又凑了过来。

“木木，你对哥哥掏心窝肺，哥哥也对你说一句，你可别大意呀！这里没有好东西，人心隔肚皮，现在各人自顾不暇，你虽然不显山不露水，为了大家还爬过新风管道，但此一时彼一时，绝对不能掉以轻心，说不定就得票最高呢！”

杨木一惊，只觉得一股血液瞬间冲上头顶，手指都要颤抖，听桂园继续分析——

你的外形太扎眼了，说实话，长那么帅干吗呀你！

你看这一路过来，那几个女的采蜜一样围着你，全都发情一样往上扑，特别是李黛，让你玩了，估计也睡了。到国民大饭店这么久，哪个男的不是憋得要命，就你的小炮儿打得欢实，这群男的哪个不嫉妒你啊！

“我和李黛真的没什么……”

桂园眼珠转了转，“木木，你的话我信，可别人未必会信。大家嘴上不说，保不齐在投票的时候背后使坏阴你，有两三个投给你的，别人一人得一票，你就第一名了！”

杨木寒从脚底起，立马僵住了。

“还有，我为什么提醒你要小心卢甘泽呢，我可听说有人背后议论你的职业……”

听到这里，杨木五雷轰顶，冷汗已从后背渗出，一下就气短起来。桂园视而不见继续说，有人说卢甘泽在背后说你是吃软饭的！

“胡说八道！我有正当职业，我是名导购！”

“就是，我也说这不是诽谤嘛！”桂园满脸愤懑，“多气人呢，给别人扣这种屎尿盆子，这个人太阴毒了！”

杨木的眼前快放了一场电影，从机场的第一面起，自己和卢甘泽说的每一句话都浮在眼前。

桂园看他精神都涣散了，心满意足地抚平便服上的褶皱，“算了，今天的话我本来不该说的，你千万要保密，别说是我说的，不然以后我什么也不提醒你了！我也是道听途说，没有证据，你也千万别露出来，心里知道就行。”

杨木强打精神感谢，桂园露出一嘴槟榔牙，“所以我才提议咱们要来联手的，与其说保护我，不如说保护你！别最后你一个人不明不白背黑锅，还不知道谁出卖的你呢！”

6

两人又小声密谋了一阵儿，忽听有人敲门，是李黛。

桂园看到李黛意味深长地咧嘴一笑，李黛也挤出笑容。两人尴尬一秒，桂园回身招呼杨木，“那我先走了，你们聊吧！”杨木送他，关门时看到对方给自己使了一个眼色。

“他都说了什么！”李黛见桂园出门，急急地问。

“还不就是来探听底细，看我选谁。”杨木重新坐在床边，见李黛正坐在沙发上刚才桂园坐的位置上。

“那你选谁？”李黛也和桂园一样追问。

“没想好，不好选。”

杨木也一样回答，他没说谎，之前自己的确把桂园作为第一人选，但刚才的一席话让他犹豫起来，特别是听到自己的职业被众人知道了，杨木真是又羞又恼，差点当场失态，跑去砸了卢甘泽的房门！

“你选谁？”杨木面色惨白反问。

“游游！”李黛现仇现报，“今天她那么呛我，简直是置我于死地！让大家都以为我是个自私鬼，肯定都会投我的票！”说完咬咬嘴唇，眼泪出来了。

唉！

杨木悲凉满地，“你呀，今天你看看自己，做的什么事儿呀！你长得这么漂亮，一路上是大家的开心果，大家都喜欢你，不会因为她一句话就都选你的。而且 15 个人抽签，怎么就确定会抽到你？相反的，你今天和钟孝全硬碰硬，讲的那几句话全都跑偏了，把你的自私和无情暴露得淋漓尽致，这不是噼里啪啦地掉粉吗？而且你和余光远早就有过节，你投票给游游，说不定余光远还投给你呢，到时候你票数最多，看你怎么办！”

“那我有什么办法呀，这可是生死攸关的事情呀！抽签我运气不好，很可能会抽中，那我不就死了吗？”李黛哭了。

“谁说选出来的就会死呢？我们是不是把事情想得太严重了呢？”

杨木无奈，跳上沙发，搂起李黛，哄孩子一样拍着她的小肩膀。

钻了几次衣柜，虽然最后时刻杨木管住自己，但两人的关系已经不是普通朋友了。李黛见杨木在房间里就敢搂她，越发哭得来劲，身子完全贴在杨木身上，嘴巴也爬上他的脖子，竟然一边哭一边种起草莓。

杨木只感觉阵阵电流激起欲望，不由自主地搂紧李黛的腰。李黛感觉到杨木的回应，嘴唇立马捉到他的唇，就更加投入。

不知道过了多久，杨木的意识忽然清醒，他一把推开李黛，抬头看天花板。

“怎么了？”女孩儿娇滴滴的，满眼桃花，上衣已经褪去一半，露出大半边胸口，“你还是不要我，我都快死了，你还是不要我，你还是想着家里人，对不对？！”

“监控，这里有监控！”

杨木急忙拉上李黛的上衣，用手护住她的胸口，李黛嫣嫣一笑，“我半截身子都入土了，事到如今还怕什么监控呢！咱们每天吃喝拉撒人家不都看得清清楚楚的，上个床看就看呗，反正我们这些人早晚一死，也不用顾什么廉耻，干脆就做给他们看！”

杨木还是不行，默默拉上裤子，重新坐在床边，激情一点点消散，任青青的影子又冒了出来——“还是说正事吧，今天的事情被你自己搞砸了，现在情况确实很不利，我们想想对策。”

李黛愤愤地说：“都是游游这个破烂货，今天真是害死我了，你说我骂她应不应该？”又立刻抬眼看杨木，“亲爱的，你能帮我吗？咱们都选游游，这样她至少有两票了，怎么样？”

杨木耳朵听着李黛的话，心里却在盘算桂园的话，刚才自己的确愤怒难当，现在倒是冷静下来，越发觉得此刻情况复杂，自己还不能冲动行事，手上这一票可金贵着呢！

“你难道不答应吗？”李黛带着哭腔，悲悲切切地望着杨木，从沙发上一跃跳起，又扑在杨木身上，抚摸他的胸口。

杨木一边享受着滑若无骨的抚摸，一边想到张国良警官，自己究竟要不要联手大家把警察选出来，铲除自己最大的心魔——

想到这里，杨木突然觉得自己太卑鄙了。

7

李黛满意而归，杨木昏然入睡，梦里他想起一件往事，这是真实的。

杨木有位小伙伴，叫帆。帆的成绩特别好，人却很瘦弱，说话也结巴，总是被人欺负，杨木一直保护他，结果两个人形影不离，共度了小学和初中九年时光。

中考前几天，老师把两人叫到办公室，语重心长地说："你们小哥俩关系很好，老师也很欣慰，马上就要考试了，虽然老师平时反对你们抄袭，但是这个考试……"老师故意咳嗽了一下，"帆可以帮帮木木。"

帆笑了，杨木也腼腆地笑了。

考试那天到了，小哥俩一前一后坐在考场里，题目一拿到手，杨木就头大了，这次的题目看起来很难。但杨木确定帆会帮助他，因为直到进考场的最后一分钟，帆还满口答应等下给杨木看答案。

杨木等啊等呀，只见前面的帆趴在桌上奋笔疾挥，刷刷地在自己的卷子上写。时间一点点流逝，杨木已经很着急了，但他还是相信帆一定会给他留出充足的时间抄写答案。距离考试还有最后半个小时，杨木的汗已经湿透衬衣，帆就是没把卷子放在旁边，这样杨木从后面就可以偷窥。

实在太着急了，杨木只好躲过监考老师，用脚轻轻踢前面的凳子。

可是，帆还是无动于衷，卷子在身下压得死死的。

绝望的杨木只好自己看卷子，才发现这些题目自己也不是完全不会，如果专心做，甚至可以考个很不错的分数，可是时间来不及了，他只好胡乱地写上一些，直到交卷的最后一分钟，前面的帆，还是没有露出试卷的一丝一毫。

杨木不记得考试结束之后自己和帆说了什么，总之那是两人此生最后一次见面，帆考上了重点高中，杨木去了技校，后来辍学。

杨木不知道哭过多少回，这件事过去了好几年，但是在梦里，杨木总能看到前面铜墙铁壁一般帆的背影，和自己手中一本厚厚的试卷，写也写不完……

这个梦杨木又重温，但是今天却特别一点儿，因为在梦里，杨木拦住了帆，直视他的眼睛，让他不能逃走——

“为什么？”

帆垂下眼睛，不敢看杨木：“对不起，这个考试对我来说太重要了，我得上大学，改变我的命运……”

“我不会影响你，只是看一看答案。”

“怎么不会影响呢！”帆忽然理直气壮起来，“在考场，我们都是竞争关系，重点高中就招几个人，你还有体育的 10 分加分，如果你和我的分数一样，我被挤下来怎么办呢？”

“那你为什么不早说？”杨木也愤怒起来。

“那你怎么不早学习呢？你为什么要偷看人家的答案，你又不是没有脑子，为什么不自己答题呢？！”

这几句话如同刀子插进杨木的心脏，他窒息了，感觉死一般难受。帆越说越来劲，“你还怪我，你凭什么怪我！大难临头各自飞，我自己都顾不了了，我还顾你呢……”

杨木眼见着帆的影像慢慢放大，变形，最后消失在梦境的边际。挣扎了半天才醒过来，闭着眼睛，知道眼眶已经被某种液体充满。

8

晚餐时碰到卢甘泽，对方远远招手，杨木只好托着餐盘过去。

“你猜外面的人是不是在找我们？”卢甘泽慢条斯理地吃着蔬菜，没有提及选人的话题。

“我们出来多久了？”杨木也缓缓地说。心想你不提，我也不提。

“在这里很容易对时间产生错觉，因为我们看不到真正的日出日落，LED 屏的未必真实，手机没电，手表也被收走。但我在边疆当过兵站过岗，我对时间有一种特殊的敏感，我能从胡子和指甲的生长速度估计出时间，从外面进来到现在应该有 90 天了。”

杨木没有意识到竟然过去了这么久，这段时间每天浑浑噩噩，之前还做了记录，后面也没心思了，“家里肯定急死了，估计早就报了警。”

“报警也没有用。”卢甘泽向四周望了一下，小声说，“木木，这件事我只告诉你，其实我在外面曾经看到关于国民大饭店的秘密调查报告！”

真的？杨木被惊到，但马上就低下头，也小声说道：“之前怎么没听你说过？”

“我不希望大家恐慌，而且这些内容我也一直在辨别真假。”卢甘泽面无表情，机械地嚼着嘴里的食物，“我是政府公务人员，能接触一些机密文件，有次我到一位大领导办公室，他去洗手间，有份文件露出一个头，我扯出来看了几段。”

“都写了些什么？”

“总体来说，国民大饭店确实是个恐怖的监狱，有进无出……”卢甘泽把菠萝块丢进嘴里，咔咔地嚼着，隐藏着自己的嘴型，“现在基本印证了，初级课程还哄着我们玩，现在终于玩真格的了。”

“监狱？”

“对，是关押犯人的地方。”

“我们犯了什么罪呢？”

“每个人有每个人的原罪吧！”卢甘泽一副哲人腔调。

“那你的意思，这次让我们选的人会死？”

“十有八九。”

“你为什么现在告诉我这些呢？”杨木故作平静，暗自观察对方的举动，揣测他葫芦里卖的什么药。

“我只是想提醒你，虽然相识时间不长，但我们却是比较谈得来的朋友，当初就是因为信任你，我才把那么重要的信号笔交给你保管，因为在这群人中间，交个朋友很难。”

“对！”杨木低头也嚼起菠萝块来，帆的背影又出现在眼前。

9

晚饭后，15 个人鱼贯走进会议厅，今天格外安静，桂园又戴上大口罩，闷坐在椅子上，有人打招呼就指指嗓子，哑了，不能讲话。杨木想起上午他到自己房间时没戴口罩，嗓子也没哑，知道他在故弄玄虚。

虽然上午发生了不愉快，钟孝全看人齐了还是站了起来：“各位兄弟姐妹，今晚咱们要面对一道难题了，这个事情可以说人命关天，也可以说无关痛痒。有人可能担心自己的字迹被别人认出来，所以下午我做了一张表格，誊写了 15 份，各位只要打钩就行，这样就不用有顾虑了。”

杨木捏着手上的选票，只见字体娟秀，一笔一画，没有尺子，却整整齐齐，杨、木两个字，呈现出说不出的美感。再看大学教授钟孝全，腰微驼，拖着只脚在地上走，老态毕现，杨木顿感一丝怜悯与内疚。

再品味这选票，好似千万斤，摊在掌心，竟有不能承受之重！

这就是人生吧，也许就终结在这一张小小的纸条上。杨木思绪万千，往事跟着也涌了上来——恍惚又见到母亲邵风华正躺在小床上，笑呵呵地看着儿子蹲在地上包饺子；转眼又看到任青青，看到岳父，看到春姐，想着想着，手下的钩就打完了。

唱票开始，其实只有15张票，又怎么需要唱呢！

一目了然，结果出来了——

15张票中，桂园6票，杨木3票，余光远2票，游游1票，李黛1票，何安安1票，还有过海关时拍照被训斥的男人1票。

钟孝全站了起来，痛心疾首，想说点什么，但马上又坐下来，一副昭告天下之后，自己便无话可说的模样。

杨木顾不了别人，只感觉天旋地转，大地不断上升，天空不断坠落，两者的交会处，有巨大的火山和岩浆，而自己正在其中翻滚。再看桂园，在大大的口罩上面，一片密布汗水的大脑门儿。

没想到啊！

杨木无论如何也想不通，桂园的讨厌是人尽皆知，而自己却成了紧随其后的人民公敌，大家怎么就这么讨厌自己呢?！欲哭无泪，也不能哭，至少他还不是票数最多的一个，他需要的只是反省。杨木偷看张国良，发现对方的眼睛也望向自己，更加羞愧。

众人的注意力此刻都集中在桂园身上，桂园把屁股从椅子里不情愿地拔出来，干笑了几声："行！既然是你们的选择，我无话可说，谢谢这段时间大家对我的关照，我有得罪的地方请大家多担待，我以死谢罪！"

话音刚落，深鞠一躬，转身就跑了出去，李黛哭了，接着是游游，女人都哭了……

这一夜，杨木没合眼。

半夜里，李黛敲门，杨木没开门。只听到李黛在门外怨道："杨木，你根本就没有选游游，你明明答应我的，游游的那 1 票是我投的，我的那 1 票肯定是游游投的，你说你爱我，可关键时候你不帮我……"

杨木再也忍不住了，他光着脚在门这边大吼道："那你也说过爱我呀？你只关心游游和你的 1 票，你有没有为我想过，我的 3 票是谁投的呢？！"

10

按照指示，众人第二天准时到达会议厅，桂园没戴口罩，最后一个进来，大家都不敢看他。

"其实看一眼会怎么样，又不用替他死，这群胆小鬼！"

李黛在杨木旁边耳语，才几分钟两人就和好了，李黛向杨木真诚地道了歉。此刻身处这样的处境，对方是个脆弱的女子，自己都没有能力保护好她，杨木不能过高的要求，再说李黛等几位女士已经够坚强了，足以令人肃然起敬，偶尔有点小不懂事可以理解，何况这个道歉李黛是发自内心的。

"怎么样，各位，昨晚休息的好吗？"指挥官 B112 走进来，见大家无精打采，露出众人眼中不怀好意的笑容，"我能拿到结果了吗，人选？"

钟孝全故作扭捏地欠欠屁股，连杨木都看出来样子好假。"是的，指挥官女士，我们选出来了。"

"谁？"

还没等钟孝全说名字，桂园腾地站了起来，大吼一声——"我！"

接着又小声嘟囔一声："要杀要剐，悉听尊便！"

指挥官没有意外之色，和蔼地笑笑："桂先生，请坐下吧。"

看来，选桂先生出来，大家都没有异议。

国民大饭店会尊重大家的选择！

我宣布，桂先生现在可以回到自己的房间，你已经通过了中级课程，准备进入高级课程。除此之外，在你的房间里，我们准备了一份大大的惊喜，你可以尽情享用。

什么？

没有搞错吧！

这滑稽的结果出乎所有人的意料，桂园更是转悲为喜，忍不住大声"欧耶"起来，杨木在内的其他人则各怀心事，各种尴尬。

讲实话，选桂园出来是众望所归，这一路上，从飞机上和导游吵架开始，桂园就给大家留下了低素质、浅薄和自私的印象。再加上他的多嘴，如同自带一群乌鸦，整天围着这些被囚禁、已经足够烦心的团友，聒噪个没完没了！

就连好脾气的杨木，无数次都想把桂园从脚底板开始卷起来，最后把嘴巴给他堵上，塞在墙壁缝隙里。

可现在，他却因祸得福，走了狗屎运，不，是熊猫屎运，率先通过中级课程！

大家心里能平衡吗！

桂园挑衅地站起来，眼睛恶狠狠地扫射了众人一圈，这意思不言而喻——

怎么的！你们这群浑蛋，想集体害我呀，活该，现在你们眼红吧！

指挥官也容忍他放肆了一下，又正色道："好了，桂先生，请你先回房间等待指示，其他人还要继续下面的课程。"

桂园美滋滋地走后，会议厅又恢复了凝重，好像刚才什么也没发生一样，只是多了一把空椅子。

指挥官嗓音清亮：中级课程的第一课大家做得很好，现在是第二课，很简单，一样一样的，请大家再选出 1 个人来，明天这个时间给我名字。

11

果然，又有人敲门。

杨木甩掉便鞋，坐在床沿上冷笑，还来敲我的门，究竟是什么居心？

本不想吭声，但又想看看这些人如何继续表演，便打开门，竟然是钟孝全和卢甘泽。

“小卢找我，就一起过来看看你！”

“昨天的结果你别介意，这些人挑老实的欺负，而且肯定不是咱们这几个走得近的，我们都不会投给你的！”

两人一人一句，杨木客气地点头，谢谢。

“接下来怎么选，来和你商量一下。”卢甘泽也坐在昨天桂园、李黛坐的位置上，杨木有点恍惚。

“听你们的吧，我都随便。”杨木说完又改口称，“听钟班长和卢哥的吧，你们是前辈。”

钟孝全一笑，什么班长呀，还不是出发的时候说说好玩的，我这个人有点责任心，自己年纪大点，一直就想多照顾一下大家，谁知最后被这个‘班长’所累，其实我的处境和你们还不是一样，被关在这里，不知死活。我并不是怕死，不过家里还有放不下的人和事，也没交代一句，哪个人会想死呢？”

“没想到这次桂园得了大便宜，再选出的这个人会不会也这么幸运？”卢甘泽插着双手，脖子高高扬起，露出颈椎病和肩周炎犯了且便秘的奇怪表情。

“这就是要分析的，咱们一直没摸清国民大饭店的套路，把我们男男女女、老老少少囚禁在这里，好吃好喝地培训上课，葫芦里究竟卖的什么药？”

“难不成是做传销的？”杨木一惊。

“哪个传销组织下这样的血本，岂不是早破产了！”钟孝全又露出黄牙。

卢甘泽笑着打断两人：“不过现在看明白了，中级课程的实质就是心理战，让我们经历这个纠结和自相残杀的过程，谁被选谁先毕业。”

“照您这么说，下一轮入选也许是好事？”杨木反问。

“好事！”那两人异口同声。

“但是第一次选出的结果是好的，第二次是坏的可能性会更大一些吧？”

“不是这样想的。”钟孝全慈爱地拍拍杨木，“老卢说得有理，他看事看得准，中级课程就是选来选去的游戏，最终的结果根本不重要，估计其他人还巴不得接下来被选上呢！”

“所以我们才特意过来安慰你，这样，咱们三个干脆结个联盟，杨木你上一轮得了 3 票，这一次我们就都投给你，你自己也投给自己，这样你就有 3 票，加上之前的 3 票，稳稳地拿第一，可以像桂园一样提前毕业，大好的机会你觉得怎么样呢？”卢甘泽一唱一和。

“你们为什么对我这么好？”杨木话里有话。

“这是应该的，我们是兄弟！”卢甘泽和钟孝全以为杨木被说动，赶忙走上来，亲昵地搂着他的肩膀。

“我考虑一下吧，但还是要谢谢你们。”杨木半天才挤出笑容。

12

“你是不是傻，和他们结联盟，选出来的还是你自己？！”

餐厅里李黛用筷子反面敲着杨木的脑袋，杨木指指头顶的摄像头，小心一点儿。

“千万别傻，你还说我呢，求你也别再冒头了，冒头不是好事！”李黛哀怨地看着杨木，手指忍不住在他白滑的手臂上游走，最后紧紧握住。“桂园那是走了狗屎运，谁能担保下次是好结果？我认为一好一坏才正常呢！”

“你想想，指挥官都说了，我们大部分人都能通过中级课程，那就意味着，你随大溜就行。就算像桂园一样幸运，也只是提前几天毕业，没赚到什么大好处，如果是坏结果，把命搭上，那可就不划算了！”

果然有理！

杨木庆幸自己和李黛商量，毕竟是“自己的女人”，关键时刻不会害自己，忍不住把桂园说卢甘泽背地里使坏的事也说了出来，只是关键部分很含糊。

“你看看，我说得没错！”李黛惊呼，越发聪明起来，“你都被人家下套了，还傻乎乎的不知道轻重呢！整天念叨一支笔的信任。”

“咱们这十几个人里面，最滑头的就是卢甘泽；其次就是钟孝全，这两个老家伙狼狈为奸；余光远和桂园是匹夫之勇，剩下的都是一群傻瓜蛋，咱们俩个最傻！你是帅傻帅傻的，我是美傻美傻的。”

杨木忍不住笑起来，李黛继续扮演诸葛亮——

这样分析，他们结成同盟，联手对付别人，昨天是桂园，现在又来蛊惑你。第二轮没有桂园，你如果有了这 3 票垫底，他们再投给你，基本上你就稳居第一，大家都得救了。但如果票数分散，说不定谁是第一，他们也难以自保！

你说人多可怕呀！

“是可怕。”杨木如鲠在喉，一粒米也咽不下去，但又不敢浪费，只好嚼蜡一样硬吞，“现在怎么办？”

“以其人之道，还治其人之身吧！”李黛笑道，“昨晚我找了游游，两人谈了大半夜，我们也和好了，现在这个时候抱团取暖好过两败俱伤，她也是聪明人，一点就透！我们三个人之前关系就好，这次当然可以联盟，我们有 3 票在手，基本上想让谁出局，谁就出局！”

李黛喜形于色，杨木的心情也瞬间乌云转晴，此刻才深知朋友的重要性！

“我们快商量一下吧，晚上又要投票了。”

“别急啊！”

李黛压低声音，我早就发现你和张国良关系很奇怪，两人背地里总是嘀嘀咕咕，人前却没有交集。你可能没注意，上一轮你得了 3 票，他也很忧心，一直偷偷看你。我不管你们俩什么关系，我会尽量联合他保护你，联合他就等于联合了何安安，我们现在就有 5 票了……

13

第二轮投票结果出来了，出乎大多数人的意料，14 张票中，卢甘泽 4 票，余光远 3 票，海关拍照的 3 票，杨木 2 票，钟孝全 1 票，何安安 1 票，李黛和游游 0 票。

这怎么可能？卢甘泽呆若木鸡。

杨木和李黛当然知道个中蹊跷，捕捉到卢甘泽的惊恐，乐不可支。

“结果就是这样，老卢，恭喜你！”钟孝全两手一摊，满脸轻松。

“你搞了什么名堂？”

“我怎么可能搞你名堂！”

“这有什么可恭喜的！”卢甘泽终于怒了。目光从钟孝全转到众人身上，“你们这些人渣王八蛋，一起害老子，竟然把票都投给我了！”

“你这样可不绅士呀，昨天人家桂园知道结果的时候可没你这样，而是先感谢了大家。”李黛又嘴快，杨木制止她。

“是呀，一直看你不是这样的人，怎么出口骂人呢！”

“这是好事呀，大家选你，是偏向你呢！你不谢谢大家，反而骂人。”

其他人也三言两语，只见卢甘泽的脸像打翻了的颜料盒，红红绿绿，整个人在发抖，牙齿都咯咯作响。

“老子谢你们个屁！我也受够你们这些人了，我堂堂大市长和你们这群小人物混在这里，天天和你们胡闹，我不玩了！”

卢甘泽的突然大变脸惊呆众人，只有杨木吐了一口气，现原形了，终于现原形了！

卢甘泽指着天花板的摄像头吼道：“玩够了没，玩够了没！有种出来把话挑明，信不信我拉军队平了你们这个鬼地方！”

“他是市长呀？哪个市的，官应该不小呀！”李黛小声耳语。

“哪个市不重要，市长官是不小，但是他怎么也到咱们的团里来了呢？太不可思议了！”杨木一边看热闹，一边嘀咕。

“你们在议论什么？你们没有资格议论我！”

卢甘泽转向众人，“你们这些蚂蚁，以为我不知道你们的底细？在机场我就给你们拍了照片，飞机还没起飞就把你们查得比你妈都了解你！

“你们这群变态教授，神经病工程师，无良医生，鸡鸭鹅狗，表面假正经，一肚子男盗女娼！

“来了国民大饭店我就知道，你们这些人是活该到这里的。

“可我呢？

“我为一方父母官，造福百姓，政绩卓著，我凭什么沦落到这里来？国民大饭店使手段胁迫我，逼着我来参加这个团，究竟想怎么样？

“无非就是一死嘛，老子今天就死在这里，我不玩了！”

……

卢甘泽还在破口大骂，整个人突然剧烈抽搐起来，瞬间就倒在地上，痛苦地蜷缩着。

是电击！

众人一起看手环，上面最新的指示出来了：不要说话，马上回到自己的房间！

14

杨木又一夜没睡，等手环响了，一骨碌爬了起来。

在餐厅简单扒拉两口饭，就来到了会议厅，早有人来了，大家还在小声议论卢甘泽的事。

“估计是个贪官，不是说被恐吓了嘛，肯定是把柄被国民大饭店抓住了。”

“真看不出来哦，一直人模人样的。”

“一看就是当官的，城府特别深，天天做总结陈词。”

杨木只感觉头疼欲裂，分不清是困了还是累了，嘴巴一直干到嗓子眼里。等人慢慢地齐了，卢甘泽没有出现。

少顷，指挥官走了进来，卢甘泽跟在她身后，寻了一个角落坐下来，众人的眼光都集中在他身上，看着他还算正常，没有再歇斯底里。

“选出来了吗？各位，第二个人选。”

钟孝全犹豫了半天站起来，结巴道：“选、选出来了。”

“哪位？”

“我！”卢甘泽端坐在椅子里，杨木看他就像要英勇就义的模样。

“你？”指挥官夸张地问，众人都觉得她的演技不好，分明就是明知故问。

“好吧！我同样尊重大家的选择，卢先生你可以走出来，接下来我们将带你洗澡，换衣服，你得离开大家了……”

“他要到哪里去？”这次换杨木脱口而出，他的心揪得紧紧的，报复的快感已经无影无踪。

“毒气室。”指挥官 B112 面目凝重。

我郑重宣布，卢甘泽先生要离开我们了，你的尸骨会被安葬在国民大饭店的墓地，你的家人会得到很好的照顾。其他人，恭喜你们，你们即将通过中级课程，接下来将进入终极考验——高级课程。

这席话真的就是晴天霹雳，连张国良在内的所有人都面色大变，有人哇哇大哭，谁也顾不上昨晚被卢甘泽辱骂的气愤，此刻被巨大的悲痛包围。

这样一个活生生的人，刚才还站在自己身边，即刻被宣判死刑，有一点儿良知的人都无法接受呀！

“我们犯了什么罪，你们要这样对待我们！”何安安哭跪在地上，“求求你们，放过他，不要杀他！”

李黛和游游早哭成一团，她们站在卢甘泽的旁边，万千个舍不得。

和昨天的歇斯底里相比，卢甘泽今天是一种令人恐惧的镇定，镇定得不像人类，哪有人类听到这种宣判，可以泰然处之。

“我接受这个结果，我只希望你们兑现承诺，绝对不要为难我的家人，她们是无辜的！”

指挥官 B112 点头，“放心，国民大饭店不会随便伤害一个无辜的好人。”

“我知道了，这是我的罪，我在赎罪……”

卢甘泽最后留下这句话，没有看任何人一眼，摇摇晃晃地朝门口走去。

15

卢甘泽被带走之后，中级课程最后阶段继续进行，死一般的沉寂笼罩着剩下的 13 个人，会议厅里又多出一张空椅子，指挥官 B112 却是什么都没发生过的轻松。

“中级课程，大家过得还开心吗?”黑瘦高挑的指挥官女士没心没肺地微笑着。

李黛小声嘀咕:“开心个大头鬼，你当我们有病啊!”杨木陷入极度烦闷之中，也没制止她。

“中级课程一共分成三个阶段，我们已经顺利地选出两位住客，他们都接受了自己的宿命，接下来，我们不选人了，总是一样的套路，大家会感觉枯燥乏味，我们玩点新花样，大家聊聊天，好不好?”

没人接茬儿。

指挥官并不在意，继续自说自话:

聊天要有个主题，我们的主题是——我是个可耻的人!

请大家轮流发言，讲得好的就可以马上毕业，讲得不好的，就一直讲下去，总有讲好的一天。

众人还是一声不吭，把头深深埋着。

“沉默不是个好办法，因为我会惩罚消极抵抗者。但我今天心情好，我来点名字，大家都不用谦虚，好好演讲一番吧!”指挥官 B112 难得表现出这样的耐心，“最活泼可爱的桂园先生已经毕业，余光远先生，那您先请。”

年轻的著名学者余光远听到点名起身，虽然气势已经磨得差不多，但脸上还是带着一丝高傲的不屑，扫视一周之后，从容发言——

我不知道国民大饭店又要搞什么名堂，既然你要我发言，我就说几句！

我，不是个可耻的人，因为我没有缺点！

从小到大我是个学霸，不说完美无缺，也是人人喜爱。我努力工作，在事业上取得了很多成绩，我有一个儿子，妻子很贤惠，我的家庭也照顾得很好！

接下来我的目标就是诺贝尔奖，这个奖也非我莫属！

话音未落，余光远一屁股坐下，双手抱胸，气鼓鼓地深呼吸。

指挥官 B112 努努嘴摇摇头，“不行，不行，讲得不好！”

“那怎么办，你要我讲，讲了你又不满意，你就是杀了我，我也讲不好了！”余光远又要横。

B112 竟然笑了，“余先生，说实话，我偶尔也会欣赏你的个性，作为指挥官我有权力决定住客以怎样的方式毕业，这样吧，为了你，我修改一下规则——实在认为自己完美无缺的，可以去评论别人的缺点，不想说别人的缺点，就看看有没有人愿意帮你指出缺点，说到我满意了也可以。”

“我不想去评价别人！”余光远虽然斩钉截铁，但语气弱下来不少，听得出盼着有人解困。

“那我来说说吧！”钟孝全主动站起来，递了个眼神给余光远，这个意思大家都明白，是帮他解围，余光远也还回来一个感激的表情，“我帮小余说说吧”——

我和余光远吵过架，但我现在不是泄愤，而是真诚地为你指出来：

首先，你觉得自己完美无缺就是错误的，我们认识的时间不长，但是从第一印象来说，我就觉得你年纪轻轻却盛气凌人，总是居高临下的口吻。可能你在业内小有名气，前途不可限量，但恕我冒犯，我没听过你的大名。

地球上泱泱几十亿人口，可以说各有所长，自视甚高只盯着自己的优点，要么是自卑，要么是自恋。

你的优点的确突出，而且敢出头，敢抗争，但你不敢承担后果！

你说新风口可以通到外面，结果杨木和张国良站出来冒着生命危险去探路，你和他们身高差不多，却退到众人后面。你提议的绝食，叫得最凶，结果你看到两位团友吵架，也顺势跑到餐厅吃饭去了，绝食计划当天就流产。桂园提议的绝食，大家都配合，你却一个人躲在房间偷吃。

你不会控制自己的脾气，很容易发怒，在机场因为取行李等了几分钟就大骂工作人员，一路上动不动就训人，特别是对你眼里卑微的服务人员，从来不给一个好脸色！那天一把抢走李黛的娃娃，还叫她滚一边去，更过分的是，你竟然动手打她，而且下手还那么重，拉都拉不住，这些细节证明你根本不会尊重他人。

还有，没想到你的学历这么高，素质却很差，每次我们插队都是你带的头，在这件事上你特别眼疾手快。

你的控制欲很强，你想做团队的核心，但你没有这个实力。

子曰：德薄而位尊，智小而谋大，力小而任重，鲜不及矣。翻译一下，一个人德行浅薄却占据高位，智慧有限还要故作聪明谋划大事，能力有限竟要不自量力承担重任，这都是不祥的征兆。

你还有什么优点我不知道，认识你就这么几天，我能说出你的缺点也只有这么多，只能帮你到这里……

“那我还得谢谢你，口下留德，只说了我这么一点点缺点！”

余光远脸已经绿了，恼羞成怒到了极点，浑身颤抖着也站了起来，指点着钟孝全说道：“你这不是在帮我，根本是在泄愤！怀恨在心，伺机报复，你才是个小人！好呀，你帮我，那我也帮帮你得了！”

钟教授，钟班长，多么虚伪的人呀！让我来说说——

一路上装出个老大哥的样子，但是每次在关键时刻你就蔫了，只剩下我和桂园两个傻瓜蛋出头，你坐收渔翁之利。

那天你第一个提出反对投票，嘴脸可憎，你不是老大嘛，为什么不为大家扛起来呢？相反，为了自保你都干了些什么，一路上称兄道弟，背后里传坏话！

杨木把你当大哥，可你把他“吃软饭”的事情告诉了桂园，桂园这个大嘴巴就到处宣传起来了！

话说回来，人家是否吃软饭，那是隐私，你抓住现行了吗？

而你又是怎么知道众人的秘密呢？

因为在机场的洗手间你偷听了卢甘泽讲电话，卢甘泽让人查我们的底细，当时他插了个耳机听汇报，可是说来好笑，他自己没发现，其实他的耳机没插好，漏音出来了，我在他旁边的蹲位也听到了，我故意等他走出洗手间才出去，就在我低头系鞋带的时候，看到你在他另一边的蹲位，我认识你的鞋子！

这件事我没和任何人说，听到的内容也守口如瓶，但是你却告诉了桂园，导致卢甘泽被杀！

我也许懦弱，但我绝不伪善！

杨木已经惊呆了，直直地盯着两人，指挥官 B112 却饶有兴趣，听得津津有味，忍不住拍起手来：

“非常棒，非常精彩，还有吗？关于这两位的缺点，还有人补充吗？”

众人暗自哀叹，都撕成这步田地了，还有什么补充的。

指挥官 B112 环顾四周见没人接话，满意地点点头，“余光远先生，你表现得不错，而且也确实要感谢钟孝全先生的帮忙，我欣喜地宣布中级课程你可以毕业了！”

16

“钟孝全先生，你中肯地指出了余光远先生的缺点，当然他也指出了你的，大家开诚布公非常好，现在还是请你继续我们的话题——我是个可耻的人，评价一下你自己，好吗？”指挥官B112笑眯眯的。

大学教授钟孝全被高级工程师余光远骂得狗血淋头，早就没有招架之力，勉强擦擦头上的汗水，好吧，事到如今，讲就讲吧——

我是个可耻的人，除了刚才余光远指出的，背地里我还有很多缺点。

初级课程中我就意识到，我这个人有很多不好的习惯。很多年了，晚饭后我都不刷牙，就算钻进被窝我也会吃东西。我总是在饭桌上剔牙，喜欢用手指头抠，然后到处一抹，不管别人看着恶心不恶心。我抠鼻屎也不背着别人，哪里方便就一抹，然后也不洗手；我还爱抠脚丫子，还不洗手……

李黛扑哧乐了，杨木想用眼神制止她，结果自己也笑了出来，马上捂住嘴。

钟孝全对这两个逗比小情侣置若罔闻，继续深度剖析自己——

除了不拘小节，我也没有公德，我喜欢从楼上把垃圾抛下去，有一次甚至砸到一个小孩，我一缩脖子躲在阳台，没有被人发现。

学术上我造过假，剽窃过人家的成果，暂时还没被发现，不然现在还当什么教授啊！我爱嫉妒，爱记仇，爱撒谎，看不顺眼的人有机会就小小地报复一下，因为我伪装得好，谁也想不到是我干的。我还贪恋女色，强迫女学生和我性交易……

这些女学生都很单纯，十几岁，水汪汪的，又滑又嫩。她们有的是崇拜我，我稍微主动一点儿，她们就献身了。有的是被我引诱的，作为老师，我有很多机会单独辅导她们。还有的就是被我强迫的，什么考试不给及格，论文不给通过，反正各种花样。

再往回倒退，我从小就好色，十几岁就偷看女邻居洗澡……

我不仅可耻，而且不是人！

说到这里钟孝全哽咽了，整个会议厅变得鸦雀无声。

掌声响起，是指挥官 B112，她一个人在鼓掌，嘴里不停地赞赏，“非常棒，钟先生，我宣布中级课程你完美毕业了！

“看到没，各位，请你们向这两位学习，就是这样把真实的自己原原本本地呈现出来，让大家，特别是你自己，重新认识自己。

“下一位是谁？

“有主动的没有？”

17

陆续有人发言，剖析越来越深刻，气氛越来越凝重，杨木看周围，只剩张国良、李黛、游游和自己四个人。

游游拢拢头发，腾地站了起来，杨木第一次看到她这么决绝——

大家都豁出去了，我也不再遮遮掩掩！

对，我，陆游游，原名陆春华，很土的名字吧，就是卢甘泽嘴里的鸡。

我做过化妆品柜台的导购，兼职平面模特，见女顾客们浑身名牌，我也得了“奢侈品中毒症”，为了奢侈品叫我卖肾都行，于是便开始“走下道”了。

即便演了几部连续剧，我也照样接客，只是客人的档次高了，每次收费贵了，可性质是一样的。客人来了，亲一会儿，洗澡，然后上床，变着花样供人家取乐之后，再洗澡，穿上衣服走出房间。

区别只是，客人是一次性付款，还是长期付款；是事前给，还是事后给。有的给现金，有的给礼物，有的啥也不给，但给个角色演，也有的白睡了，算我活该！

我不为自己的无耻开脱，但这是一个残酷的社会，到处是竞争，你死我活的竞争。我也想活好，可是除了身体，我有什么资本去竞争呢？

我也没遇到什么好人，我妈妈从小就暗示我笑贫不笑娼，要利用年轻多赚点钱，她也以身作则。

我还有很多缺点，好吃懒做，曾经做的坏事可能说上三天三夜也说不完，归根到底都是因为我贪婪，虚荣……

杨木望着昔日羸弱的女孩儿，想起一起在车展上吃苦的日子，心疼不已，再看身边的李黛，小鸟般躲在自己的身后擦眼泪。

等指挥官赞赏过游游，宣布她顺利毕业之后，李黛便毫不犹豫地站了起来。

你们都是坏蛋，我，李黛也不是好人，更是可耻的！

我才意识到自己一直在过着粗鄙、丑陋的人生，我就是个白眼狼，彻头彻尾的浑蛋！不孝是最大的罪，我罪孽深重！

从小到大，我的家境不好，但父母非常溺爱我，他们能力有限，但也尽力让我过上好日子。

我爸爸是建筑工人，妈妈在菜市场卖菜，进高中之后我就开始看不起他们。一边不得不继续花他们的钱，一边极度嫌弃他们下贱，我下定决心，等工作了就和他们一刀两断。

那一年寒假我在家里游手好闲和朋友鬼混，我妈妈顶着寒风去进菜卖菜，结果在路上我们竟然碰到了。她穿着破大衣，拖着一个破板车，上面有没卖完的菜，我衣着光鲜，被几个朋友簇拥着。这样的反差让我尴尬极了，我假装不认识她，快步从她身边走过。

谁知道妈妈也看到我了，她一慌，车子不小心撞到我朋友，我朋友竟然破口大骂，掀翻车子，把菜砸在她的头上。

我那时候，非但没有保护妈妈，竟然——

为了在朋友面前撑面子，我竟然和朋友一起骂她，朋友推倒了妈妈，又去踹她，我竟然也没拦着……

回家之后，妈妈却好像什么都没发生，对我笑脸相迎，我看到她脸上有一条深深的血印子，眼睛也肿了。开学之后，我就回到学校，几乎忘记这件事。

天天听别人提孝顺呀，孝道呀，我就嗤之以鼻，甚至越听越逆反，特别厌恶这些大道理，觉得都是一些饱汉子不知饿汉子饥的人出来说教，你们倒是摊上了好父母，可是我呢？摊上一对没出息的父母，除了给我丢人现眼，还能干什么？

"这就是我的罪，罪孽深重！"李黛哭着，"我怎么变成了畜生，畜生还知道反哺，我却猪狗不如……"

18

李黛的话让杨木陷入深深地沉默，妈妈邵风华的笑容出现在眼前，她现在怎么样了？是死是活？杨木的鼻子酸了，眼泪也蒙住了眼睛。

只剩下自己和张国良没发言了，杨木想站起来，仿佛又一次踏上大桥桥顶，有准备跳下去的冲动，世界昏暗阴冷，压得他喘不过气来。

"留到最后的，就是罪大恶极的！"杨木低头看看自己一直引以为傲的身体。

"还是我先来吧！"警官张国良一把拉住杨木，"给我个机会，让我先说……"

杨木盯着张国良的眼睛，突然发现耳朵轰鸣，他看到张国良先站起来，好像在说着什么，然后自己也站了起来，嘴巴在动，但是说了什么自己完全听不见。

指挥官在微笑，李黛在流泪，她握住杨木的手，然后站起来抱住他——

中级课程结束，杨木顺利毕业。

稀里糊涂地毕业。

李黛告诉杨木，张国良吐露了自己身为警察的身份，他是在追踪某一个案件的嫌疑人，误打误撞进了这个团。

但他认为自己能够到国民大饭店也许是冥冥之中注定，他也不是个完美的人，身上依然有缺点。

“那我说了什么？”杨木如同老年痴呆症患者，傻傻地问李黛。

“你也什么都说了……”李黛叹气，“你的家庭、你的职业和你伤害过的人。而且你承认了，你是个杀人凶手，不仅杀了人还埋了尸体，伪造了不在场证明，想瞒过警察的追踪。”

“杀人的事也说了？”杨木错愕。

“说了。”

李黛从正面抱住杨木，双手插进他的腋下，“你说自己是杀人犯，可是张国良站起来，他说你没有杀人。杨木，你没有自己说得那么坏……”

19

这是什么奇怪的病啊！

自己怎么会在关键时刻神情恍惚呢？

今天在课堂上是第二次耳鸣，第一次发生在那天张国良警官连问了两个问题：你知道郭川和任青青为什么吵架吗？你知道郭川为什么要追踪你们吗？

那我就告诉你吧……

结果说到这儿，后面的对话杨木就通通不记得了！杨木敲着脑袋，想扒出一条缝，钻里面认真找找，却一无所获。

衣柜里，李黛抱紧杨木，安慰着孩子一样的他。黑暗，让人感觉安全的黑暗包裹着两人，须臾间杨木记起一切——

张国良警官当时是这样说的："郭川的目标从始到终都是任青青！"

那天，你们在芬雅餐厅吃饭，你去洗手间，任青青接了一个电话。

她的通话内容恰好被站在旁边的郭川听到，郭川骂了她一句："害人精，你这样做太缺德了！"

"他为什么骂青青？"杨木当时不解。

"因为你，他是在为你出头。"

"为什么为我出头？"

张国良捕捉着杨木眼里的纯良，就像兄长望着弟弟一样望着杨木：

因为郭川上菜的时候正好听到任青青和什么人在说，她已经为肚里的孩子找到了便宜爸爸，对方以为是自己的孩子，马上还会结婚。

任青青骂郭川多管闲事，两人就吵了起来，这时候你回来了，郭川好意提醒你，不要再戴绿帽子了，可你为了维护未婚妻，也加入骂战。当时恰好还有一位服务员听到了郭川和你们吵架的全部内容，是他后来告知警方的。

餐馆老板给你们免单之后，你们出门，走了几步发现郭川在后面跟踪，你提议先到处转转，看能不能甩掉对方，然后把任青青送回家。

你们发现郭川穷追不舍，任青青这时建议，应该把他引到僻静之处，哪怕揍他一顿也好，毕竟你们有两个人，你又人高马大。

你虽然不情愿，但已经习惯了事事都听未婚妻的。

车子到了河谷高新开发区的路边，你们就下来了，发现郭川也下了车，你们就往那块荒地里面走，这时候你们两个人的手里都捡了石头，你们决定站在空地中央等郭川过来，好好说道一下。

郭川果然现身，手拿厨房的剔骨刀，你们厉声质问他，郭川又打算告诉你任青青怀的孩子不是你的，可他话刚出口，任青青一跃而起，手里的石头照着郭川的脑袋就砸了下来。

郭川完全没有防备，一下被砸得结结实实，头昏眼花之际，任青青又用手上这块石头的尖端，对着他的脑袋和脖子一顿乱砸。

你当时都傻了，完全不认识眼前这个女人，这时候任青青一把抢过郭川手中锋利的剔骨刀，对准郭川脖子上的大动脉和气管就是一割，血当时就蹿了出来。

没几分钟郭川就断了气，这时候你们发现，死者倒地的地方有个天然的小水坑，大小正好可以装一个人。任青青命令你赶快埋尸，你就用土把他盖上，踩实之后上面又撒上小石头。

心里慌张不敢久留，打算明晚回来重新挖坑深埋，你们立刻离开，这样前后只耽误了十分钟左右。

这时候任青青又提议，当务之急是不在场证明，为了让证词被采纳，你们还是分别做证好一些。于是你们给各自认为最信任的人打了电话，对方说马上帮你们想办法。

你把自己的外套给了任青青，用于遮住她身上的血迹，走上大路，又拦下两台黑的士，两人分别赶回自己的家，凶器由任青青负责销毁。

你把前一天的不在场证明“表演”完成之后，第二天再回去看尸体的时候，才发现这里是一个工地，因为工人在作业的时候，移动了地表的土层，你再也找不到尸体了……

这就是你们犯案的全过程。

而我是怎么断定任青青是凶手的呢?

根据法医的解剖结果，郭川身上的伤口由两种凶器造成，石头锋利的尖端和剔骨刀造成的致命伤。

法证科的同事发现，石头伤口的着力点很一致，看得出是一人所为。最重要的是，即使过去了半个月，因为没有下雨，这些伤口的表面还是有极其微量的化合物，证实是女性化妆品，属于某高端奢侈品牌专给孕妇开发的系列。

任青青一路上紧握这块路边捡的尖石头，在手里反复揉捏，她手上的护手霜附着在石头表面，进入了郭川的伤口里。虽然含量微乎其微，但是按照现在的检验水平，完全可以检测出来。

而剔骨刀造成的刀伤，与石头伤口有一个共同之处，都是由左手造成的，刺入的角度是由下至上，也就是说，杀人者很可能是女性，左撇子，比郭川矮一点儿，身壮力强，有武术或跆拳道功底。而且她应该有一定医学常识，剔骨刀一刀致命，准确切断大动脉和气管。

这些方面，警方现在都有非常科学系统的取证分析和判定方法，不再赘述。

经查证，任青青全部符合这些条件，所以杀人的是任青青。

而你，埋尸。

为了她肚里的孩子，甚至已经打算为她顶罪。

第五章　高级课程

1

中级课程虽然毕业，杨木的精神却日渐萎靡。

说不清是因为卢甘泽的死还是张国良对杀人埋尸案的揭秘，也不知道是不是耳鸣眩晕把脑袋烧坏，一连串的打击之后，杨木迷失在自己的精神世界。

他不敢把手环砸坏，却不再听从它的召唤，可是想完全忽视手环的存在却是特别困难的，尤其是每次滴滴声配合蓝色的闪光更让他如坐针毡。杨木最后干脆钻进被窝，把左手如同尸体一样伸出床沿儿，强迫自己默数完一千个数，直到手环上的字如极光一样消失，恢复了银色金属冷酷的平静。

敲门，没完没了地敲，天荒地老地敲，杨木就是不开。直到最后，门外的人放弃，留下一串无可奈何又无能为力的叹息。

杨木克制自己不去想这样任性的后果，是电击，抑或是死。

此刻，他的脑海里只有自己的名字——杨木，这名字逐渐幻化成一棵树，从一粒种子开始，发芽生根，不久就抽出枝干和叶片来。

站在树梢，杨木有生以来第一次以居高临下的姿态审视自己，沿着树的纹理游走，又第一次以细致入微的视角走进自己的过去和现在。国民大饭店的未知，与李黛刚燃起的爱情之火通通忘在脑后，只剩下卢甘泽离去的背影，还有帆、任青青、孩子和郭川。

昏睡了几个世纪一般，杨木眯眼看到两个制服男人，他们三下五除二地扯下被子，给自己套上便服，拖着走出房间。杨木任由他们摆布，就像一条被网起来的死鱼，他的眼睛向上翻着，余光看到一个个红色的箭头。

制服男把“猎物”往地上一放，杨木的牙齿磕在地板上，有一种滋味流到嘴里，咸的，但他竟然连反抗的力气都没有。

“杨木先生，你就打算一直睡下去吗？”指挥官 B112 居高临下俯视。

“我宣布过了，你已经通过了中级课程，别人都在喝香槟庆祝，你却这样要死不活！

“我必须提醒你，从现在开始，你就进入了高级课程学习，我建议你务必打起精神，迎接下面的挑战！

“现在，我来为你介绍高级课程指挥官 C033 女士。”

身材高大的 C033 朝 B112 略微致意，口气冷冷地说：“谢谢，您可以离开了！”

B112 恭敬地从门口退出去，C033 走到杨木身边，仔细端详他半天，蹲了下来，用手里的纸巾给他擦擦嘴角的血，又回到自己的座位上。

“你果然就是个普通得不能再普通的普通人，除了颜值还勉强过得去。”C033 十指交叉，“你这样的人，如果死去，估计这个世界也没有几个人会怀念！”

“真不知道国民大饭店的人都在想什么，这样的货色也值得花费这么大的人力、物力和财力来学习这么珍贵的课程！

“这样的人就算毕业了，又会对社会有什么贡献？还不是如同害虫一样活着，继续浪费这个世界的资源？

“说白了，国民大饭店请了顶级大厨，巴巴地准备好锅子、炉子，备足辅料，又洗又切，小火慢炖，可是揭开锅盖，还是你们这群臭鱼烂虾！”

C033 自言自语了一会儿，继续说道——

杨木，你是个幸运的家伙，既然你这么幸运，我们就开始高级课程吧！

首先来揭晓谜底，你为什么会到国民大饭店来，这个问题肯定已经困扰了你很久。

其实，不管是初级还是中级课程，都是帮你重新塑造人性中的礼仪、秩序，只有高级课程，才是你来国民大饭店的真正目的！

因为你有罪！

但你到今天都毫无悔意，只好把你送到国民大饭店来。

“我犯了什么罪？”杨木倔强地抬眼。

“你有个最大的缺点，你喜欢在文物古迹上刻上到此一游吧，对，你就是因为这个原因来到国民大饭店。”C033 直截了当。

“什么，为了这么点小事你们竟然这样折磨我？！”

杨木简直不敢相信自己的耳朵，双手撑地，直挺挺地坐在地板上。

其实这段时间杨木一直在反思，如果因为埋尸郭川，对母亲偶尔苛刻，或者贪图富家女的财产，甚至偶尔进行了情色交易，出卖肉体才被囚禁于此，要杀要剐他都无怨无悔。可是，搞到最后竟然是因为这个莫名其妙的原因。

杨木不服！打死也不服！

“我们有证据！”C033 打开 LED 屏幕，上面立刻显示出各种文物古迹上的签名，杨木细看，真是大吃一惊！

果然，这些都是自己的签名——

杨木也知道自己有这个习惯，每到一处都想留下一点儿痕迹，屏幕上的图片怕是有上百张，有的刻在砖头上，有的刻在竹子上。

“这些都是你刻的吧？”

杨木默认，但转念又不以为然，这怎么啦？这不就是一些烂木头、破竹子和石头堆吗？！

“烂木头？”C033 痛心疾首，“你真是死不悔改！你知道你毁掉的这些古迹的价值吗？这些木头留存上千年了，上面有古人弥足珍贵的雕刻！这竹子是历史上一位伟人亲手栽种，用以警示后人要有竹子的气节！这些石头堆是原始人留下的遗迹，象征着人类的起源……”

“你毁掉的不是一块石头、不是一株竹子，你毁掉的是人类文明的遗迹，你毁掉的是永远不能再生的传世珍宝，你毁掉的是让你粉身碎骨一万次也不能弥补的无价财富！”

见 C033 几乎拍断自己的胸骨，声音也走调了，眼睛里的怒火快要把杨木烤熟，杨木才垂下头。

“你还有什么可说？”

“其他人也是这个原因吗？”杨木微声问道。

“你们的罪各有不同，但是各人罪，各人罚！”C033 双手合十，似乎向某种神灵祷告。

2

杨木瘫坐地上，一语不发之际，指挥官 C033 继续训话——

我们的派出机构在你们的国家，不，我们的国家寻找各种有罪之人，然后把你们带到国民大饭店，接受重新教育！

虽然中级课程剖析过自己，但我知道你还是毫无悔意，因为你完全没有提起这件事！

C033恶狠狠地看着杨木，指点着他的鼻子，因为你就是个蛆，恶心的蛆，穿上衣服的蛆！

我太了解你们这些人了，你们以为这都是无关痛痒的小事，法律也没法约束你们，最多是道德批评，既不会剥夺你们的自由，更不会剥夺你们的生命，罚罚款而已，有钱交钱，没钱就要赖，所以你们就肆无忌惮，变本加厉！

不过，我相信，高级课程结束之后，你就会真心实意地悔过！

因为这里是国民大饭店！！

你们必须为自己的罪孽付出代价！！！

指挥官措辞激烈，杨木还是不太服气，眼睛半闭着，重新摆出人为刀俎我为鱼肉的模样。

这间房子，给你！

C033冷笑，用手指敲敲墙壁又敲敲地板，你看，为了你的特别爱好，国民大饭店给你专门建了这间房子，墙壁是花岗岩的，地板是大理石的，送给你刻字，用你令人厌恶至极的爪子慢慢刻，刻个够！

见杨木神情依然恍惚，C033厉声道——

听着！这就是你的高级课程，请你把这个房间刻满“杨木到此一游”，刻完你就可以毕业。如果没刻好，你就慢慢刻，一直刻到死为止！

你可以在里面享受这个过程，没有任何人打扰你。

不过记住，每个字的大小不能超过10厘米，字和字的间隔不能超过5厘米。

说完，C033扔下来一把小尖刀，你看，国民大饭店的人就是心软，按照我的建议，是不会给你任何工具的，不过，只有这一把小刀，磨平了之后，就只能麻烦你用自己的指甲，指甲用完之后你应该还有骨头……

C033 好像被自己的话逗乐，不过我建议你该吃吃该喝喝，这个方面我们不会亏待你，反正刻完了就可以毕业，你赶快开始吧！

“我不刻！”

“让我回家！”

杨木忽然朝指挥官扑了过来，对方灵活一闪，扭住杨木的手臂，就势一摔，高大的杨木倒在地上。

“找死是吗？！”

女指挥官一手钳住杨木的手腕，一手去按遥控器，杨木仰面朝天，只等着电击的到来。可左等右等不见动静，张开眼睛，却看到指挥官正在验看自己的手腕，杨木记得那里有个印章，是上次在路边的老人家给他盖的。

“你知道这个章什么意思吗？”C033 放开杨木。

“不知道，只有一个玉字。”

“是国字。”

杨木细看，长方形的边框里面有一个玉字，不正是国家的“国”字吗？

“你起来吧！”C033 扶起杨木，“我不会再为难你了，但是你的高级课程还是需要完成，不过我会为你提供充足的小刀，你安心在这里刻吧！”

3

几个小时的枯坐，杨木到底还是捡起小刀，一笔一画地开始刻字。

不刻是死，刻了有可能离开，这样的选择题，谁都知道怎么选。

可是不吃不喝刻了 12 个小时，却只刻了两小行，按照这个速度估算，刻完这个房间没有 10 年也差不多。

都说男儿有泪不轻弹，杨木却是爱哭的，在哭的方面，杨木也愿意放纵自己。

他又流眼泪了。

虽然指挥官没有再为难，但这种小刀根本不顺手，大理石、花岗岩的墙面和地板，坚硬得无法发力，小刀在上面不停地打滑。刻字时注意力全在手腕和肩膀上，时间一久，胸闷、恶心一起涌了上来。

绝望，深深地埋葬了杨木的信念，他彻夜不眠，筋疲力尽，才发现安眠药很久没喷了。世间的事情就是这样，不想睡觉的时候，一天到晚被喷安眠药，想睡觉的时候，安眠药就不喷了。

杨木揉搓着手腕上的印章，心生感慨，看来冥冥之中自己就属于这里，也要葬身于此。

清晨又有人敲门，杨木不理，反复敲个无穷无尽，只好起身，李黛几乎发疯一般冲了进来，进屋就开始吼叫起来。

“你想急死我，对不对？！这几天你怎么啦？你究竟怎么啦？”

杨木不语，泪水已经成了串儿，眼神也不敢和李黛交集，女孩儿知趣不再多问，只是走上前来一把搂住他……

两人一起去餐厅吃饭，卢甘泽死后，高级课程开始，众人全都散开，除了睡觉的时候，白天谁也找不到。

路上杨木听李黛说，每个人的高级课程果然都是量身定做，可把大家折腾苦了，几个人都在闹崩溃，李黛还好一些，到处安抚大家。

“你知道吗？国民大饭店，把我们见不得人的底细都翻出来了，”李黛也垂泪，“我真的知道错了，我为什么现在才知道？”

“知道错就不晚，你的课程是什么？”杨木喉咙沙哑。

“我得经受 1000 次我妈妈生我时的阵痛，我妈妈难产 12 个小时才生下我，我已经尝过两次了，这滋味，没法给你形容！”

1000次就是12000小时，一天12个小时也要快3年的时间……

“我躺在床上，他们把传感器装在我身上，我能够感受到每一次宫缩，每一次疼痛，那么真实，我能想象妈妈当时的痛苦，肯定和我一样，满身大汗，手脚却冰冷的。

“可是，妈妈和我的心情却不一样，她在迎接自己心目中可爱的小天使，可我忍受的，是对一个魔鬼的惩罚！”

4

高级课程在红色区域开设，杨木发觉到处都是令自己腻味的红色，连兰花也不开花，吐着火红的蕊儿，像毒蛇的信子，挑衅加嘲讽。

没几天，杨木就知道了其他11个人的高级课程内容，本以为大家还会羞于提起，但是身在这么艰难的处境，和别人说一说成为唯一的安慰，再加上中级课程最后一天的深度剖析，谁都没有秘密了，所以毫无保留，和盘托出。

杨木甚至庆幸从来没有这么真实地贴近某位朋友，大家惺惺相惜，没有嫉妒，没有嘲笑，只有发自内心的同情，这种感觉恰如春风拂面。只有想起卢甘泽，杨木才会内心痛楚。

中级课程之后，桂园得到奖励，他只告诉大家，世上最清新的滋味是舌头尝到清晨树林升腾起的薄雾，最舒适的感受是海风把手臂上的汗毛吹得微微发颤，最美的风景是海岛和无边无际的兰花，仅此而已，不再多说。

桂园并不是多嘴多舌才被带到国民大饭店的，但也因为“祸从口出”——他太爱随地吐痰了，“砰”的一口，唾沫满天飞。更可怕的是他有乙肝，真不知道多少人受害。

就是这种不拘小节的个性，让他每一件事都随意随性，虽然没有参加中级课程最后的自我剖析，但他还是做了反思：从小家境殷实，父母很溺爱，读了几年书实在读不下去，就到了父亲和叔叔开的企业里工作，慢慢就把业务接了过来。

家庭教育本身就是缺失的，因为其父母的言传身教并不好。比如父亲，整天随地吐痰，随手丢东西，母亲特别喜欢打麻将，爱八卦，购物狂还爱抽烟。所以桂园一身毛病，积习难改。

桂园的高级课程也很简单，就是他房间里的浴缸，一口痰接一口痰，直到吐满为止。

游游也坦白，自己有小偷小摸的毛病，成名之前在超市偷东西被抓住过，她死不承认反而诬陷保安非礼，最终害对方失了工作，妻离子散。这段历史她本以为可以彻底尘封，却被国民大饭店挖了出来。

不是手痒手贱吗？她的高级课程真正是“铁杵磨成绣花针”，一根大腿粗的铁棒和一块磨刀石，什么时候磨完，什么时候可以毕业。

钟孝全是因为引诱女学生性交易，在中级课程的自我剖析时他已经坦白。他的惩罚是在一间影音室里，连续观看色情电影，任何时间，只要他的下身有轻微的勃起，或者心跳超过一定速率，就需要从头开始看。这些影片一共有 500 部，1000 小时。

何安安出过不少医疗事故，虽然是医生，医术却实在不高明，她一直把美貌当成幌子，而不是过硬的技术和医德。她的惩罚和李黛的类似，是疼痛 1000 次，专门的仪器和传感器模拟她的病人曾经历过的疼痛，比如术后感染和溃烂。

余光远是因为打老婆而被惩罚的。他虽然高学历却喜欢动粗，初级课程时就打了李黛，三天两头把自己的家人打得连哭带嚎，可怜他老婆是位特别娴静的女人，受过良好的教育，很好面子，忍了他好多年。他的高级课程比较血腥，他要徒手在一块木板上钉满 1000 个钉子。

其他队友有坑蒙拐骗害人的；有开车喜欢插队，造成后车事故，死了人他还置身事外的；还有贪污受贿的官员；生产有毒食品的无良商人；甚至专门拍摄虐待动物视频的，一一受到相对的惩罚。

比如，开车喜欢乱插队的，需要背着 100 斤重的沙袋，骑着连接在电脑上，固定在地板上的单车，骑行 4 万公里，相当于绕赤道一圈。

做有毒食品的是所有人中罪大恶极的，惩罚也最为严重。这个专门贩卖病死猪肉的商贩，被国民大饭店直接关进一间黑屋子里，闭门反思！每天只给最简单的饭菜，每一餐都有一个菜是用病死猪肉炒的，务必吃完，不知道要关多久。

几天下来，余光远的两个拳头已血肉模糊，却只钉了 10 个钉子，每钉一下都撕心裂肺，叫苦不迭。

杨木和李黛冒着被惩罚的危险，帮桂园吐了很多次，又轮流帮游游磨铁棒，帮余光远钉钉子，几个人又一起帮杨木刻字，只感觉遥遥无期，心灰意冷，但嘴里还是互相鼓励和安慰。

5

每个人忙于自己的高级课程，偶尔在餐厅碰面，话题就是围绕着进入国民大饭店之后的收获。每次，当日夜更迭在电子屏幕上画下血红色的痕迹时，总有人又有新的感悟。

其实中级课程之后，戾气已逐渐在众人心头消散，悟道、参禅和修行成为共识。

钟孝全是太极高手，闲暇的时候就教大家活骨气功和武当太极十三式。只见十几个人围在一起，左右弯弓固腰肾，旋转乾坤万物生，吐故纳新悟天道，灵猴缩身行周天，气氛平和，心境安宁。

随着高级课程的深入，没有人再有一丝抱怨，相反，不知从何时起，虽然身体和精神遭受摧残，但反思和检讨之外，竟然出现了赞赏和感恩。

反思什么？

我们那些习以为常、不拘小节的习惯，是不是真如我们自己认为的那么不值一提？积小恶而成大恶，人人小恶就是国之大恶！

赞赏什么？

国民大饭店用心良苦，阻止我们继续作恶，还在我们有生之年，给了悔改的宝贵机会。

想通这些，杨木也能心平气和地刻字了，一笔一画，只感觉气血运转，经脉通畅，如同完成一个漫长的仪式，甚至带着一点儿虔诚，每刻一下，修行一分。

杨木想起离家出走的父亲，竟也没那么恨他，想起瘫痪在床的母亲，更不觉累赘和厌烦，想起从小到大吃的一点儿苦，曾经让自己那么怨声载道，现在看来也不值一提。

还有春姐和服装店里那些年老色衰的老女人，好像也不那么令人厌恶，她们也曾经给予自己温暖和关爱。还有岳父岳母，也不像凶神恶煞那么狰狞，甚至P哥之流，也可以饶恕。

只有任青青和她肚里的孩子，杨木无法释然。

为什么骗我？

为什么让我养别人的孩子？

可是，虽然那不是自己的孩子，但还是有牵念。杨木想起卢甘泽教的方法，看指甲和胡子的生长速度，估计孩子已经半岁。

欲买桂花同载酒，终不似，少年游。

杨木背诵《诗词入门》中的最后一首，看着已经刻好的整块墙壁，思忖自己到国民大饭店已经一年多了。

6

唯一奇怪的是，杨木再也没有见过张国良警官，中级课程的最后一天，也就是自己出现耳鸣的那天，离开会议厅之后就再没见到。

虽然满心疑惑，也在团友中打听，但大家一无所知，不过既然谜底已经揭晓，他的警察身份暴露，对自己再没有威胁。

他这位无关人等应该已被送出国民大饭店了吧！

罢了！

杨木竟有点不舍，甚至遗憾没有道声再见，张警官真是个不错的人，如果能和他做朋友该有多好呀！

杨木知道警官真的有记忆力衰退的毛病，想起老家流传搓耳朵的土办法，后悔没有早点儿告诉他，可惜自己可能永远走不出国民大饭店，这一别就是永远。

某一天清晨，早餐过后，杨木没有直接离开餐厅，而是来到了清洁区，他自然地拿起那里的拖把，认认真真拖起地板来。李黛也咽下最后一口饭，走过来拿起了抹布，一张一张地擦着桌子。又过了一会儿，游游也加入，拿起另一个拖把。

三个人都没有说话。

这不是约定好的，而是真正的随心而为。

进入国民大饭店之后就发现房间里有脏衣桶，便服丢进去有人会定期来清洗，干净的再挂回衣柜里。可高级课程开始之后，杨木就自己洗衣服了，每天回到房间，第一件事就是把衣服在洗手池里洗净，用力扭干之后，又用毛巾反复吸水，挂在床头，第二天也有八成干，就这样穿在身上。

房间里的床单杨木也是这样来洗，甚至带点虔诚地洗。

此外，除了水龙头里的清水，冰箱里的食品和饮料杨木没有再碰，每天只是把餐厅提供的食物细细地吃完，汤水用面包吸干吃下。

这一日，刻着刻着，杨木放下小刀，第一次按住手环的呼叫键，其实大家早就知道手环有这个功能，但却没人使用过，这次杨木想见指挥官。

不一会儿，指挥官 C033 出现在杨木面前，虽然依旧面无表情，但却语气温和地问道：“杨木先生，你有什么事？”

“很久不见。”杨木深鞠一躬，“今天又辛苦您过来。”

我已经刻完一面墙，我估计一下，一年已经过去了。

我并不想偷懒，我可以刻完整个房间，不过我想让您知道，我真心悔过自己曾经犯下的罪孽，不知道您能不能相信？

“我相信。”

谢谢，杨木缓缓道，如同一位修行已久的僧侣：其实这段时间我边刻边思考，应该已经参悟了国民大饭店的苦心——从初级课程开始，你们试图改掉我们身上的一些外在缺点；中级课程，你们要我们暴露人性阴暗的一面，然后再去反思；到了高级课程，你们给了我们漫长的思考时间，伴随着肉体的微小折磨，去参悟真善美的真谛和精髓，不知道我理解得对吗？

所以我想请求，将我剩下的高级课程，换成有价值的劳动，洗厕所掏大粪都可以，我不会嫌脏不会怕累。

虽然我们的活动区域有限，但我知道国民大饭店应该是一个庞大的体系，每个人在各自的岗位工作，我们每天精美的食物，干净的衣服，一切都有人在默默服务。

我已经罪孽深重，没有脸再享受他人的服务，如果可以，我也想力所能及地出点力……

话说到这里，杨木看到指挥官眼里闪现的惊喜。

第六章　毕业

1

几天之后杨木被告知，高级课程已经结束，他毕业了。

是完完全全的毕业，所有培训课程画上了完满的句号。

本以为会欣喜若狂，杨木此刻的心情竟然和当日从大桥上纵身跃入江水时一样平静。

躲在被子里，呆呆地凝视手环，杨木等待下一条指示，曾经自己是多么惧怕那上面的蓝色文字，现在却期盼它们早点儿出现，带他回家。

因为在国民大饭店的日子，让杨木品尝到了敬畏，理解了生死所蕴含的责任。他担心妈妈，时时刻刻牵挂。

一天，两天，三天，毕业后的杨木一个人在国民大饭店的黄色区域闲逛，手环却一直没有响起，他只好继续帮助其他伙伴完成各自的任务。

杨木的提前毕业鼓励了所有人，大家都看到了坚持下去的希望。没过多久，虽然都没有完成任务，李黛和游游被告知提前毕业。桂园已经吐了小半个浴缸，钟孝全坚持没有反应看完了几百小时的电影，余光远也钉了几百个钉子，都提前毕业了。

大约一个月之后，就在杨木几乎忘记手环存在的时候，除了两位团友因为生病接受治疗，等病好了再继续高级课程之外，其他人全都毕业了。

杨木按照卢甘泽的方法又估算，此时距离大家进入国民大饭店正好 18 个月。

一年半的时光很短暂，如果在外面，不知道用什么方式早已挥霍掉了。一年半的时光又很漫长，因为在国民大饭店里，足够一个人脱胎换骨，再次重生。

杨木在暗自观察众人的变化，桂园变化最大，再也不是初识的那个万人嫌。他虽然还是经常调侃，但已懂得分寸，这样反倒让他与生俱来的幽默变成苦中作乐时真正弥足珍贵的优点。

钟孝全、余光远、何安安、李黛和游游从举止谈吐到思维方式更加完满、平和，杨木觉得自己在别人眼里可能也有类似的转变。

所有人都遗忘曾经的敌意，即便是杀人嫌疑人与穷追不舍的警察，无良医生与受尽煎熬的患者，爱动粗的工程师与好动多话的女大学生，也都释怀。没有人再对别人的痛苦置若罔闻，即便不能用身体分担，也会给予精神慰藉。

“如果出去了，你们会以怎样的姿态生活？”

李黛坐在杨木的床边，睁着一双不对称，但又特别美丽的大眼睛环顾或坐在床边或坐在沙发上的伙伴们。

“我会感恩和忏悔。”钟孝全脸颊清瘦，整个人却精神不少，“我会感恩父母把我带到这个世界，虽然我从没说过谢谢和爱，他们也不习惯这种表达；我会感恩孩子，我把他们带到这个世界，但却是他们教我认识世界；我会感恩这里，国民大饭店让我重生，但最重要的是，我会忏悔——你们都懂的。”

“我呢，”游游浅笑，“不再那么虚荣，不再为了名利不择手段，最重要的是我会正视内心的贪念，做个正常人。”

杨木和李黛一起点头，李黛接着说：“你要做个正常人，而我首先得做人，以前的我畜生都不如……”

杨木安慰李黛，“那都是过去式了，不要再这样说自己，现在的你是全新的！”轮到自己也接着说，“我也一样，我得有尊严地活着，孝敬我的妈妈，善待身边的一切。”

这时候，一直安静的桂园忽然出声：“你们都准备回去了吗？我怎么很想留在这里呢？”

“留在这里？！”众人惊诧。

“是的，一直留在这里，因为我已经没有信心在那个世界生活下去了。”桂园一副认真的眼神望着大家。

没有信心在那个世界生活？那可是个活生生的真实世界啊！我们的世界！

可那个世界美好吗？单纯吗？

陆地上的芸芸众生，人与人相互憎恶，商业不诚信，食品不安全，污染越发严重，然而，却没有真正标本兼治、行之有效的解决之道。

在那样的真实世界里，我们会幸福开心吗？

众人正纠结沉思于桂园的反问，手环忽然亮了起来，最新的指示来了。

一众人结伴沿着蓝色的箭头，去往一个陌生又未知的区域。

2

杨木终于用手环打开了标注蓝色箭头的隔离门，大家第一次离开黄色和红色区域，来到新的未知区域，不过这次可与初级课程之前第一次到黄色区域的心情不同，没人再有恐惧。经历了国民大饭店的种种磨砺，众人早已内心丰盈，即便是最爱哭的女人，脚步也无畏坚定，异常从容。

蓝色箭头指示的区域明显宽敞不少，走廊更是一望无际，就这样走呀走呀，杨木打开了眼前最后一扇隔离门，一派完全不同的景象顿时呈现在眼前，还是让这一众人目瞪口呆！

这是一个极其开阔的大厅，和当初进来的酒店大堂几乎一模一样，唯一不同的是，这里到处都是玻璃隔间，摆满了办公桌、现代化的办公设备、绿色植物还有大丛大丛的兰花，就像某家大型公司的开放式办公区，穿着各种制服的人面带笑容，忙忙碌碌，进进出出。

抬头看半圆形的穹顶，这是只有童话中才有的世界——

蔚蓝的大海就在头顶，各种鱼儿成群结队地漫步，有的展示着畅快的泳姿和洁白的肚皮，有的透过玻璃天窗好奇地朝下面的人类张望。

天空并不遥远，仿佛触手可及，光线透过海水这块澄亮的水晶，折射出各色光晕。

这个情景终于印证了余光远的推论，国民大饭店果然是建在浅海的海滩上。

众人正如一尊尊泥像，一位身着白色制服的美女款款走来，大方一笑："欢迎各位，我是 F698，请跟我来！"

大家随她穿过大厅，来到靠里面的一间封闭办公室。推开门，又是一个豪华大套间，外间坐着一位穿粉色制服的女孩儿，像是秘书，见众人进来也微笑，鞠躬问候。

这位秘书指引大家往里面走，终于看到指挥官 C033 站在一张大桌子的旁边，桌子后面的椅子上端坐了一个气度温和的男人，五十岁左右，C033 看到大家面露笑容："各位住客，再次见到你们非常高兴，恭喜大家通过了国民大饭店的全部课程！你们中间的很多人因为在高级课程中表现出色，提前结束课程，我必须额外表示敬意！”

说完，C033竟然走上前来与大家握手，杨木站在最前面很不自在，身子退后了几步。

“不要紧张！”

C033和蔼至极，“课程结束之后大家可能还不适应，但是很快就会好起来的！你们背后的芯片已经取出了，从今往后，没有人会再次被电击。”

说到电击，C033回头看着那个男人说道：“部长，我也服了培训部的这些家伙儿，把电极植入新住客的后背，有事没事电人家一下，可真够狠的，我也受够了这样去施暴，下不去手啊，干脆您调我到运营部来算了！”

那个被称为运营部“部长”的男人也笑着说：“我怎么敢劳您大驾呢，新住客培训可是国民大饭店的头等大事，我们可都是给您打工的呢！”

说完，部长站了起来，向众人鞠躬，温和地说道：

“各位，大家好！我的编号是A008，今后我们就是同事和伙伴了，接下来我们会给大家安排好一切，也最后麻烦培训部副部长——C033指挥官做一个说明，然后大家可以提问。”

杨木众人满头雾水，你看看我，我看看你，一言不发。

“你们有问题可以问我呀？”C033亲切地说，让人几乎忘记她曾经凶神恶煞的模样。

“不是不让问吗？一直。”杨木小声回答。

“新住客是不能随便提问的，但现在你们毕业了，可以问。”

真的吗？

大家喜不自胜，但还是尽量克制自己的激动。钟孝全再次出面替大家发言，我们有很多很多问题，只怕问上三天三夜也问不完！

C033又假装晕倒的样子，和男部长调侃，“你看看，这就是后遗症，培训的时候为了给他们施压，这个不让讲那个不告诉，结果现在每个毕业住客都要专门解释，我们工作量太大了！我不管，人已经交给你们，还是你们派人解释吧。”

部长只好起身，向大家致歉：

“这样，大家还是先不要着急，我知道大家的疑问很多，一句半句难以说清楚，慢慢就明白了。”

“那我们什么时候可以离开这里？”有人急急地问。

“为什么急着离开呢？”C033一副疑惑的模样，“再住一段时间吧，到时候我们会给大家做选择的机会。”

3

秘书美女在部长外面的办公室取下大家的旧手环换上新的，提醒一众新住客今后沿着蓝色箭头走，就能找到自己的新房间，刷手环就可以进去。蓝色区域的一切设施都可以自由使用，大家到了就知道了，并告知大家，明天早上准时按照手环指示集合，重新回到这里。

杨木看到这个手环明显是升级版本，屏幕更大，还多了几个按钮，完全是个高科技产品。

“又是什么名堂？”李黛小声嘀咕，摇摇手环放在耳朵旁边听声音，但语气已经轻松，杨木看自己的手环上显示了房间号码6·918，李黛在6·912，住得还是很近，真好！

这次的路途不远，沿蓝色箭头只转了几个弯，杨木就找到房间。

刚推开门，杨木又成了呆鸡——

这是一个小套间，巨大的一张床，还没躺上去就知道肯定非常舒适，精美的家具和洗手间，外面是长沙发，茶几上一大束兰花，小书架立在角落里，上面摆满了书和杂志，一台多功能咖啡壶在桌上，小型跑步机在墙角，屏幕上一个蓝点一闪一闪的，冰箱是冷热两用的，水果、牛奶、点心一应俱全，衣柜里还有一排熨烫得平平整整的白色便服，软底的布鞋。

最重要的是，这里竟然还有电视机！

是电视机呀！

杨木用颤抖的手按下遥控器的按键，发现竟然能收到上千个电视频道，连自己在家时爱看的频道，这里通通都有，能重新和现实世界取得联系，杨木激动地想尖叫。

打开卧室里的储物柜，一眼就看到了自己的行李——失散了一年半的行李好端端地摆在柜子里。迫不及待地打开，杨木一件件摆在床上，用手掌摩挲着，感慨万千。

手机终于有电可以打开，杨木发现还是没有信号，电话机、网络也还是没有。

算了，这样已经很好了。

杨木又想起还躺在旧房间床缝里的卢甘泽的那支信号笔，不由怀念起这位可怜的战友，他就像一场战役提前牺牲的战友，没能挨到胜利的一天。

虽然还不知道什么时候可以离开，众人回房之后还是喜气洋洋，过年好似也没这么热闹。李黛和桂园“挨家挨户”串门子，和大家开玩笑逗乐子，然后就开始结伴在蓝色区域“探险”。

众人这才知道这里为什么叫“国民大饭店”，因为走进蓝色区域和置身在一家豪华度假酒店基本没有区别。

从房间到走廊，整个酒店的每个角落、每个细节都是精心设计和布置，惊喜层出不穷，堪称一件完美的艺术精品。餐厅、咖啡厅、健身房、棋牌室、游泳池一应俱全，基本上陆地五星级酒店有的休闲娱乐设施，一样都不少，这里甚至还有图书馆、电影院、剧院和医院，看上去生活十分便利。虽然整个区域也是全封闭的，但置身其中，完全没有压抑和逼仄之感。

和黄色区域一样，每一处公用设施的门口都摆放着牌子，上面写着开放时间和使用说明，只要刷刷手环就可以自由进出，餐食同样自由取用，品种更加丰富，当然，没有任何人会浪费一丁点儿食物。

一路上，杨木一行人遇到很多工作人员，大家穿着各种制服，不过每一位都面带微笑，有的在工作，有的在休闲，但远远地都朝大家致意。他们也遇到了看起来和自己差不多的新住客——不同肤色、不同种族，明显来自不同国家，他们应该也是刚经过培训课程学习，成群结队满脸惊奇地逛“大观园”，大家互相挥手问候。

在餐厅饱餐一顿之后，杨木和李黛在小剧院看了一场爱情电影，临睡之前又去健身房流了一场透汗才回到自己的房间，躺在被子里，还在回味白天经历的一切。

完全就是一个梦！

正似睡非睡间，忽然听到短促的敲门声。

4

在国民大饭店，最常见的桥段就是敲门，各种时刻，各种敲法。这也没办法，每人一间房间，没有电话联系，除了串门子，没有其他社交渠道。

“谁？”杨木依然警觉，敲门声继续。

“哪位？”杨木又问，过了几秒钟，一个低低的声音：“老卢。”

“哪个老卢？”

“卢甘泽。”

“卢甘泽！你不是死了吗？是人是鬼？”

敲门声又响，卢甘泽在门口提高嗓门：“木木，快开门，是人！”

杨木拉开门，只见一身深蓝色制服的卢甘泽好端端地站在门口，上下打量几秒，眼眶一红，一把抱住他。

卢甘泽把杨木扶进屋，怜惜地看着这个大男孩，一年没见他明显瘦了。好不容易等杨木平静下来，卢甘泽才笑着说道：“你看你，哭什么，吓着你了吧，没想到我还活着吧？”

杨木忙不迭地点头，“太好了，卢哥您还活着，太好了！”

“唉！”卢甘泽满脸凝重，“当初我也以为自己必死无疑呢！中级课程第二轮大家选我出来之后，我真的崩溃了，大喊大叫你们都看到了。”

“对不起……”杨木眼泛泪光。

卢甘泽满脸释然，“怎么会怪你呢！当时那种情况，大家都绞尽脑汁急着自保，而且是我和老钟想害你在先，说对不起的人应该是我才对！”

“这一页翻过去，咱们永远不提！”杨木再次握住卢甘泽的手。

“永远不提！”卢甘泽也握紧杨木的手。

“我被带走之后，回了房间躺在床上就等死。可一连好几天有吃有喝，却就是没人理我。然后我被带到C033指挥官面前，她说我竟然提前毕业了，而且高级课程也不需要参加。

“我正莫名其妙，又被带到了一个神秘大人物面前，他告诉我，其实我到国民大饭店的真正原因和其他人不同，你们已经知道我是市长了，我其实遇到了大麻烦，因为在任上坚持正义和原则，得罪了黑恶势力，有人要杀我和我的全家。国民大饭店是为了保护我，当初才‘逼’我参团，我的家人现在都很安全。

“当然，我在担任市长期间还是做过一些贪腐和见不得光的勾当，所以我需要先赎罪。但总体来说，我还勉强合格，所以国民大饭店才会收留保护我。

“思考过后我接受了国民大饭店的建议，暂时留下来，现在我是管理部副部长，已经当了快一年，对国民大饭店的情况基本熟悉了。

“光顾着和你叙旧，竟然忘记一个重要的人！”

卢甘泽拿出遥控器大小的通信设备，啪啪地按着，脸上神神秘秘的。

杨木正纳闷，又有人敲门，卢甘泽起身开门，只见一个熟悉的身影出现，竟然是张国良警官！

5

好消息不胫而走，众人和张国良、卢甘泽相见，喜极而泣，李黛、游游、何安安排着队送上热情的拥抱，卢甘泽把刚才的话又向大家转述了一遍。

张国良警官也笑着回忆，自己的确为追踪犯罪嫌疑人杨木“小盆友”才误入国民大饭店，在机场短短的几分钟，指挥官也就是导游Pinky请示总部，总部立刻把他的档案全部调出，当即决定作为特殊人才引进国民大饭店。

这种主动要求进入国民大饭店的人真是寥寥可数。

当然，此时张国良并不知情。

到国民大饭店的当天，他就被带到一位高级管理者面前，对方十分礼遇，并将国民大饭店的情况和盘托出，诚恳地征求他的意见，是留下担任管理工作还是马上离开。

为了找到杨木杀人的证据，张国良决定暂时留下，并且随大部队行动，一边考虑是否长期留在国民大饭店，一边不动声色地近距离观察和监视杨木。

高级管理者对警官的选择完全尊重，只是请求，为了不惊动他人，在其他团友进行课程的时候，他尽量低调配合。

就这样，作为最早并且唯一知道真相的人，张国良警官一直陪同大家参加了初级和中级课程。

这其中还有几个细节要给大家解密，国民大饭店为什么每次都喜欢把大家丢在一旁，好几天甚至很长时间不理不睬呢？原来这也是培训的一部分，给予新住客更多的时间准备、适应和反思，可以提升培训效果。

此外，培训这么长时间为什么就没有碰到其他团队的住客呢，是因为 LED 屏所显示的日出日落和现实时间的确不同，再加上定期喷洒对人类无害的安眠药，每个团队都有自己的作息时间，避免了互相干扰。

“看这样子，你们都留下了，并且做了管理者？”李黛甜蜜蜜地依偎在杨木的怀里，两个人的关系已经彻底公开。

张国良颔首，“我已经留下了，家人也接来了，老卢的稍微复杂一些，他的家人已经在路上，这两天就到。”

“为什么，警察不是你钟爱的职业吗？”杨木诧异。

“在国民大饭店我同样可以实现价值，而且价值更大。”张国良微笑。

“那你们可以告诉我们关于国民大饭店的一切吗？”桂园急急地问。

卢甘泽笑了，“当然可以，不过涉及机密的就不便说了，在这里，每个岗位都有保密协议。”

“那就先说说，我们这些人为什么这么倒霉，都被抓到这里来？”余光远问。

“倒霉？！”

卢甘泽愣住了，脸色瞬间阴沉——小余，怎么到现在你还没参悟国民大饭店存在，以及大家到这里的真正意义呢？

我们是多么幸运的人呀！

看来，我先要消除大家对国民大饭店的一切误解。

国民大饭店不是一个乌托邦，而是真正的天堂。

也许你们还不清楚，我们生活的地球已经危机四伏，人类彼此仇恨到了崩溃的边缘，各种暗流涌动，社会不安定因素比比皆是。

六十年前，某国的一位军方要人用自己家族的财富买下了这个位于热带国家的海岛，无偿送给国家，不久秘密派遣部队过来建设。

这个岛叫兰岛，因为岛上长满野生兰花，远离尘世，四周的海水特别蔚蓝，故此得名。海岛地处偏远，最近的蒲叶岛到这里坐飞机都要一个小时。海岛露出海面部分不大，海水下面是一个延绵数公里远的平缓的大陆架，再舒缓地延展到数十公里远的海床，所以除了岛的西南角是深海港口，可以停泊大型货轮，兰岛其他三面都被浅海包围。

为了不被世人发现，从一开始，国民大饭店就是隐身于浅海。

建设初期，完全是靠肩扛手提，随着科技发展，逐步利用世界上最大的盾构机，沿大陆架向海床挖掘，原理与挖地铁和海底隧道一样。最多的时候，岛上有 10 部大型盾构机，就这样，在海面以下建造了一个难以想象的巨大空间。

这就是为什么我们总能看到长得望不到头的走廊，那是盾构机的路线。

直到现在，盾构机还在向前挖掘，并把之前的线路结成网状，也就是说，国民大饭店在海底的面积，每天都在扩大。

而这个海岛，则成为世界上最大的兰花种植基地，远销世界各地。

巨大的海轮运兰花出去，再秘密装满物资回来，这样才能掩人耳目。

军方还通过各种手段，切断了外界的窥视，卫星、雷达探测不到，甚至在谷歌地图上都看不到这个海岛的踪影，她彻底隐身在茫茫的大海深处……

原来如此！众人听得如痴如醉。

卢甘泽也意犹未尽，我再介绍一下国民大饭店住客的构成：

第一类是常住客，主要是管理层、工作人员和丧失工作能力的老住客及其子女，大约 20 万人左右。半军事化管理，可以结婚，也可以偶尔回陆地，生活非常惬意。

第二类是新住客，就是我们，培训课程毕业后成为常住客。新住客每年按照一定名额招募，培训时间基本是两年。

第三类是短期住客，也在我们中间产生，培训之后工作一段时间，可以选择留下还是离开，留下就是常住客。一定要离开的也不勉强，但必须签订终生保密协议，任何时候都不能透露国民大饭店的任何信息。

这就是外界无法知道国民大饭店详细信息的原因，慢慢地，国民大饭店就被妖魔化，谣传成为一个只进不出的人间地狱。

“什么是管理部副部长？”杨木问卢甘泽。

卢甘泽淡笑，“这是一个高级管理岗位，和张国良警官同级别。”

既然你们有兴趣，我就再说说国民大饭店的管理结构，其实这个话题对你们很重要，因为接下来你们就将留在国民大饭店工作，而这里的所有工作人员分别属于以下部门——

管理部，负责饭店的战略和决策管理，相当于心脏和大脑；

运营部，负责饭店的运营及后勤工作，相当于双手和双脚；

培训部，负责招募和培训新住客，是非常重要的部门，相当于子宫；

建设部，负责持续建设和维护这个庞大的地下城市，相当于躯干；

资产部，负责管理和运营饭店遍布世界各地的大型企业和资产。这里可以告诉大家，国民大饭店富可敌国，我们是很多著名大企业的幕后股东，这些企业创造的巨大财富，是国民大饭店生存的基础，相当于骨髓；

海外部，与资产部和培训部伴生，负责对外联系和公共关系、新住客招募及监视外面动态，相当于眼睛。

此外，还有几十个分部门，隶属于上述几个大部门，处理国民大饭店的各项事务，其中也包括和我们密切相关的亲属关怀部，属于海外部。

6

“那请问为什么选中我们来到国民大饭店呢？”

桂园在卢甘泽话音落地之后才客气地提问，卢甘泽赞许地看看他：

国民大饭店有一套非常严苛的进入体系，虽然盾构机每天挖个不停，但这里的容量还是有限的，原来只有两类人可以成为新住客：

一类是常住客的直系家属，但必须经过亲属关怀部的筛选，再经过培训部严格培训改造，去除身上的缺点，通过国民大饭店的评估考核才能成为常住客；

另一类是品行高尚的某一领域的特殊人才，他们是被邀请到这里居住的。

“那也就是说，我们这群人肯定符合这两个条件之一啦？”杨木的脑海里闪现出一个名字。

卢甘泽摇头，“现在又出现了第三种可能，你们知道‘美好世界清洗组织’吗？”

众人不解，卢甘泽面露为难，“不知道的话，我们就不深入解释了，不然我会违反保密协定。”

“我还有一个问题，国民大饭店这样抓人进来，难道陆地政府不出面干预吗？”钟孝全问。

卢甘泽继续耐心解释：“我说过，国民大饭店就是军方建立的，其实是当今政府承认的合法机构。只不过饭店独立运营，政府也不能干预。而且六十年来，国民大饭店在全世界范围招募，基本脱离了陆地政府管辖，成为联合国秘密机构之一。”

“是某种意义上的诺亚方舟吗？”

“正是！”张国良接下话头——

我们之前经历的一切，都是国民大饭店的良苦用心，目的是消除恶行，剜除恶念。

所以请大家牢记，任何错误都是要付出代价，身体的小伤痛根本不足以弥补我们犯下的大罪行！

我们应该感恩现在的结局……

“那也犯不着想出这么多花样折磨和摧残我们吧？”余光远摊开手掌，看着自己血肉模糊的伤口，杨木也偷看自己的手指，依然有血慢慢渗出。

“余光远先生！”张国良忽然正色道，“看来你的培训并不到位，还是没有参悟到改造对我们人性的重要意义，你现在的状态并不符合国民大饭店住客考核标准，我会联系培训部为你重新开展课程！”

“不至于，不至于！”

众人马上打着圆场，余光远也赶紧赔笑脸，自己不是这个意思，其实还是老毛病，嘴硬嘴贱，一下改起来太困难，其实内心已经毫无怨言，改造得彻彻底底！

“兄弟，那你就真改改，这里是半军事化管理，工作人员也需要服从管理，出了问题一样受罚，好好的，别惹祸！”

张国良的脸色从冷若冰霜恢复到平时的模样，卢甘泽也忧心忡忡地望着余光远，两人耳语一句起身道别，“今天说了很多，接下来有时间再慢慢和大家聊。”

“你们都住下来吧，大家马上就会爱上这里的一切！”

7

夜此刻已深，人都散了之后，李黛磨磨蹭蹭地还不肯走。

杨木看到她虽然穿的还是酒店提供的便服，但又开始化妆，因为拿到了行李，身上也喷了香水。

“化妆品过期了会变臭。”杨木调侃，也不撵她走，自己径直钻进被窝。

“饭店里有一个物品取用区，你不知道吗？那里生活用品应有尽有，比陆地上的大型超市还全，当然有女士的化妆品了。”

李黛到处闻闻自己，脸立刻绯红，解开长发，走到杨木的枕边，蹲下来含羞低语：“刚才我问了张国良哥哥，房间里还有没有监视器，他说没有了……”

“那不就好了吗，你终于可以大胆脱衣服睡觉了。”杨木假装不懂弦外之音。

“他说国民大饭店还可以结婚呢……结婚了还可以生孩子……”

“那你想和谁生孩子，桂园还是余光远？晕倒，不是钟孝全吧？”

李黛挥手假打，杨木抓住她的手臂，牵进怀里，李黛眼波似水，撒娇道，“讨厌，你快放开我！”

杨木叹气，“傻丫头，我知道你的心意，患难见真情，我和你的这段经历终生难忘，可是，我还有牵挂在那个世界。”

李黛顺势坐在地上，幽幽地说："谁在外头没有牵挂啊，可我们现在属于这里，就安心生活下去，好不好？"

"可我需要一个答案，我只想知道她为什么骗我，她生的孩子究竟是不是我的。得到答案之后，我会全身心地爱你，李黛，可以等等我吗？"

沉默半晌，李黛挤出笑容，"我会一直等你，等你把一切整理清楚……"

杨木隔着被子搂住女孩儿，又闻到太阳的味道，在飘香的长发上深深一吻，听到她的一声低沉叹息，心顿时被刺痛。

吃完丰盛的早餐，按照手环的指示，带上从没有过的闲适，新住客们来到了之前到过的蓝色箭头指示的宽敞的办公区域，在一间舒适的会议厅集合。

虽然都拿到了行李，大家还是按照培训时的要求，自觉穿上酒店提供的便服，仪容整洁，举止得体，用语文明，好像这些都是与生俱来的。

欢快的音乐突然响起，游游和李黛不由携手翩翩起舞，她们硬拉起钟孝全，跳着滑稽又可爱的舞步，桂园怎么会落下，一跃而起激情开舞。余光远扯起何安安，不一会儿大家都站了起来，随性地摇摆起来，虽然每个人都洋溢着快乐，但却没有人大声喧哗。

门口有人出现，大家收住舞步，是 F698，那位优雅的长腿美女，她穿着剪裁合体的白色制服，步伐婀娜，摇曳生姿。

"各位，早上好！我很乐意在今天改口叫大家——我的伙伴！"

杨木听着 F698 的声音，才明白为什么人们用百灵鸟来形容美妙的嗓音。

"今天，我们将有幸见到国民大饭店的最高指挥官，我们永远尊敬和爱戴的 T 将军，请大家用最热烈的掌声向他致敬！"F698 声音激动，众人附和她鼓起掌来。

会议厅的灯光旋暗，整面墙的大屏幕缓缓亮起，一位面容慈祥却目光如炬的老者出现，他身着军队制服，胸前挂满军功章，猜不出是100岁还是150岁。

“孩子们，国民们！欢迎你们来到全世界最美丽，最安全，最具幸福感的地方！”最高指挥官虽然讲了一口纯正的国语，杨木还是听出了自己家乡的方言！

“经过漫长的等待，今天我们终于见面了，原谅我不能亲自拥抱你们每一个人，因为我太老了，骨头已经松了，受不了热情的拥抱。

“你们带着疑问来到这里，经历了一点儿磨砺，但你们要相信，我们是一家人，所有的历练只是让你们成为更好的自己！

“60年前，我们从故乡出发，辗转来到这个海岛，从无到有，历经无数艰辛才达到今日鼎盛之局面，盖起了这个恢弘的建筑——国民大饭店。

“国民大饭店是地球上最大的奇迹，她和谐，优美，是天使的化身！

“这么好的地方，我们不能独占，所以邀请大家一起来享有，我们在世界各地寻访，想方设法把你们带到这里。

“国民大饭店的过去是我们的，未来是你们的！

“孩子们，不要辜负你们的使命！”

8

屏幕黑了，F698还意犹未尽，直到确认最高指挥官的身影彻底消失，才转过头看向大家，用最悦耳的声音说：“我们真的太幸运了，难道大家还不想鼓掌吗？”

桂园和李黛站了起来，杨木看到他们的眼睛里闪着光彩，用力地拍手。

接下来 F698 给每个人发了几页纸，上面罗列了国民大饭店的各种岗位及简单介绍，请大家根据自己的意向选择，每人有五个备选机会。

杨木从头到尾看了三遍，大致勾选出其中的意向岗位，他还是有自知之明，没选那些对学历和能力有要求的管理岗位。李黛不停偷看，和他选的一模一样。

F698 解释，岗位的确定是双向选择，不同岗位有不同的能力要求，也对应着相应的补贴。国民大饭店的衣食住行、教育、娱乐和医疗通通免费，这里不需要钱，但工作产生的补贴可以存起来，在离开的时候可以取出来，也可以通过亲属关怀部帮助其他家人。

在国民大饭店大家是完全平等的，这里绝对没有歧视和压榨。工作是福利而不是惩罚，工作上犯错如果是态度问题，就丧失了工作的权利，也失去了存在的乐趣。一份工作做腻了或者不合适，大家可以随时提出申请换岗。工作做得好与坏只和职务升迁有关系，职务高责任大，在国民大饭店生活得更有价值感，补贴也高。

杨木看到钟孝全汗都出来了，反反复复地找着合适自己的岗位。

一夜无话，第二天又把大家召集在一起，工作岗位分出来了，按照双向选择，每个人都有了一份合适的工作。

李黛和杨木被分配到了接待前台，游游分配到了运营部艺术中心，桂园分配到了亲属关怀部，钟孝全分配到了资产部，余光远分配到了建设部，何安安当然是医院。

F698 认真讲解了新手环的使用，大家才知道这么一个手表状的小东西居然是高科技产品，除了时间、身份识别、定位、钥匙、信息传送、求助，还能时刻监控大家的健康情况，投影到墙壁上随时随地成为一台电脑。

F698同时又宣布了几条纪律：

第一条，请大家严格按照培训时的要求规范自己在饭店内的言行；

第二条，请大家严格按照各自岗位的要求开展工作；

第三条，请严格按照专属保密协定要求，绝对做到守口如瓶；

第四条，为了保证培训的顺利进行，未经过允许不准进入黄色和红色区域，不准与新住客有任何形式的接触。

9

大家被各自带离之前互相拥抱祝福，虽然还住在一个区域，但以后毕竟不能朝夕相处了。只有李黛欢喜地要冒泡，游游一直和她耳语，桂园也调侃她。杨木假装听不见，偷偷瞥她那小模样，走路都一蹦一跳，眼神时刻在自己的周围流连。

杨木也觉得心跳加快，耳鸣，手脚都不知道放在哪里。

这是爱的感觉，杨木明白——和任青青就是年轻人的冲动，那晚趁着酒劲，两人缠绵，完全是对方主动，和其他女人就更不用说了。杨木的心迅速掉进深渊，特别是春姐、阿敏之流，杨木真想冲回过去，把这些女人从被窝里揪出来。

杨木问了自己无数次，如果任青青没有欺骗自己，如果妈妈被安顿好，自己会不会留在国民大饭店，能不能和李黛一起幸福地生活下去呢？

答案毫无疑问！

可是现实呢？

杨木不免又吞下无可奈何。

杨木和李黛被一位个子不高，长相却特别出众的男孩子带领，沿走廊向新的工作岗位走去。还没等主动问他的编号，男孩子就友善地告诉他们，“其实不是每个部门都称呼编号的，我们都有自己的名字，接待部门喜欢彼此叫名字，我知道你们分别叫‘小木木’和‘小李子’，对不对？”

李黛得意，“这两个名字放在一起果然天造地设，不过您是怎么知道的呢？”

男孩子得意地说：“你们果然是新住客，其实你们在培训期间的日常对话全部都被监听的呢！你们自己不知道吗？我不怎么八卦，但国民大饭店有谈论新住客培训过程的爱好。”

“国民大饭店虽然是天堂，但人际关系简单，还是有些乏味，新住客培训基本就是真人秀，不少老住客会抱着爆米花守在电视机前面，因为有个专门的频道在播放实况。

“不过饭店这样做绝对没有恶意，只是希望你们毕业之后大家能尽快熟悉和接纳你们——没感觉到吗？老住客对你们都很友善哦。”

杨木惊讶，果然如此啊，李黛却脸红，杨木明白她意识到了自己平时没少胡言乱语，更想起两人在衣柜里的几次缠绵，岂不是全酒店大直播了吗？

“没关系。”男孩子安慰道，“培训几乎是每个人都要经历的过程，没什么害羞的，也没有人会真的取笑你们。涉及隐私的视频是不会播出来的，国民大饭店可不是下流的场所。其实我也刚进来不久，比你们好不到哪里去，我叫小管。”

小管带“木木”和“李子”坐上电梯，耐心地给两人讲着“电梯”的原理，余光远猜得果然八九不离十，国民大饭店的电梯基本上都是水平运行，黄区和红区更是只进不出，就是怕新住客逃跑。不一会儿电梯停了下来，等门一打开，两人再次惊呆了！

回来了，终于有机会回到来时的原点——这里是酒店大堂。

杨木冲出电梯，一年多了，鼹鼠一样生活在地下，这是第一次呼吸到自然的空气。李黛也是情难自已，杨木看到她努力仰着脸，好像在看壁画，其实是强忍眼泪。

小管看两人这副模样，安慰道："一切都好了！以后我们就在前台接待处工作，你们有大把机会慢慢欣赏大自然。"

酒店大堂如同初见一样空旷明亮，通透巨大，穿堂风从皮肤表面掠过，每个毛孔都在舒张。杨木和李黛再次来到水晶浮雕面前，这是一面与大堂等高的墙壁，浅灰色的衬底上雕刻满了杨木母国语言的偏旁部首，站在下面两人细细品评，还是看不出组成了什么字。

小管引着两人重新来到酒店大堂的门口，就是刚下飞机有人迎接的地方——喏，你们看！

二人顺小管手指再看水晶浮雕，不由惊叹，原来从这个角度，浮雕上杂乱的偏旁中清晰浮现出了五个大字——国民大饭店！

李黛感叹，"原来从踏入这里的一刻起，国民大饭店已经揭示了谜底，从来都没有藏着掖着，可惜大家都没有认真观察环境，只是站在墙壁下面看热闹，这真是远看一棵圣诞树，近看一个杂货铺！"

杨木也接着感慨，"应该是远看飞龙在天，近看潜龙在渊。"

"远看山有色，近听水无声。春去花还在，人来鸟不惊。"最后还是小管总结得更有诗情画意。

在大厅工作的前台接待分成4班，总共有80多人，小管带着木木和李子见过了这里的负责人，也是一位帅气的男士。两人一眼就认出来了——尖叫，只能尖叫，这可是一位响当当的国际巨星呀！前几年不是说他跳楼自杀了吗？原来他在这里呀！

前台接待部长早习惯了新住客的惊诧，依然风度翩翩地展露笑容，"是我，没死。"

李黛粉丝力爆棚，小管叫了她几声才恍然苏醒。

“接下来你们就跟着我，我们每天的任务就是接飞机上下来的新住客，帮他们拎一下行李，指引电梯，并且和导游——也就是初级指挥官对接好。”

很简单，只有一点，工作时不要多说话。

10

杨木和李黛终于可以走出大厅，来到户外，正午的阳光火辣辣地盘踞在头顶，炙烤着这座热带岛屿，满眼都是美景。

杨木跃上台阶，才发现这个岛远比自己想象中大得多，高大茂密的雨林沿碧蓝的海岸线延展，一望无边，小管说兰花种植区就在岛的另一侧，那是真正美丽的天堂，停船的港口也在那边。按照桂园的说法，中级课程被选出的那一次，他肯定是被批准到兰花种植区游览了。

等了大概半小时，天空轰隆隆作响，一架精巧的小飞机就降落在跑道上，杨木和李黛随着小管快步跑到机舱门口，指挥官 Pinky 从飞机上跳下来，她也看到了他们，挤挤眼睛，露出了一个不可察觉的微笑，立刻就板起脸孔对着这一批新住客。

杨木看着从飞机上下来的这十几个人恍惚就是当初自己的模样，一身海岛度假的装扮，被喷了安眠药，睡眼惺忪，他们什么都不知道呢！

杨木暗自替他们担心，也庆幸自己终于熬过了那场考验。

李黛的心思可没在工作上，她从大厅的水瓶里取出了一枝已经被摘下来的兰花，小管默许了，李黛把它别在耳边，一直希望杨木能够夸赞自己漂亮，可对方的视而不见，令女孩儿略有失望。

半天下来，杨木不觉辛苦，反而特别惬意，在手环的指引下回到了房间，洗了个澡，躺下休息片刻。

不知不觉进入梦乡，杨木梦到自己回到小时候，被一个男人抱在怀里，妈妈站在旁边，忽然之间自己又长大了，怀里抱着个咧嘴哭的婴儿，任青青，不，是李黛站在旁边……

梦醒了，杨木听到敲门，是小管的声音：

木木，收拾一下，有人要见你……

11

即便这个人从未出现在自己的记忆中，杨木一眼就认出他来，这是那个叫杨诺的男人！小管明白这是个尴尬的时刻，蹑手蹑脚地退出小型会客室。

整个宇宙都恢复到爆炸之前的宁静，或者是爆炸之后，尘埃落定的那个瞬间，空气还是固体，正准备向液态转化。杨木好像自己做错事一样深低着脑袋，直到感觉对方的视线就要点燃自己的头发，才抬起哀怨的眼睛。

杨木今年23岁，杨诺应该48岁，但他看起来年轻得不可思议，也许是长年累月生活在地下，皮肤很白皙也没有皱纹，目测三十出头，像位大哥哥，回忆母亲邵风华衰老的模样，杨木心痛。

“杨木……”

对方先开口，杨木眼睛又垂了下来，虽然满肚子的怨恨和牢骚，天性温和的儿子却一个字也难以启齿。

“终于见面了，很不容易！”

杨诺感慨，能看得出他很伤心，但还不至于哭天抢地。见儿子只是低着头，眼睛盯着鞋尖头儿，只得叹气，“儿子啊，我对不起你！”

“从知道你要来国民大饭店，我几乎夜夜失眠，培训阶段每天守在电视机前面看你的视频，你爬新风管道，你被电击，我心疼至极！

Pinky 的父亲和我在一个部门，是我多年的好朋友，所以我才哀求 Pinky，她冒着被处罚的危险夜里去给你提醒……

“我其实舍不得你们！

“那是你出生的那年冬天，我下夜班骑自行车在路上走，突然眼前一黑，被人从后面打晕了，等我醒来发现自己已经在大海上，那是一艘晃晃荡荡的大船，满满一船人，我们到了一个海岛，发现正在建一个酒店模样的建筑物。

“因为没有船回去，我只好暂时住下，可我每天都在想你们，每分每秒都想逃回去。

“接下来有人告诉我这里的一切，我也才知道，当初从背后打我的并不是国民大饭店的人，我不知道得罪了什么人，是国民大饭店救了我。

“因为我是医生，在国民大饭店有用武之处，考虑了一段时间决定留下。而且这个时候我碰到了你爷爷——”

“我爷爷？”杨木终于开口，杨诺的眼睛闪现了欣喜。

“对，你爷爷也在国民大饭店，不过现在已经去世。”

国民大饭店如此庞大的工程，除了军队之外，需要强大的技术和后勤。你爷爷就是最早的后勤保障人员，而你的太爷爷也在国民大饭店，他是位医术高明的军医，也是 T 将军的同乡，是最早一批追随 T 将军到这里的开创者，专门负责给受伤的工人看病。他们死后，和所有国民大饭店死去的人一样，掩埋在盾构机挖掘的道路旁边，没有坟墓。

“这个饭店是谁建的？”

“就是当时军方的最高指挥者 T 将军。”

“这么多年你就一点儿逃跑的机会都没有吗？”杨木鼓起勇气发问，这个问题是他的心结，潜台词是，“爸爸，你就没有想找过我们吗？你就不管我们的死活吗”？

杨诺不想隐瞒，“国民大饭店的主体结构用了40多年才建成，那时候并不是与世隔绝，如果想逃跑还是可以混进专门负责物资和人员运输的海轮，但事实上，绝大多数建设者选择了留下。”

“因为我们参悟了国民大饭店的存在对整个国家和民族的重大意义，心甘情愿作出牺牲！

“我来到国民大饭店，是因为你爷爷为我申请了名额，你爷爷是自愿随你太爷爷而来，国民大饭店没有强迫我们，我也是深思熟虑才考虑留下，追随先祖的意愿，建设好这个神奇的地方，这是我们家族的共同选择！”

“也就是说，为了你所谓的牺牲，任由我和妈妈自生自灭吗？”杨木恨恨地望着父亲。

杨诺痛心疾首，“怎么会呢，我的儿子！其实我每时每刻都在想念你们！我回去看过你们，也打算把你们接过来一起生活，但是——”

杨诺抚着额头，“我能够自由出入国民大饭店的第一天就迫不及待地回家，我不敢碰到熟人，这是国民大饭店的保密协定。我摸回镇上的老房子发现你们已经搬家，辗转找到你们的新住址，却被我看到了最不想看到的一幕——

“邵风华，你妈妈竟然和一个卖菜的老头，一起走进家门，一晚上也没出来……

“我一个人在门外哭了一夜，夜里就趴在后窗根听里面传来的声音，邵风华真是淫荡无耻至极啊！

“我恨你妈妈，也恨我自己，我想转身就走，但我不死心，我想看看你。结果第二天，我又看到了不想看的情景，你妈妈扯着你，和另一个男人回家，也是一晚上没出来。

“我不敢再看再听，连夜返程，从此再也没有联系你们。可是在国民大饭店里我也没有一天安生过，万箭穿心就是这种感觉，为此我终生未娶。

“我恨邵风华！”

“可恨的人是你才对！”杨木捏起拳头，双眼喷火怒视父亲，“你知道你走了之后，我和妈妈过的是什么样的日子吗？”

“妈妈娘家本来就没什么亲戚，你忽然失踪，活不见人死不见尸，身边的人议论纷纷，妈妈只好带着我搬家，到了陌生的地方，日子过得更艰难。她给人家做保姆，在工地上打工，辛辛苦苦地拉扯我。

“你以为她愿意找那么多男人吗？”

杨木终于忍不住爆发，脖子上的青筋都凸了起来——她是为了我，我们实在活不下去了，我有心脏病，你知道那需要多大一笔钱治病吗？为了救我，妈妈就差把骨头砸开，把骨髓卖掉……

“你在国民大饭店享清福，你有什么资格恨她？！国民大饭店标榜拯救人性，我看，这里却是最泯灭人性的地方！”

12

“看来我真的该死！”

杨诺满脸歉意，“虽然没有再去找你们，但我一直通过国民大饭店的亲属关怀部帮助你们。这次你来国民大饭店的名额是我申请的，包括之前给你账户上打的那笔钱，是我在国民大饭店多年积攒的工作补贴。”

“这么说，我之所以到这个鬼地方，就是拜你所赐？！”

见对方默认，杨木怒不可遏，“名额是你申请的，可你征求了我的意见没？”

“没有！”

“就这样把我哄骗来，然后关在这里。我一走了之，妈妈怎么办？

我就快当爸爸了，孩子怎么办？你说你为什么要这样做？！

“还有你给我起的这个破名字——杨木，头重脚轻的，这是什么名字，这是我一辈子的噩梦！

“我就说我怎么这么倒霉，归根到底都是你害的！”

……

杨诺捏着自己的额头，任由儿子发泄，痛苦但又不得不艰难地说：“孩子，如果我不带你过来，你现在早就死了！”

“你知道‘美好世界清洗’组织吗？

杨诺看杨木的表情就知道他没听说过——其实，除了国民大饭店这个诺亚方舟之外，陆地上一直都有另一股暗流，这是个叫“美好世界清洗”的极端秘密组织，人数庞大，组织严密。

“美好世界清洗”组织按照自己的标准筛选“品行低下”的人，采用各种方法杀掉对方，比如联合医生，欺骗对方得了癌症，在手术中杀死，或者用化疗、放疗不断折磨致死。或者制造车祸或意外，甚至直接谋杀！可以说，世上的十次意外，有九次可能就是人为的，只是无法洞悉。

“美好世界清洗”宣称要利用暴力手段清除人类世界所有肮脏邪恶的人。而你早就上了他们的黑名单。

亲属关怀部截获的“清洗”名单中有你的名字，得到这个消息后，我简直急疯了，为了保护你，才把你带到这里，不然，你现在可能已经死了！

而且，你以为把你带来这里容易吗？

现在国民大饭店越来越欢迎“人才引进”型新住客，他们是可以带家属的，老住客的亲属名额却逐年减少。你犯的错误虽然罪不至死，但也是十分可恶的！你破坏的那些文物，是无价之宝啊！你毁灭了人类历史的宝贵财富，是永远不能弥补的了！

管理部有人坚决反对这样的人成为新住客，认为你没有改造价值，为了你能被拯救，我真的想尽了办法，甚至以你太爷爷的名义去请求T将军。

杨木面红耳赤，无言以对。

好半晌，他举起依然贴着绷带的双手，哀怨地看着爸爸，怒吼道：“我为什么乱写乱画，我还不是因为你吗？！”

“因为，我希望你能看到我留下的这些记号，早点儿回家……”

13

找到父亲之后的欣喜是难掩的，把话都说开后，杨木和父亲很快冰释前嫌，甚至带着李黛见了杨诺。杨诺早知道两人的感情，见了准儿媳妇，乐得合不拢嘴。

很快，不仅是杨木，其他团友也陆续找到亲属，每个人与国民大饭店的渊源也清澈起来。

卢甘泽、钟孝全、余光远、游游在各自行业有一定成就，但也同时有一些缺点，都上了“美好世界清洗组织”的名单，适用于人才引进。何安安的双亲、桂园的哥哥和李黛的爷爷都在国民大饭店，属于亲属名额，不过李黛的爷爷本想申请自己的儿子，但因为李黛也上了“美好世界清洗组织”的名单，便抢先为她做了申请，现在老人家已经去世，而张国良警官的确是追踪杨木而来的不相干者，也属于人才引进。

杨木还有一个疑问，掀起袖子，露出那个“国”字符号来，请父亲破解谜题。

杨诺大吃一惊，“孩子看来你的宿命就是这里，这个印章可了不得啊，整个国民大饭店只有三个人有，是三位最早的创始人。”

“创始人只给自己特别认同，品德特别高尚的人盖上，我在这里生活了这么久，除了你太爷爷的手臂上之外，这才是第二次看到！盖上印章如同送给你了一个护身符，就算你没进入这里，国民大饭店的任何人只要见到印章都会对你诸多礼遇！

“你能有这个印章，除了缘分，也是代表我的儿子特别善良！”

下班之后，杨木单独约张国良来到水洲餐厅，这里是蓝区的中心地带，真正的海底餐厅，和宽敞的办公区相比，头顶的海水更深邃。

整个空间被半圆形的玻璃幕墙包裹，连地板都是玻璃的，置身其中就如海底漫步，鱼儿自在地游动，珊瑚触手可及，海底真实世界的美景令人目眩神迷。

这一次的谈话必不可少，即便警官已经决定留在国民大饭店，他也主动证实杨木不是凶手，但他究竟是如何破解自己和任青青的不在场证明，杨木还是想知道。

这可是天衣无缝的不在场证明呀！

“先说你的，还是她的？”张国良帮杨木扯开椅子，如同哥哥照顾弟弟。

“我的吧……”杨木依然脸红，额头冒汗。

“我讲过，你的不在场证明是时间，实现的关键是——交通信号灯！”

前警官早有准备——

锁定你是嫌疑人之后，我和同事多次试验，每天的同一时间从芬雅餐馆到埋尸体地点再到你家，这一路段往返有 30 多个红绿灯，加上晚高峰的堵车，我们最短用时都在两小时。

没有近路，没坐地铁，没坐摩托车，还要留出一定时间杀人埋尸和叫车，所以我们不能推翻你的不在场证明。

我们做不到，可是你又怎么能在两小时之内完成呢？

就是这个看似不可能，在案发当日却实现了。

不对，我应该说，是案发之后，就实现不了了。

警方已经监控了你的手机和网络，对青年旅行社的邮件了解得一清二楚，这样我才在清晨赶到机场，向旅行社亮明身份，要求临时加入，监视嫌疑人，防止你在境外逃脱。

可惜，追踪你到机场时，我还没有破解这个谜题。

事情的峰回路转发生在我们最初几个海岛游期间，我的同事在国内继续调查你的不在场证明，结果就在某天晚上，他的车子出了问题，只好搭上一辆的士，你的不在场证明才被破解——

晚上7点他在芬雅餐厅门口准时搭上的士，但一说地址，的哥就皱起眉头。

为什么？

的哥唉声叹气，晚高峰拉你，倒了血霉啦，今晚又没钱赚！

不是我想拒载，你可以问问，这段时间哪台的士愿意去河谷开发区呀？

警官一惊，赶快追问。

是“绿波系统”呀！的哥说，你们这些私家车主可能感觉不到，其实“绿波系统”对出行有很大的影响，特别是红绿灯多的路上。

开车的人经常有这样感觉，在某些路段开车，要么绿灯一绿到底，要么脚脚都是红灯，这时常常归结于自己的运气，其实这和运气没二两关系，是城市道路的“绿波”和“红波”系统的原因。

什么是“绿波系统”呢？

说白了，就是经过计算车速，让车辆经过一条道路的各个路口都恰好遇到绿灯，与之相反的是红波系统，也就是让车辆经过路口都遇红灯。

一般在大城市，为了限制进城车辆的速度和数量，进城的道路会设置为“红波带”；为了让车辆快点出城，缓解城区交通压力，出城的道路会设置为“绿波带”。

可不要小瞧这几个红绿灯控制，对车速影响很大呢！掌握了这种变化规律的人还能更好地控制自己的出行时间和路线。

我们天天在路上跑，对绿波系统是很敏感的，可是从上个月20号起，市区往返河谷开发区的信号灯突然就疯了，往返全变成红波系统！

的哥一边掌握方向盘，一边向便衣警察抱怨。

河谷开发区本来就是卫星城，理论上应该是一红一绿——市区来河谷为绿波系统，河谷回市区为红波系统，可是为了扶持其经济发展，保证其交通畅通，之前这条路双向都是绿波系统。

一红一绿正常，两绿也说得通。全路段忽然变成“红波”，把车子都憋在主城区和开发区，干着急气死人！这根本不合理！

不要小看这个调整，车速完全降下来，一卡一卡根本走不快，本来往返只要一个半小时，甚至更短，现在却足足要用2个多小时！

……

听到这里，警方豁然开朗，终于知道你是怎样偷走时间的了！

顺藤摸瓜，帮助你的人很快浮出水面，原来是你的一位常客，公安厅的副厅长，你叫她岚姐。你们在服装店认识，她经常喊你帮忙搭配代购，进而发展成暧昧关系。虽然你们之间有隐秘的号码联系，她的反侦察能力也特别强，但你们频繁约会，不可能没有留下一丝蛛丝马迹。我们很快就在她妹妹名下的一套闲置公寓的小区监控里，看到你们遮住脸，多次先后走进同一个房间。

杀人之后，任青青提议分开做不在场证明，你慌了神，第一个打给岚姐，把事情简单说了之后，她答应给你想办法。当天晚上，她就授意将沿线的交通信号灯调整，帮助你掩盖杀人罪行。

14

“完全正确，我无话可说。”杨木自嘲地抠抠鼻翼，但其实这里并不痒。

张国良继续说，你有厅官岚姐相助，任青青更胜一筹。我们再来说她的超级强有力的不在场证明吧——

其实自从认定凶手是女性之后，任青青就成为我们侦办的主要方向，而且她的不在场证明早在我出发之前就已经破解！

看起来很玄，其实非常简单。

俗话说一个好汉三个帮，当然任青青不是好汉，可她却有三位得力助手，帮助她实现了不在场证明。

第一位是她的表妹，事发当晚恰好住在她家，这位表妹比任青青小两岁，但眉眼和身形颇有几分相似。另两位助手是她的父母，都是医生。

杀人之后，任青青立刻给父亲打电话，在你们回来的路上，她的家人忙活开来——

任青青不在场证明的关键是血液，一个正在 A 地杀人埋尸的人，她的血液是如何在 B 地被人采集到的呢？

也就是说，如何让帮凶之一，表妹的手臂上采集到的血液，和将来警方在任青青手臂上采集的血液完全一样呢？

这时候另外两位帮凶粉墨登场了，就是任青青的父母。

任青青的父亲是医学院的院长，他想起怀孕的女儿今天刚在自己的医院做了抽血检查，他本人完全能够接触到化验室的送检血液样本，但如果亲自出面，将来后患无穷。

这时候不容多想，任爸爸决定铤而走险，他给最信任的下属，刚刚提拔的副院长打电话，要求对方绝对不能声张，赶快删除电脑里任青青的诊疗记录、医院的监控摄像，去病理中心取回还在等待化验的任青青的血液。

下属得令，并且发誓，这件事一辈子天知地知你知我知。

任爸爸运筹帷幄之际，任妈妈这边给表妹装扮上了，穿上姐姐的衣服，用丝巾围住嘴巴，三个人驱车来到任爸爸所在的医学院附属医院。故意带着表妹在急诊科医生眼前打了个转，三言两语之后，任院长要求给女儿抽血做全面的检查，因为他是医学权威又是院长，急诊科医生赶快应承下来。

拿到亲信送来的血液样本之后，任妈妈在女厕所里用橡皮筋把表妹左手的手臂上半截勒住，用袖子遮住，先抽出一管血再把姐姐的血液注射在妹妹的手肘处，也就是刚才取血的这条静脉血管之中，紧紧按住血管的另一侧，扶着她三步并两步跑到抽血室。

任爸爸早就等在这里，值班护士见院长的女儿生病，他虎着脸站在身边，凶巴巴地找碴儿骂人，很是紧张。

“你别紧张，还是我自己来吧！”

任妈妈接过护士手里的针筒，用另一根橡皮筋假装勒住表妹的手臂，准确地把针头扎进刚才的输血点，暗红色的血液缓缓流了出来。

就这样，在护士的眼皮底下，把任青青的血液从表妹的血管里取了出来。

在警方随后的调查中，这位护士一口咬定自己绝对是亲眼看到任青青的血液被采集，取血的塑料管标签上是自己的笔迹，一定错不了！

而这份血液样本，装模作样做了几项检查之后，被医院“恰巧”一直保留着，好像就在等着某一天能派上用场。

这就是任青青的不在场证明。

15

“可是，您有什么证据说当时的任青青是表妹假扮的呢？监控录像看不清，时隔这么久，也采集不到指纹。”

杨木抬眼正看到水洲餐厅的穹顶有鱼群经过，黑压压的，不免产生了密集恐惧症。说实话，今天他也是第一次知道任青青的不在场证明是如何制造的。

“根本不需要那么复杂！”张国良也抬头看看鱼群，把调羹里的鱼丸丢进嘴里，轻松惬意地嚼着，“我只要看身高差就行。”

“监控录像上的确看不清脸，特别是对方刻意躲避摄像头，但人与人之间的身高差还是很清楚。

“任青青的身高是 166 厘米，在女孩中间算高的，她的父亲的身高也是 166 厘米，在男人中不算太高。

“任青青怀孕了，不可能穿高跟鞋，接触几次我也注意到，她父亲没有穿隐形高跟，在平底鞋厚度可能差不多的情况下，父女的身高目测应该差不多。

“按照常理，在男性穿高度基本一定的平底鞋的情况下，女性如果穿高跟鞋只会让她们相对变高，不会变矮。可是细看当天录像我却发现，‘任青青’的身高比任爸爸矮，大约是 3 厘米。如果不是调整到最大像素，是看不清这样微小差别的。”

“可是你也说了，任爸爸也有可能穿隐形高跟鞋呀？”杨木反驳，“这条证据并不充分”！

张国良笑，“别急，除了任青青和任爸爸之间的身高差之外，事发当时还有第三人可以作为参照物，那就是任妈妈呀。”

“我反复对比了事发当日录像中任爸爸和任妈妈的身高差，和不在场证明调查过程中警方拍摄的照片中两人的身高差，发现基本一致，也就是说，只有任青青的身高出了问题。

“我们也找到了事发当晚三人所穿的鞋子，因为都是平底鞋，鞋跟的高度很接近。”

“她也可能是因为怀孕，或者当天身子不舒服，稍微弯了一点儿腰，造成 3 厘米的差距。”杨木继续为未婚妻辩解。

“我知道你们会这样说！所以除了比较身高，我们还比较了手臂的长短。”

“监控中任青青的手臂经过精确测量换算，发现她的身高只有 162 厘米左右，因为人类伸出双手加肩膀的距离和身高是很接近的，我又测量了任青青本人双臂伸展开时的长度，几乎是 166 厘米，很明显，这不是一个人。

“更重要的是，我已经找到了任青青的这位表妹，她的身高和我推断的一模一样，是 162 厘米。

“我之前也讲过，你和任青青的不在场证明直接关联，当我们发现‘绿波’系统的手法之后，任青青不在场证明中的诸多疑点更加可以认定。更何况杀人现场还留下了那么多证据，整条证据链已经完整。”

“但是我们的行为还是可以算正当防卫吧？”

“因为任青青首先用石块砸向郭川，主动加害对方，不能被认定为正当防卫，但法官会酌情考虑量刑。”

“这么说，当日我们杀错了人，郭川是一个好人？”杨木喃喃自语。

张国良随手揉捏用过的吸管，折成一个蝴蝶结放在桌上，“兄弟，虽然杀人万万不应该，可你们也不算杀错人。”

“我们已经查证郭川是‘美好世界清洗组织’的极端分子，他听完任青青的电话内容，当场就认定这是个十恶不赦的坏女人，必须死了才能让这个世界干净！

“其实你们是芬雅的常客，任青青的高调炫富，对食物的百般挑剔，郭川早就看不下去了，因为他不止一次和其他服务员说任青青的坏话，有人还看到他向她的菜里吐过口水。

“当天和你们吵完架后，他偷拿厨房的剔骨刀，跟踪你们就是准备杀任青青的。

“只不过他只有匹夫之勇，是个连三脚猫的杀人功夫都没有的男人。他以为手拿一把刀就能杀了你们俩，却没想到小时候学过跆拳道，因为家境好，又一直在练习女子防身术的任青青一招就把他制伏，最后反倒把他‘清洗’了。

“当然这里有个寸劲，郭川也没想到挺着个大肚子的任青青会反过来先杀他。”

听到这里杨木感觉讽刺，眼前再次浮现了任青青手拿石头和剔骨刀狠狠扑向郭川的情景，那女人狰狞的表情令人不寒而栗。

所以，任青青怀的根本不是我的孩子！

杨木心如刀割，“无冤无仇，这么重大的人生事件，她为什么要骗我？”

“她这样做，真的不应该！恣意任性地玩弄别人的感情，把男人当成手心里的玩物。”张国良十指交叉，望向穹顶，声音中充满某种凄凉，“如今世风日下，这就是在作恶。”

“不过你放心，虽然我身在国民大饭店，已经和外界失联，但是我出发之前任青青的不在场证明已经破解，相信她现在已经受到了应有的惩罚。”

16

国民大饭店的舒适和安宁让人彻底忘记时间，一转眼，又一个月过去了。

这段时间，杨木看得出各位团友已经完全适应这里的生活，大部分在帮家人申请“排期”，争取早日团聚。

毕竟这是一座超六星级的豪华大饭店，每日简单、轻松的工作之余，大家可以尽情地享受酒店里应有尽有的美食、设施和几乎每天都变着花样开展的娱乐活动——画展、文艺表演、体育比赛，甚至世界最高水平的歌剧和交响乐。这里可以结婚生孩子，有幼儿园、中小学校，竟然还有一所大学，毕业之后颁发陆地国家认可的学位证书。

除了待在酒店里，大家也可以在每天固定时段到海滩和兰花种植基地散步，徜徉在五彩斑斓的花海，看日出赏日落。

海岛的另一边建有非常现代化的休闲娱乐场地，潜水中心、海钓中心和日光浴场，甚至还有大型高尔夫球场和跑马场。如果喜欢种植，岛上还有大片已经开垦好的田野，可以供住客种上自己喜欢的蔬菜和瓜果，成熟后采摘享用。喜欢海上运动的，也可以随着酒店每日的捕鱼船，到深海里享受捕捞的乐趣。喜欢野外露营的，岛上的雨林里遍布树上小屋，经过申请就可以入住，每日与小鸟一起醒来，与月光一起睡去。

天堂是什么样子，这里就是什么样子。

在众人每日的欢声笑语中，只有一个人郁郁寡欢，与周围格格不入，这就是我们的男主人公杨木。

亲属关怀部反馈过来，邵风华已经被很好地安置，杨木才有一点儿笑模样。

李黛知道杨木的心结并不止于此，也整日跟着他唉声叹气。细心的女朋友正发愁如何让男朋友开心起来，国民大饭店最大的节日到来了。

放灯节。

国民大饭店虽然也定期有节日，却与大陆上的那个国家截然不同。

在这里，每位住客的生日当月都有30天的休息时间，可以自由支配，相当于年假。每隔几天就会有一个奇怪的节日，比如，出水节、拉网节、撒播节和晾晒节。这些节日与农忙、打渔和劳作息息相关，极富劳动情趣。

而每逢节日到来，国民大饭店也会装扮起来，住客们走出自己的房间，三五成群地会集在一起，大家互相祝福，亲切拥抱，有人载歌载舞，有人纵情歌唱，到处喜气洋洋的。

这其中最盛大的节日就是T将军的生日，每年的这一天被命名为“放灯节”——因为在T将军的老家，生日的当天要寻找一处水源，把写满对自己、家人和亲友祝福的纸条放在牛皮纸做成的小船里，点上一小截蜡烛，顺水漂走。

放灯节前的两个月，国民大饭店就忙碌起来，到了节日到来的日子，饭店内部灯火通明、张灯结彩，装饰得焕然一新。所有的兰花全部换成火红的颜色，所有人的制服也都换上了大红色的，一盘盘煮熟的龙虾、海鲜也是红彤彤的，与穹顶外面深蓝的大海相映成趣，简直如神话之地。

每位住客都能领到一盏牛皮纸小灯，可以自行在夜色中来到海边，放进海里……

杨木想起家乡，也有相同的风俗，T将军的生日也恰好是自己的生日，每年今天，杨木都会给邵风华洗澡换衣服，准备一份小礼物，精心做一顿饭，一口一口喂进她的嘴里。因为孩子的生日是母亲的受难日，在家乡，父母健在的孩子没资格给自己庆祝，生日其实是“感恩节”，想到这些内心更加翻滚。

17

过节啦！

李黛早早就换上从大陆带来的裙子，恰好有小碎花装饰，精心打扮了好半天，兴冲冲地跑来找杨木。杨木病恹恹地赖在床上，好不容易才被女友从被窝里扯出来。

换上了火红的制服，脸色也映衬着红润起来，李黛知道杨木闷闷不乐，便使出浑身解数，各种叽叽喳喳，逗乐卖萌。

两人领了小灯，拿上纸条和铅笔，结伴来到海滩。此刻风平浪静，夜色已经笼罩海面，一轮满月悬在天边，正是农历十五的模样。身边到处是熙熙攘攘放灯的住客，大家彼此点头问好，却都宝贝一样环抱着属于自己的小灯，这些灯里写满了对故土和家人的思念。

海滩上已经架设了几座长长的木质引桥，一直通入海里，供住客放灯。海面上也早已漂浮数不清的小灯，如成群的萤火虫，随着海浪层层漂荡，无边无际，薄雾中海天早没了边界，分不清是银河坠落，还是这些小灯已经飞入天空。

这等美景，人间难得几回见！

杨木搂着李黛站在引桥上看得如痴如醉，竟忘了时间一般。海风的清冽让两个年轻人越搂越紧，好半晌才回过神，把自己已经写好祝福的小灯送入水中。

“爸爸放灯了没？”李黛偎在杨木的臂弯里，两人慢慢往回走。

“已经放过了，我刚才叫了他。”

“很好！”李黛满意，“你和爸爸解开心结，父子相认，这也算是你来国民大饭店的最大收获。”

“善莫大焉。”

两人步调一致，突然，杨木的脚步停了下来，四处张望，好像在找什么。

“怎么了？”

“感觉有人在盯着我们。”

李黛不以为然，“肯定是咱们的团友，国民大饭店是世界上最安全的地方，这里不会有人害我们。”

“我知道。”杨木用舌头舔一下嘴唇，“但不对劲，如果是团友早就会上来打招呼，可这个人却一直在暗处注视我们。”

“是因为你长得帅，我长得漂亮？”李黛用手忽闪裙摆，小腰左扭右扭的。

“小傻瓜！”杨木摸着她的头发，“肯定不是这个原因啊！”

“那你就别想了，我们早点儿回去吧，文艺表演就要开始了，今晚可是有很多明星啊！”

18

杨木心事重重地回到房间，甩掉鞋子倒在沙发上。今晚，即便是盛大的表演也不能激起他的兴趣，李黛被杨木的情绪感染，节目还没结束，两人就提前退场。

其实，刚才在海滩上，他已经认出那双眼睛的主人——帆。

帆也是一身红色制服，就躲在不远处的棕榈树下，直勾勾地盯着杨木。等两人的目光对视上，帆赶快抽回眼神，转身逃一般消失在夜色中。

“为什么不上来打个招呼呢？”杨木心里绞劲地疼，后悔那一刻没有追上去拉住帆，分别了这么多年，为什么不来相认呢！

你以为我还在恨你？

或者，你还在恨我？

杨木感觉自己的心脏已经被冰冻，一点点下沉，最后“咣当”一声掉在如同是冰面的地板上，碎成千千万万块。

也就在这一刻，杨木终于打定主意。

没几天，杨木还是联系了杨诺，父子二人面对面坐在蓝区的茶馆。

这里的布置像极了老家的茶园，这些古朴的物件和陈设，一定就是从岸上原封不动地搬过来的，看了亲切，摸在手里也特别踏实。头顶还是一样，穹顶大海。

“我还是得走。”

“决定了吗？”杨诺并不诧异，望着唇上冒出黑色胡须的儿子。

杨木抬头，眼神坚定——

决定了。

其实我一直是个没用的男人，逆来顺受惯了，除了哭，不知道怎样反抗。

那个世界的确肮脏得令我绝望，我也是个彻头彻尾的失败者，但那里有我牵挂的人，还有我放不下的事。

“可一旦主动离开国民大饭店，终生都不能返回了……”杨诺难掩担忧，“谁知道外面现在都什么情况了，你上了清洗组织黑名单，如果继续被人追杀怎么办？国民大饭店不会再保护你，你会非常危险，你还是决定走吗？”

杨木沉思半晌，还是点头。

做父亲的无话可说，只好叹息，“虽然遗憾，但我不会勉强你。”

“也许你比我勇敢！”

谈话的最后，第一次也是最后一次，这对父子紧紧拥抱在一起。

杨木发现，即便知道是生离死别，从始至终，容貌依然俊俏年轻，甚至没有一根白发的父亲没有再提母亲一句。杨木不禁想起独自抚养自己，瘫痪多年的邵风华老态龙钟的模样，冰冷从脚底心重新蔓延到头顶，一直刺破穹顶，不知钻到深海何处。

19

知道杨木要提前离开，一众团友都来送行。

杨木已经签好保密协议，发誓此生绝不提及国民大饭店，也不泄露与这里有关的一切，否则将付出生命。

“想来真有趣，当初进来这里，我们寻死觅活地要离开，现在可以走了，我们竟然都想要留下！”已经在资产部如鱼得水的钟孝全好不感慨，这段时间他长胖了不少，国民大饭店的医生都是国际最高水平的，正在全力治疗他刚刚发现的早期肝癌。

卢甘泽带着众人轮流给杨木拥抱，珍重和祝福尽在不言中，只有李黛不见踪影。杨木到处寻找，终于在大堂外面的长廊找到她，站在这里的台阶顶上，可以眺望海岸线。

“一起走吗？”杨木绕到李黛身后，蹲了下来。李黛在玩弄一株小草，细长的叶片在指间绕来绕去。

“算了，我已经向亲属关怀部申请，争取尽快把我父母接过来。桂园说按照现在的排期，大概需要 5 年，我现在只有一个心愿，让他们过得好一点儿。”

“那你应该可以理解我了吧……”

李黛点头，一直可以理解，你妈妈已经瘫痪，不可能被接到这里，你的未婚妻那边也有需要解决的问题，还有孩子，你必须回去。

“这并不是最重要的，重要的是，我是个无耻、懦弱的人。”杨木凝视李黛的眼睛，“如果你知道我曾经做过的一切，你不会这样爱我！”

“你是说出卖自己的事吗？”李黛淡然，“谁没有过去呢？我的过去说出来比你还要卑劣，但是我们到了国民大饭店，我们归零了，重生了。”

“可是我记得，我的灵魂和肉体都记得！越逃避越痛苦，那个世界才是原点，我得回去，把一切拨正，让我的良心安稳下来。”

“我最后带你去个地方吧。”李黛提议，杨木紧随。

李黛走得很慢，感觉故意在拖拖拉拉，头发梳成个毛毛躁躁的丸子，还是一副长不大的孩子模样。

杨木揪心地疼，想起机场初识李黛，“李子”“木木”的调侃，活脱脱一枚开心小果；想起她在大巴车上带领大家玩吃牛游戏，一路上主动承担照顾大家的责任；想起她有事没事和桂园斗嘴，跟在游游屁股后面追星，捧着卢甘泽和钟孝全；培训课程中不时鹦鹉学舌，没话找话，撒娇卖萌，任性胡闹；为了保护自己的娃娃和余光远大吵大闹，挨打受气；想起她在衣柜里，搂住自己，把整个身体毫无保留地奉献出来……

杨木不能再想，再想下去自己根本不能舍弃她。

经过水晶文字部首墙，走出大堂前门，夜色昏暗下来，李黛熟门熟路地沿一条林荫小径前行，上了一个大坡又陡然下坡，海岸线猝不及防地展现在杨木眼前。

这里没有来过。

李黛并不停脚，在灌木丛中找到一条不起眼的木栈道，径直向浅海走去。

此时夜色浓郁起来，木栈道并不宽，踏上去还有一点儿摇晃。杨木怕李黛摔倒，伸出两手在她身后护住。

终于到了栈道尽头，李黛停住，这才回过身来，刚才一路上她没讲一句话。

“为什么带我到这里？”杨木牵起李黛的手。

李黛拂开手，指着海面回答，你看这边。

杨木顺李黛手指方向细看海面，被眼前的情景惊得几乎窒息——

20

临行前的最后一刻，杨木再次联系上了张国良。

两位曾经的猫和老鼠彻底握手言和，游戏结束，幕布落下，曲终人散。

“张哥！”

杨木握住对方温暖的手掌，“我走了，您一定要多保重！除了帮我多照顾这班兄弟，特别是李黛之外，我还想请您帮个忙。”张国良毫不犹豫地答应下来。

虽然我执意离开，但是我已经爱上这里，我爱的人都生活在这里，我希望她能更完美，住在这里的你们更幸福！

可事实上，我却发觉国民大饭店的人并不幸福，至少没有自我催眠般的那么幸福。虽然个个喜气洋洋，但是灵魂里却空荡荡，因为在这里住久了，人会变得麻木，忘记本能的喜怒哀乐，比如我父亲。

即使是我们今天的分别，也许就是生离死别，可他也十分冷漠。

国民大饭店的确衣食无忧，但还是丧失很多基本的权利，与外界隔绝，至少不能自由地进出这个海岛。在庞大的地下迷宫里，住客过着半个僧侣般的日子，其实柴米油盐才是人间烟火。

我发现和我父亲说这些就是对牛弹琴，这不怪他，因为他已经不能理解坐上火车看窗外的风景有什么特别，和朋友们光着膀子吃宵夜有什么乐趣，不记得挤挤地铁行色匆匆是什么滋味，他已经忘记了人生的这些感受。

他应有尽有，却也两手空空。

在他离开家的这么多年里，我们的生活失去欢笑。只有一次，真的只有一次，我们的生活才再次有了笑声。那是别人介绍妈妈去几千公里远的地方摘棉花，带着我来了一次长途旅行，我们一路坐汽车，转火车，坐汽车，坐拖拉机，这次的经历让我终生难忘！也许，行走才是人生的快乐。

对于生活在这里的他来说，已经无法想象。

张哥，您是国民大饭店的管理层，这个问题已经和我无关，但您可以去思考，国民大饭店的住客究竟应该以怎样的心态去生活？

空虚和麻木虽然没有恶念那么可怕，但不加阻止，甚至放任发展，是不是也终将毁灭所有？

瘟疫就是这样，如同一直匍匐在地面的藤蔓，觊觎根深叶茂的大树，只要容许它试探地伸出枝丫，无视它狡诈地盘旋树干，饶恕它贪婪地嵌入树皮，听任它狠毒地切断养分，最终，万顷森林也能毁于一旦。

得失之间，易如反掌，兴亡交替，疾如旋踵。

别毁了这么好的地方！

张国良陷入沉思，好像第一次认识眼前这个小伙子。

21

取下手环，办理好所有手续，终于要走出国民大饭店。杨诺拿出一张海外银行的存款卡，密码是杨木的生日，这是他最后的积蓄，全部请儿子带走。

两人面红耳赤地推让了半天，杨木假装收下，最后一刻又将卡塞回父亲的口袋。杨诺再追儿子，他已经撒腿就跑，一边跑一边回身挥手，这一下，眼泪终于塞满两人的眼睛，杨诺也哭了。

飞机跑道上已经停了一架小飞机，小管最后来送杨木，这是他的工作，李黛没来送别。

顾不上她了！

也对不起她了！

人生有时候就是不得不面对孤独，而又不被人理解的旅程。

杨木拎着自己的行李箱，带着和来时完全不同的心情走进机舱，不久飞机就起飞了。杨木最后回望国民大饭店，在一片浓绿之中，饭店的圆顶像海滩上的一顶白色帽子，不久越来越小，最后完全消失在茫茫大海中，心中无限感慨。

杨木想起最后见李黛的那晚，她带自己去的地方——

那里原来是国民大饭店的观景台，站在木栈道尽头，可以俯瞰整个国民大饭店全貌，饭店真的是建在浅海海滩。

只见宁静澄澈的海底长出无数个透明的蘑菇伞，每个伞里面都是明亮的灯光，各种灯光的色彩把蘑菇装扮成水族馆里的水母——原来这就是平时抬头看见的穹顶。夜色里，这么多水母错落有致，星星点点排布到望不到边的远方。

海已经不单纯是海，岛也不仅仅是岛，人与鱼更是无法简单地分辨清楚。

这是人类历史上伟大的奇迹！更是改变人类这一种族命运的奇迹！

杨木知道，此生此世，自己的灵魂已经无法再割舍这里。

永别了，我的国民大饭店。

飞机上，杨木昏昏睡去，弄不清是又吸入了安眠药，还是自己想睡，醒来时飞机已经落地，一位工作人员引导他走进航站楼，微笑地告诉他，“伙伴，我们只能护送你到这里了，今后请你多保重。”大力拥抱后，把返程机票、护照和一叠本地货币妥善地交到杨木手里。

杨木沿着机场的指示牌找到了国际转机的区域，终于认出来，这就是之前旅程的第一站，某热带国家的首都机场。

又是几个小时的飞行，等再次走下飞机，杨木立刻被熟悉的声浪包围，空气中淡淡的尾气和灰蒙蒙的视野提醒他，他真的回来了！

回到原点。

第七章　回归

1

好像一场梦被惊醒，杨木走进出租屋的小巷，脚步不由急促起来，他很想马上见到妈妈，这两年来，她过得好吗？

推开出租屋锈迹斑斑的大铁门，杨木冲向邵风华的小屋，眼前却出现一把锁头。赶紧回身去自己的房间，发现那里也被一把锁头锁住。

杨木挨个房间敲门，发现竟然全部上了锁，空无一人，走到院子里才发现墙壁上写了很大的“拆”字，刚才自己太匆忙，竟然没有留意。

杨木想起手机，临行前自己已经充好电，手机停机了所以打不了，赶快跑到附近的营业厅开通，顺便问了这条巷子的情况，原来半年前这里就要拆迁，人都搬走了。

杨木慌着拨打房东的手机，对方已经是空号，想起当时一起合租的好朋友明子，拨通电话之后，对方惊得原地跳起。

“木木，你竟然还活着，你真的还活着！”

“我，我怎么了吗？”杨木不解。

“你不是出国旅游遇到沉船了吗？新闻上都说了，100 多人失踪，其中就有你呀！”

杨木想起国民大饭店海外部，听说专门与各国政府合作专门处理善后事宜的，心里也就有了底，马上顺着明子的话，含糊起来，“对，我被渔船救了，现在终于回来了，我妈呢，你知道吗？”

“阿姨呀！”明子叹了一口气，“你临走前请了个钟点工，给了7天的钱，后来你没按时回来，钟点工就走了，你妈妈一个人躺了几天，她也不喊不叫，直到房东回来才发现，她差点被饿死！”

“大家凑了一点儿钱把阿姨送到医院之后，新闻就出来了，说你们旅行团是遇到海上风暴沉船了，救援也结束了，保险公司正在赔付，君姐通过我找到你妈妈，帮她拿到赔付款，还把她送到护理中心去了……多亏了君姐，不过你能活下来真好！”

杨木挂断电话，马上联系上了P哥的姐姐——君姐，知道杨木还活着，她也是喜极而泣，马上开车带杨木去护理中心探望邵风华。

2

宽敞明亮的护理中心在郊区，被小山丘和树木环抱，是一栋7层建筑物，走进里面，就感觉特别舒适、干净。

“这里肯定很贵吧，是谁出的钱？”杨木问，君姐笑笑，“你的保险补偿一分钱都没动，就当给老人养老，这里的钱是我出的。”

千言万语只汇聚了一句话，杨木对着君姐讲出了：“谢谢！”

杨木随君姐走到最里面的一个房间，一眼就看到邵风华躺在床上。她穿着护理中心浅黄色的睡衣，气色不错，正看着窗外的假山和池塘。

君姐站在外面，推了推杨木的后背，鼓励他走进去。

“妈！”

杨木再也控制不了自己，哭着扑向妈妈。邵风华被这突如其来的一切惊呆，随即也开始嚎啕大哭，娘儿俩紧紧搂在一起！

“我的孩子，我的孩子，你还活着呀！”邵风华挣扎着想爬起来，想把儿子搂得更紧一点儿，可僵硬的身子让她无能为力，只能忙不迭地唤着儿子。

“是的，是的！我还活着！”杨木感觉到成串的眼泪流进嘴里，再钻进脖子里，除了搂住妈妈，这个世界上什么都不重要！

等两人终于擦干眼泪，邵风华问杨木究竟发生了什么？

杨木牢记国民大饭店的保密协议，含糊道：“因为沉船之后我失忆了，反正被人救了，具体的细节都不记得了。”

邵风华也不再追问，只是看着儿子又想哭又想笑，杨木很想告诉妈妈自己找到了爸爸，犹豫了一下还是作罢。这才想起站在外面的君姐，赶快请她进来，邵风华拉着她的手，也是感激的话一箩筐。

安顿好妈妈，杨木心里的大石头放下一大半，君姐知道他还牵挂另外一半，便提议自己开车，先送他到任青青的家里去。

杨木打了任青青的手机号码，同样的，也是空号。杨木实在没有勇气打到她家里，一切还是等见面再说吧。

车上君姐欲言又止，杨木捕捉到了，故意看着窗外，还是君姐主动发问，“木木，接下来你有什么打算呢？”

“你怕我又跑偏了吧？”

下巴已经长出黑色胡须的杨木目光已经完全变成另外一个人，沉稳，平和，没有一丝游移，不知什么时候，喉结也明显突起了。

“我手上有一点儿本钱，接下来会自己开一家儿童跆拳道馆，堂堂正正靠劳动吃饭养家。”

杨木看着窗外的一片灰蒙蒙，还是那个世界，开车的人不管不顾地随意变道，行人随地吐痰乱闯红灯，巨大的广告牌上是竞选最新总统的宣传片，人们还在忙于搭建神坛，拉一批人下来，再换一批人坐上去。

这一刻，国民大饭店的美好漾上心尖。

3

手指搭在别墅的门铃上，杨木的心跳就开始加快，汗也涌了出来。

“找谁呀？”保姆还是凶巴巴的，没换人。

“请问任青青在家吗？”

“不在！”保姆很不耐烦。

“我能进来吗？”杨木的心里像揣了窝兔子。

“你算哪根葱啊，随便私闯民宅，我立刻报警！”保姆正出言不逊，门锁咔哒一响，岳母，不，任青青的妈妈站在门口，惊恐地望着杨木。

“阿姨。”

岳母认清来人，赶忙回身喊道:“是他，真的是他呀！”话音未落，岳父三步并两步也来到门口。

这两人看杨木的眼神，就像陨石降落在自家院里一样。

杨木早就准备好接受一场暴风骤雨，硬着头皮走进客厅，只见任家的豪华没有变化，但隐约中有一丝衰败和萧条。

“你瘦了！”岳母端来茶水，“是吃了不少苦吧？”

“沉船之后，你怎么被人救起来的？”岳父也一反常态，和颜悦色。

杨木又背了一遍之前对邵风华说的词儿，关键地方都含糊过去。

“九死一生啊！”岳父感叹，竟然主动拿起茶杯递给杨木。

杨木捏着茶杯，诚惶诚恐，眼睛却不时往楼上瞟，那是任青青的房间。

“世事难料，你能活着回来，这就是不幸之中的万幸！”

岳父岳母你言我语，好像没有停下来的意思。杨木实在按捺不住，打断两人，怯怯地问：“青青呢？还有，还有孩子呢？”

唉！

往日态度蛮横的岳父如同斗败的公鸡，浑身上下散发出衰老的气味——又进去了，哺乳期过了，等着法院宣判。

“孩子呢？”

“不在家。”

“到哪里去了？”杨木急了。

“被孩子爸爸接走了，这个家现在这个样子，对孩子也不好。”

孩子的爸爸！

杨木感觉乌云压顶，沉重地站不稳，但是马上就说服自己，其实这不是早就知道的结果嘛，张国良警官早就告诉了自己实情，郭川之死也侧面证明了，现在只是得到亲口证实而已。

“我们请了最好的律师，一直在辩护。”岳母欲哭无泪，“官司我们一定要打到底，郭川一个大男人拿着刀逼着孕妇，青青杀他没有错，凭什么不能认定是正当防卫？”

“看法官怎么判吧，倾家荡产我也会保她！”岳父也说。

“我……”杨木一时语塞。

“算了，”岳父挥手，神情不太自然，“警察说了，人是青青杀的……”

“不是，我想问问，孩子的爸爸是谁？”杨木还是脱口而出。

任青青的父母对视一下，最终还是岳母开了口，话没出口先叹气：

“现在你回来了，这件事瞒不了，所以都告诉你算了。其实，我们早就知道孩子不是你的。青青原来有个男朋友，已经同居很久，到了谈婚论嫁的地步，这个男的和别的女人好了把青青甩了，她却坚决不肯打胎。

“我们是讲道理的老人，总是骂你们，其实不是针对你，是骂这个不争气的女儿。给你出难题也是让你知难而退，让你养别人的孩子对你也不公平！

“谁知道，事情最终却变成这样……”

“那青青为什么要骗我，说孩子是我的，甚至要和我结婚呢？！”杨木气得声音发抖。

这下换成岳父回答：“我们也问过青青这个问题，青青说你长得很帅，又会打扮，一直利用你刺激原来的男朋友，想让对方回心转意。”

“她相信婚礼前的最后一刻，那个男人肯定会回来找她和孩子。而你，总是表现出那么喜欢孩子，也可以过过便宜爸爸的瘾。”

4

因为我长得帅，用我刺激别人？

因为我喜欢孩子，让我过过便宜爸爸的瘾？

这是怎样的世界，这是怎样的人心！

杨木哑然失笑，真想站起来咒骂千次万遍，却一个合适的字眼儿也没想到。心里的石头先举得高高的，好像一下就要落下来砸死自己，又缓缓地放下，抖抖肩膀，最后竟然剩下满身轻松。

“留下吃饭吧！”岳母吩咐保姆，赶快准备好菜，岳父也挽留。

还是算了，杨木起身要走，岳母突然一把抓住他的袖子，表情诡异——

“木木，你现在回来了，那天你参与埋尸，警方肯定要找你，你打算怎么说呢？”

“实话实说。”

“那怎么行呢！”岳父也看着杨木，那眼神又像从前，抑制不住的居高临下，马上想要发号施令。“我们已经够掏心挖肺，什么都告诉你了，你能不能也答应我们一件事？”

“什么事？”

“给青青顶顶罪，她是女孩子，不能坐牢，你替她坐牢。”

怎么可能！杨木不敢相信自己的耳朵，这家人现在竟然还能提出这样的要求！

“你家里不是很穷吗？我们有钱，只要你替青青顶罪，我们给你一大笔钱！”

“可是警方确认杀人的是女的，而且证据确凿，我怎么替她顶罪呢？”

“这个好办！”任爸爸露出笑颜，“我们可以花钱运作，这些你不要担心，只要你肯顶罪就行！”

“那如果我被判死刑呢？”杨木的手偷偷伸向茶几，想寻找一个武器，却只握住了一把扇子。

“不会的！”任爸爸一脸真诚，“我们给你请最好的律师，一定保证你最多关上三年五载就出来……”

耳鸣，剧烈的耳鸣，杨木真想捂住耳朵，但对方的话还是刺穿耳膜——

“你的命值钱，但青青的比你更值钱！你为她顶罪可以得到一大笔钱，你不喜欢钱吗？”

“你们不能让我顶罪！我没有杀人！”

杨木大吼一声，楼上突然传来一阵婴儿的哭声。

“你们不是说孩子被他爸爸带走了吗？”杨木已经糊涂。

“我们是骗你的，这是你的孩子！我们是怕你把孩子带走，青青已经被抓起来了，这个孩子是我们唯一的希望！”

“到底是不是我的孩子？”

“当然是你的孩子呀！”

岳母好像抓到救命稻草，连滚带爬地上了楼，抱着婴儿就冲了下来，不由分说地往杨木怀里一塞。

“你看看！这么小的孩子就没有妈了，你真的忍心吗？”

婴儿被这样惊吓，发出震耳欲聋的哭声，杨木低头看着怀里的小人儿，不知男女，只见孩子皱着眉头，张开嘴巴，一眼可以看到粉红色的喉咙深处。

这就是那个自己曾经朝思暮想的孩子，差一点儿就是自己的孩子！

孩子那么软，那么香，原来是这个模样，就算是大哭也招人喜爱。

见杨木发愣，任爸爸忽然抓起手机，拨了几个数字，对着话筒那边大喊：“杨木回来了，回来自首了，是他杀了郭川！”

这句话把杨木从意念深处迅速拉回现实，再看孩子，忽然发现这小东西和自己梦境里一样狰狞恐怖，手一抖，差点摔在地上。杨木赶快把婴儿往岳母的手臂里推过去，腾地站了起来。

已经没有更好的武器了，扇子也比没有强，杨木握紧扇柄，笔直地指向对面的两人。

“不要逼我，我是永远不会为任何人顶罪的！”

杨木鞋也顾不上穿，飞也似的逃离了这个别墅。

5

杨木回到君姐安排的临时住处，静静地等待警察的到来。虽然不能为任青青顶罪，但自己埋尸的事实不能逃避，这也是自己离开国民大饭店的一个重要原因，勇敢面对，不论是什么结果。

可是左等警察不来，右等警察不来，一晃两天，杨木甚至着急起来，犹豫着要不要真的去自首。

不可能啊！

参与杀人并且埋尸，自己怎么也算是个从犯，任青青的父母已经去通风报信了，为什么没有警察找上门来呢？

张国良，杨木突然想起这个名字，国民大饭店，眼睛一下被洗亮了一般，是不是他们帮助自己洗清了嫌疑，可惜不得而知。

任青青的阴霾还笼罩心里，但伤痛消散的速度远远快于自己的想象，又过几天，杨木不再想这些烦心事，只是越发想念李黛。

看来真的没人来抓自己，杨木彻底作罢。

通过中介，很快就租了间不错的小屋，杨木安顿下来，才开始翻看手机和网上的留言记录。

知道自己的死讯之后，各种祈福潮水一样涌来。看着字里行间的哀伤和期盼，杨木倍感温暖。

春姐和阿敏的信息最多，看得出阿敏伤心欲绝，掏心掏肺令人动容，她对杨木是真情。最让杨木欣慰的是春姐，在她的短信里，第一次看到了“对不起”。

犹豫一下，杨木没有回复这些信息，而是换上一张新卡，摩挲了半天，把这张旧卡折弯，扔进垃圾桶。

明子和一起走秀的哥们儿拉杨木聚会，盛情难却杨木不好推辞，只好赴约。刚在餐馆坐下，人影一闪，P 哥进来。

“木木，真是你呀，太惊喜了吧！”边说边凑上来。

杨木一把将他推开。

P 哥不痛不痒：“你小子就够无情啦，知道你死了我都哭了好几场。咱哥们儿啥关系——多铁呀！今天听说哥儿几个请你吃饭，我把事情都推掉了，你还不给我好脸色。”

“你以后给我注意点，少胡说八道！”杨木厉声，站了起来，已经决定只要 P 哥继续说下去，就给他一拳头。

算了，有朋友劝杨木，老 P 就那德行，犯不着生气。杨木想起君姐对自己和妈妈的好，强忍一口气，P 哥还是没皮没脸，一屁股就坐在他旁边。

推杯换盏，话题离不开杨木的沉船经历。这两天杨木已经找到了新闻里“沉船”的报道，对照着众人给的零零散散的信息编出了一套说辞，谁问就含糊一阵子。

“所以说，你幸运啊！”P哥细听杨木讲话，自斟一杯倒进嘴里，“死呢，也未必就不好，恩恩怨怨都了掉了，活着呢，一切还没到头。”

杨木不理他，只顾和别人说话。

“木木，明天我想约你。”

P哥斜着小眼睛端详杨木，用肥厚的手指敲着杯沿。杨木哼都懒得哼一下，只拿背对着他。

“不来你会后悔的，这是我给你的最后一次机会。”

杨木腾地一下转过身来，压低声音小声道：“不要再威胁我，不要再纠缠我，我警告你，这辈子我已经无所畏惧，更没有任何事情值得后悔！”

“那好！”P哥又是嬉皮笑脸，“我记住了。”

6

杨木一边考驾照，一边找场地筹备跆拳道馆，明子拉来一班兄弟，不分黑白地帮忙，肩扛手提，汗流浃背，不久租来的门面就有模有样，陆续有家长带着孩子来报名。

这段时间没有财务上的压力，自己卡上父亲给的余额、“沉船”事件的补偿以及在国民大饭店工作的补贴至少可以让接下来几年的生活无忧无虑。

杨木却万万不敢乱花一分，他知道，这里面绝大部分是父亲杨诺的血汗钱，要给妈妈留着看病和养老，而且早晚自己要和邵风华澄清，也消融她一生的怨恨。至于任青青之流杨木早抛在脑后，连亲口质问她的兴趣都没有，只是每每入夜，李黛、张国良、桂园等身影挥之不去，国民大饭店的一切历历在目。

回来究竟后不后悔?

杨木问自己，不由暗自叹气，但只要看到妈妈暖心笑容，便觉得一切值得!

春姐和阿敏还是得知杨木活着回来的消息，见面之后感慨欢喜，再无龌龊之事。阿敏已经和前夫复婚，一切恢复常态。见杨木愈加成熟帅气，举止谈吐不容侵犯，完全换了一个人，春姐直叹，咱家小木木真是贵公子的气度了，忙张罗下厨买菜做饭，拿杨木当家人招呼着，真的成了大姐。

只有离了婚的君姐和杨木成双入对，但两人也仅止于姐弟情谊。不久，杨木在君姐的帮助下成立了美容工作室，事业开始走上轨道。

P哥又纠缠了几次，见杨木实在不给任何机会，只得悻悻离去。

有了钱，杨木张罗着给邵风华进行全面的检查治疗，不久天大的好消息传来，有位专家看了邵风华的病历，认为经过手术和物理训练她能够站起来，毕竟只有40多岁，终生瘫痪实在太残忍了。

钱的缺口还是不小，杨木婉拒了君姐的帮助，却被媒体发现并做了报道，很快一家医疗救助基金会联系上他们，差额部分愿意给予赞助。

手术非常成功，不久，针对萎缩肌肉的物理治疗也展开，杨木不厌其烦地陪着邵风华，在病榻前无微不至。

到了邵风华终于可以拄着拐杖慢慢行走，杨木的舅舅接她回到镇上长住，暂时和儿子分别时，杨木回到陆地已经一年了。

他的人生发生了翻天覆地的变化，一切终于春暖花开，国民大饭店也慢慢沉入心底，但是永远不会遗忘。

7

这一天，杨木买了杯咖啡，边过马路边看手机，眼角余光觉察有人跟踪自己。

这已经不是第一天才有的感觉。

杨木不动声色，从主马路往小巷一转，立马蹲在一个大大的垃圾桶后面，果然，人影鬼鬼祟祟地出现，在巷口到处张望。

竟是P哥！

杨木蹑手蹑脚地转到P哥背后，猛地勒住他的脖子，对方反倒吓了一跳。

“为什么跟着我！”

“没有跟着你，远远看着像你，想找你吃顿饭。”

杨木松开对方，依旧虎着脸——我们之间没什么好说，以前的事情我不计较，今后就当不认识对方！

“你真就这样无情无义吗，不给我机会，也不给自己机会？”

“你是不是脑袋有病啊，我给你凿个洞放放水？！”

P哥满脸冒油，听这话也不恼，又往杨木身上贴，肥嘟嘟的大手把他往巷子里使劲推，不一会儿又转了一个弯，来到了没人的角落。

“木木！”P哥把杨木“壁咚”在一堵水泥墙上，“我最后问你一遍，你就那么不喜欢我吗？”

“不是不喜欢，是讨！厌！”杨木一字一顿，斩钉截铁。

“那好吧！”

P哥坏坏地笑，“我本来是舍不得你的，既然你这么说，咱们就恩断义绝了！”话音未落，右手已经握紧一把锋利的匕首，准确地刺入杨木的肋骨。

毫无防备，剧烈的疼痛把杨木击倒，P 哥紧紧抱住杨木的身子，不给他挣脱的机会，把刀子拔了出来，再狠狠刺一刀！

“为什么？……”杨木用手抓住刀刃，痛到骨髓。

“不为什么。”P 哥千年不变的皮笑肉不笑，“杨木，今天就是你的死期！”

“给我个理由，别让我不明不白的死！”杨木感受到胸口汩汩的血流，双耳剧烈轰鸣，自己的声音从遥远的地方飘来。

“好吧！”

P 哥终于面露狰狞，恶狠狠地搅动着手里的刀。杨木被撕心裂肺的疼痛袭击，但他想起国民大饭店的培训课程，努力保持平静，用手上刻字后产生的老茧死死握住刀刃，不让伤口扩大。

“杨木，你是个可恨的蛆，十恶不赦的家伙！”

“你听说过‘美好世界清洗组织’吗？我就是这个伟大组织的一员！我们的使命是什么，就是专门清除你这样的社会垃圾，让这个世界更加美好！看着你的小脸蛋儿，我迟迟不舍得下手，但是你给脸不要！”

8

“美好世界清洗组织”

这个名字像一剂特效药瞬间赶走肉体的疼痛，杨木喃喃自语，任由 P 哥搂住自己的腰，抬头望着雾霾霾的天空，想起在国民大饭店时父亲对自己的提醒，原来一切是真的。

为什么自己不听劝告，硬是要以身犯险，冒死回到这里呢？

也许，这就是宿命，为自身罪孽所付出的代价。

杨木找到答案，浑身顿时通透轻盈，已经做好迎接死亡的准备。

P 哥眼珠子瞪得就要溢出眼眶，毫不手软，拔出刀子再补一下，杨木疼得几乎晕厥过去，但是头脑却从来没有这样清醒过。

“木木，‘美好世界清洗组织’就是专门清除你这号人的组织，要不是我一直保你，你小子早就死翘翘了！你小子破坏了那么多文物古迹！沉船你就赶快跑路吧，可你偏要回来送死！我对你好，你当我臭狗屎，你对我无情无义，到了阴间也别怪我心狠手辣！”

砰！

砰！

杨木正等待死神的光顾，耳边传来两声刀子插入熟透西瓜般的闷响。P 哥的手臂应声失去支撑力，杨木也随之倒地，身子趴在 P 哥的那堆皮肉之上，看到他的眼睛还是睁得大大的，少顷脑袋下面就流出股红的血液来……

一个女人跑了过来，她把滚烫的消音手枪塞进包里，扶起杨木揽入怀中，双手紧紧按住他的伤口，不让鲜血继续喷涌。

她用自己的脸颊摩挲杨木的脸颊，嘴唇在他的脸上没头没脑地亲吻着，一遍一遍唤着他的名字，杨木认出她来。

是李黛！

9

一转眼，在北欧度过了第五个春叶萌发的日子。

小镇上一个叫约瑟夫的异国青年，每天清晨开着一台二手皮卡，把农场里自己种的、浸润了露水的蔬菜和草莓运到餐馆和小店。大家都喜欢这个帅气的小伙子，总有人把热乎乎的面包送到他的手里。

中午时分他回到自己的小屋，儿子约翰已经满地跑了，在图书馆做管理员的妻子薇薇安下班后在准备午饭，约瑟夫在背后抱住她的腰，入神地看着她麻利地切着土豆丝。

这种感觉是平和安稳的，恰如睡在浅海海底，一睁眼，看到一方蔚蓝的海水。

杨木和李黛知道这里暂时安全，但也只是暂时的，因此两人隐姓埋名，深居简出，坚决不上网，也很少接打电话。

当年张国良在最新截获的“美好世界清洗组织”的名单上再次看到杨木的名字，在国民大饭店放不下心的李黛也申请离开，一路辗转找到杨木的落脚地。在卢甘泽的帮助下，她弄到一把枪，一直随身带着。

杀了P哥之后，重伤之下的杨木找到君姐，知道原委之后对方并没怪罪，竟然同意继续照顾邵风华，同时帮助杨木找医生包扎。多亏杨木手上的老茧握紧刀刃，缓冲了力度，刀伤才不致命。杨木和李黛连夜逃跑，这才发现国民大饭店给的护照竟然能在很多国家免签，一路上也诸多外交礼遇和关照。

两人一路逃亡，直到找到这个僻静的小镇，才藏匿下来。

但是死亡的威胁和恐惧，如影随形，让两人惶惶不可终日。

事实上，杨木已经嗅到了危险的味道，这段时间，镇上有个同肤色的陌生人出现，听说在偷偷打听自己的底细……

这一夜突遇倒春寒，天空开始飘雪，约瑟夫和薇薇安坐在壁炉前看书烤火，约翰在沙发上熟睡。电话忽然响了起来，薇薇安怕吵醒孩子，赶快起身接起，约瑟夫抬起头来。

突然，他看到薇薇安，不，是李黛复杂的表情。她把听筒伸向约瑟夫，不，是杨木。

杨木用颤抖的手接过听筒，放在耳边——

一个低沉的声音响起：杨木先生、李黛女士好久不见，这里是国民大饭店……